（助けるぞ、照準は任せる）
［完了］
瞬時にナノムが答えた。
勿論、それを見越して
既にトリガーは引き始めている。
クレリア・スターヴァイン
アラン・コリント

航宙軍士官、冒険者になる

Kochugunshikan Bokensha ni naru

【著】
伊藤暖彦

【イラスト】
himesuz

目次【Index】

illust:himesuz

001. 戦艦イーリス・コンラート

人類と知的生命体バグス——昆虫を大きくしたように見える知的生命体——が初めて邂逅《かいこう》したのは、帝国暦一二五四年、アルトゥーロ星系の惑星ベスタでのことだった。

ベスタは農業を主産業とした何の変哲《へんてつ》もない植民惑星で、惑星全体の人口も二十万人程と少なく、軍が駐留《ちゆうりゆう》することもない、最低限の防衛設備しかない惑星だった。

バグスは十六隻の艦艇でワープアウトしてくると、主要な都市を衛星軌道上から攻撃し、都市機能を麻痺《まひ》させ、数十の上陸艇で降下してきた。

武器らしい武器も持っていない住人は、為す術もなく蹂躙《じゆうりん》され、二十万人の人類は男も女も子供も例外なく全て殺された。

状況を最悪にしたのは、バグスの生来の残虐性《ざんぎやくせい》と人類の肉を好む嗜好《しこう》だった。

十日後、ＦＴＬ通信で救援を求めたベスタの住人に応じてアルトゥーロ星系に駆けつけた帝国航宙軍《こうちゆうぐん》二個艦隊は、バグス艦隊を撃破すると惑星ベスタに上陸していたバグスも殲滅《せんめつ》した。

しかし生存者は皆無だった。

惑星ベスタに上陸した帝国軍は、様々な施設に設置されていたセキュリティシステムに記録されていた映像を見て震撼した。そこに映っていたのは正にこの世の地獄だった。

››› 001. 戦艦イーリス・コンラート

それ以来、千年以上に渡って人類とバグスは戦争を続けてきた。

帝国暦二二五八年現在、人類銀河帝国航宙艦イーリス・コンラートは長い探査任務に就《つ》いており、宙軍基地を出発して実に二年が過ぎようとしていた。

探査の目的は、もちろん人類の悲願である人類の敵バグスの母星発見だ。

現在は超空間航行中で、一定間隔でワープアウトしては探索を行いマッピングしていくという地味で果てしない任務中だった。


帝国航宙軍宙兵隊中尉アラン・コリントは、戦艦イーリス・コンラートのシステムの中枢であるメインフレームのクリーンルームで、プロセッサモジュールの交換作業をしていた。

先日、ワープアウトした際にFTL通信で、プロセッサモジュールのある製造ロットに、不具合の可能性ありとの連絡を受けての交換作業だ。

航宙艦のAIであるイーリスは、中尉の交換作業をモニターしていた。

超空間航行中は、ほとんどの乗組員はコールドスリープ中で、果たすべきタスクは少なく、仮にイーリスが人間だったならば、暇だとぼやいている状況だろう。

こういった状況ではイーリスのコアプログラムは、人類を観察し行動心理を理解する研究に、リソースを当てることを推奨《すいしょう》していた。

アラン・コリント

帝国航宙軍宙兵隊中尉
戦艦イーリス・コンラート所属宙兵隊情報第一小隊所属
年齢二十五歳
トレーダー星系ランセル出身
義務教育後、第一〇三二航宙軍学校に入学・卒業
スター級重巡洋艦《じゅうじゅんようかん》［テオⅡ］に三年勤務
ギャラクシー級戦艦［イーリス・コンラート］のために編成された宙兵隊に転属
同艦に二年勤務
身長は百七十五センチ、体重七十キロと痩《や》せているが、宙兵らしく細身の割にガッチリとした体格をしている。
人類の五割を占める白人種で、金髪でグレーの目。スッキリした顔をしていた。
スッキリした顔というのは顔評価《ルックス》アプリケーションの判断で、アプリの評価は［B++］と中々の高評価だ。
顔評価アプリケーションは、人間の行動理解の研究のためにイーリスが極秘裏に開発したもので、匿名《とくめい》で人類世界に公開すると瞬く間に広まり、高い評価を受けている。そのため、その判定結果はかなり信頼することができた。
査定システムによる評価では、中尉の仕事は丁寧で確実。全く問題行動なし。総合評価では、［A－］。この艦でも一握りしかいない評価の高い人間の一人で、宙兵隊員にしておくのが勿体

ないほどの人材だ。

◇◇◇◇◇

「しかし、いいのですか？　コンラート大尉。私みたいな人間をこんな場所に入れたりして。確か戦艦の場合は、少佐以上の有資格者でないと不味《まず》かったような気がしますが」

今、おこなっている作業を指示した艦のＡＩに訊いてみた。

彼女の名は艦名と同じイーリス・コンラート。戦艦のＡＩは慣例として名誉大尉の階級を与えられており、中尉である俺は、ぞんざいな口をきくことは許されなかった。

俺はこの艦の正規艦隊士官ではなく、同乗している宙兵隊の情報処理担当士官のため、この部屋に入ることが許されるとは思えない。

仮想ウィンドウ上にイーリスの顔が表示された。

「しょうがないでしょう？　この作業の資格を持つ乗組員は六人。その内、四人はコールドスリープ中。目覚めているもう一人の有資格者は貴方《あなた》も知っている通り、ここでの作業にはむかないわ」

確かにもう一人の有資格者であるアマート少佐は、二メートル近くあるかなりの巨漢であり、クリーンルーム内のこの狭い空間では作業は難しいかもしれない。

なにせクリーンルーム内の壁に空いた直径一メートル弱の穴のようなスペースを這《は》い進み、

そこを埋め尽くすプロセッサモジュールの中から指定されたモジュールをひたすら交換する作業だ。

仮想ウィンドウに表示されている女性士官はもちろん生身の人間ではない。名前の由来となった女性士官を模している。

その女性士官は十年前のタウ・ベガス2星系における英雄だ。

バグスの複数の艦隊に襲われた植民星の二万人の住民を逃がす時間を作るために、たった一隻の重巡洋艦で抗戦し、白兵戦を経て腕をバグスに貪《むさぼ》り食われながらも時間を稼ぎ、最後には自爆して果てた帝国軍の英雄だった。

帝国航宙軍では艦艇に英雄的な功績をあげた士官の名を付けるという慣例があり、この艦は英雄イーリス・コンラート准将《じゅんしょう》の名を付けられた艦で、そのＡＩのアバターは、イーリス・コンラート准将を模《も》していた。

「なるほど了解です。あと一個で交換終了ですね。ところでこの交換したあとの不良ロットのプロセッサモジュールはどうなるのでしょう？」

「指示がないので判らないわ。破棄《はき》するか、回収して検査にでも回すのではないかしら。……何を考えているの？　中尉」

「いや、破棄するのであれば有効活用したほうがよいのでは？　と思いまして」

「そんなものをどうやって活用するというの？　メインフレームでなければ使用できないと思うけど？」

「いやいや、それがあるんですよ、利用する方法が。実は、私の研究テーマでもあるんです」

長い超空間航行ではコールドスリープ中を除いて、技術寄りの士官には研究が義務付けられていた。研究といっても本物の研究者ではないため、どちらかというと腕を鈍らせないための訓練のようなものだ。

プロセッサモジュールは、一個で俺の年収を遥かに上回る価値がある。有効活用しない手はない。

俺の研究は【スタンドアロン環境におけるバーチャルリアリティについて】というタイトルだ。内容は文字通り、ネットワークに接続しないスタンドアロン環境でＶＲを実現するための技術的考察だ。システムによるシミュレートでは、実用化できる段階まで研究は進んでいた。

この論文では、正にこのシリーズのプロセッサモジュールの使用を想定していた。

「貴方の研究には目を通したけど意味が判らなかったわ。何故《なぜ》、メインフレームを利用しないで、わざわざスタンドアロン環境にこだわるのか。言わせてもらえば、何かいかがわしい目的のためのバーチャルリアリティとしか思えなかったわ」

「それは誤解です！　心外です、大尉！　いついかなる時においてもメインフレームにアクセスできると考えるのは人類の傲慢《ごうまん》です。緊急時などメインフレームにアクセスできない状況においてもＶＲを実現する手段を人類は確保すべきなのです」

ズバリ核心を突かれてひどく慌ててしまった。相変わらずイーリスは鋭い。

「まぁ破棄する命令がきたら、またその時に考えるわ」

「よろしくお願いします、大尉。私の研究の成否はモジュールの入手にかかっているので。

……よし！　これでモジュールの交換は終了です」

六十四個全てのプロセッサモジュールの交換作業を終えた。

クリーンルーム内のメンテナンス用の穴から抜け出ようとした瞬間、いきなり壁が迫ってきた。


「……中尉！　……ラン……ト中尉！　アラン・コリント中尉！」

大声で呼びかける声に反応して目が覚めた。

「いえ、起きてます！」

全く状況が判らないままに返事をしてしまった。俺は仕事中に眠っていたのか？

「良かったわ、中尉。このまま目を覚まさなかったらどうしようかと思いました」

その時、自分が血だらけなのに気づいた。もう乾いていてカピカピになっている。しかも重力がない無重力状態だ。

「おおっ！　なんだこれは！　……何があったんです⁉」

頭の怪我は既にナノム――ナノマシン――によって修復されているようだ。

「超空間航行中に何らかの攻撃を受けました。攻撃の手段は判りません。そもそも超空間航行中は艦の外から見れば本艦は存在自体が不完全な状態のはずです。そんな状況で攻撃する手段なんて私には想像もできません」

「バグスですか⁉」

「いえ、それはあり得ないでしょう。バグスのテクノロジーでは到底そんなことはできないはずです。とにかくその攻撃によって本艦は甚大な被害を受けました。ワープアウトし、現在は航行不能で漂流中です。それだけではありません。攻撃は四方向から行われました。それにより艦橋《ブリッジ》、機関セクション、第一コールドスリープ、第二コールドスリープ、通信セクション、重力制御セクション、格納庫セクション、全てやられました」

言葉が何もでない。イーリスの言っていることはあり得ない。ギャラクシー級の戦艦が、ここまでの被害を受けることは、ここ百年以上なかったはずだ。

待て！　コールドスリープが両方ともやられた⁉　じゃあ、乗組員は？　隊のみんなは？

「それじゃ生存者は⁉」

「生存者は貴方以外いません。先程、食堂で生存していたアウジリオ少尉は息を引き取りました」

そんな馬鹿な！　みんな死んだ？　千二百人が全員⁉　しかし、超空間航行中とはいえ、全乗組員千二百名のうち、五十名くらいは起きていたはずだ。それが全員死んだというのか？

「そんな！　じゃあ、艦長も副長も隊長も小隊のみんなも全て……」

「はい、直接攻撃がなかったセクションにいた乗組員も、重力制御セクションが機能停止したため、ワープアウト時の衝撃でほぼ即死でした。このクリーンルームは艦の最重要区画のため、重力制御ダンパーが装備されています。そのため、衝撃が緩和《かんわ》され中尉は助かったようです」

そうか、俺はこの部屋にいたからこれだけの怪我で済んだのか……。この部屋の外では、物凄い勢いで壁に叩きつけられたに違いない。呆然《ぼうぜん》としながらも保守用の穴から這い出た。

「まだ報告があります。若干の時間の猶予《ゆうよ》はありますが、本艦は近くの惑星に向けて落下中です」

「あぁ、なんてことだ」

この広い宇宙で、たまたまワープアウトした先に丁度惑星があるなんて、あり得ない！　正にあり得ないくらいの確率だ。

「機関セクションは機能を停止しています。落下を回避する手段は、艦を分解して不要なセクションを投棄《とうき》することしかあり得ません」

いつの間にかイーリスが、俺に対して敬語に近い言葉遣いになっていることに気づいた。今までにこんな話し方はしたことがない。何故だ？

「では、そうするしかないんじゃないですか？」

「そのためには艦長による第一級非常事態の宣言と直接命令が必要です」

「しかし艦長は……」

「帝国軍軍規第十二条第三項のＣによりアラン・コリント中尉に艦長へ昇格する資格があることを認めます」

「そんなバカな！」

ギャラクシー級の戦艦の艦長は少なくとも准将位だ。それに宙兵隊の中尉に艦長になる資格があるはずがない。

そうは言っても生き残っているのは俺一人だ。仕方のないことかもしれない。命令を出すためだけの形式的なものだろう。

「そのためには上級士官教育を受けていただく必要があります。これは軍規です」

上級士官教育、それは上級士官がとるべき行動、規則を学ぶ、という建前だが、実際の目的は軍規に反した行動を取れなくする洗脳だ。軍が公式にそうアナウンスしている訳ではないが、軍にいる者なら誰でも知っている事だ。

遙か昔に、何十億人も暮らす有人惑星をたった一人の男に滅ぼされた時に学んだ教訓だった。教育といっても講習を受けるわけではなく、ナノムや生体パッチを使って頭に叩き込まれる洗脳だった。膨大な情報量を脳に叩き込まれるため通常は意識を失う。

「この時間がない時に！　……どうすればいいんですか？」

「コンソールの生体パッチを額《ひたい》に貼り付けて、椅子に座って楽な姿勢をとってください」

コンソールから生体パッチが現れた。それを額に貼り付けると椅子に座り背もたれに寄りかかる。その瞬間、パチッという音と共に意識を失った。

「……艦長！　……ト艦長！　コリント艦長！」

イーリスの呼びかける声で目を覚ました。

「良かった！　このまま目を覚まさなかったらどうしようかと思いました」

デジャブを感じる。

「どれくらい気を失っていたんですか？」

「三十分ほどです。それと艦長。私に敬語を使う必要はありません」

「……了解した。それでは早速始めよう。私は本艦の艦長である。確認せよ」

「確認しました。生体パッチにより薬物の未使用、正常な精神状態であることを確認しました」

「私は本官に与えられた権限をもって第一級非常事態を宣言する。さらに、航宙艦イーリス・コンラートに対し本艦の戦力維持と航宙軍の戦力維持のために、必要なあらゆる手段を講じることを命じる。これは艦長命令だ。すべての規則に優先する」

こんな格好いい命令を出したのは初めてだ。いやいや、聞くのだって初めてだ。やはり上級士官教育を受けると違うのだろう。

なんてことはなく、イーリスがナノム経由で仮想ウィンドウ上に、俺が言うべきセリフを表示してくれていたので、ほぼそれを読んだだけのことだった。

昔から、艦長や上級士官が出す命令は格好いい！　さすが上級士官だと感心していたが、きっと字幕を読んでいたに違いない。

「アイ・サー。命令を受領いたしました」

「よし、これで艦の再構築を始められるな」

「早速ですが、艦長には脱出ポッドで惑星に退避していただかないといけません」

「はぁ!? 何を言っているんですか?」

「生命維持セクションとの接続は断たれ、このクリーンルームの外では気密が失われました。ここにはもう酸素がありません」

そう言われてみると、息苦しいような気もしてくる。

「しかし、脱出といっても惑星に大気、空気はあるんですか?」

「光学スペクトル分析では人類が呼吸できる空気がある可能性は九十三パーセントです」

「残りの七パーセントって何です?」

「未知の有害な気体、ウイルス、寄生虫です。惑星の重力もほぼ一Gで人間が生存するのに問題ない環境だと思われます」

「それにしても脱出ポッドって……上陸艇《エアシップ》はどうなんです?」

「格納庫セクションへの通路は遮断されています。しかも全ての連絡艇《シャトル》、上陸艇《エアシップ》は大破もしくは破壊されました」

あぁ、それじゃ艦に戻れないじゃないか。

「この場に留まっても酸欠で死ぬだけです。ひとまず惑星に逃れて艦の再構築後に戻る手段を模索したほうがよいのではないでしょうか。それに艦の軌道を変え、再構築が成功する可能性は、現在のところ五十四パーセントです」

なんと! そんなに確率が低いとは思ってなかった。思っていたよりまずい状況のようだ。

「了解です。……食料や武器は？」

「あいにく脱出ポッドに装備されているものがあるだけです」

ナノムに命じて脱出ポッドの装備を調べさせる。仮想ウィンドウ上に表示された情報を見て思わず唸《うな》った。

M151パルスライフル
A18Pレーザーガン
電磁《でんじ》ブレードナイフ
非常用固形食　四十二食
水　二十八リットル
レアメタル　一瓶《びん》（百錠）
毛布　二枚

正直いって宙兵である俺には不満の多い武器だ。火力が圧倒的に足りない。パルスライフルじゃ、バグスの装甲虫兵は倒せない。それに食料、水も全然足りない。と言ってもここにそんな物があるはずもないか。

「なにか持ち出せる物はないですかね？」

「それならば艦長が先程交換されたプロセッサモジュールをお持ちになったらいかがでしょうか？　あれはレアメタルの塊です」

言われてみればその通りだ。摂取《せっしゅ》するには分解しなければいけないけど、なんとかなるだろう。レアメタルは、ナノムの原料になるものだ。現地でも補給可能かもしれないが、探す手間を省きたい。宙兵にとってナノムは生命線だ。降下する惑星がどんな所なのか判らないが、レアメタルはいくらあっても困らないだろう。

脱出ポッドの搭乗口は部屋の入り口のすぐ脇にあった。あぁ、この部屋にも脱出ポッドを付けようと考えた奴には感謝しかないな。イーリスに搭乗口を開けてもらうとプロセッサモジュールを積み込む。脱出ポッドは五人用のようで五つの座席が用意されていた。中は結構広い。

そうだ！　制服も持っていこう。着るものはいくらあっても足りないだろう。

クリーンルーム入り口のエアシャワーボックスに行き、作業用のツナギに着替える前に着ていた制服と、置いてあった予備のツナギも積み込む。

他に積み込めるものは……ないか。

考えてみれば、ここはメインフレームのコンピュータルームだ。こんなところに生活必需品が置いてあるはずもない。

「準備完了です」

「では、ポッドに乗り込んでください」

大人しくポッドに乗り込み、シートの一つに座りシートベルトを着けた。

「では、御武運を。艦長」

「あぁ、コンラート大尉も」

脱出ポッドは惑星に向かって射出された。

——バグス——


昆虫を大きくしたように見える知的生命体で、現在では実に様々な種類が確認されている。

一番ベーシックなタイプが八本足のゴキブリを少し細長くして上半身を反らせて身を起こしたようなタイプだ。

ゴワゴワとした体毛と外殻《がいかく》に被《おお》われており、これだけでも人類が怖《お》じ気《け》を振るうには十分だが、それに加えて極めて不潔でギトギトに脂ぎっている上に、数種類の寄生虫をその身に宿していた。

人類よりも遙かに高い戦闘能力を持ち、素手《すで》での戦闘であれば全く敵わない。

しかし、千年に渡る戦いの中で人類はその差を改善すべく努力し続けており、現在では航宙軍宙兵であれば素手での戦闘で互角の戦いができるところまで戦闘能力を上げることに成功していた。

バグスも超空間航行を行うことのできるテクノロジーは持っているが、テクノロジーでは人類のほうが、数段進んでいる。

バグスの恐ろしいところは、圧倒的なその物量にある。バグスに狙われた植民惑星《コロニー》は次々と出現するバグスの艦隊に襲われることになる。

専門家の分析では人類とバグスの生産性、物量の比は一対六だった。しかし、発見されるバグスの植民惑星《コロニー》に特別な生産力はなく、植民惑星《コロニー》の数も人類と大差ないと思われた。

そのため、専門家の間では何処《どこ》かにバグスの母星系と思われる大規模な繁殖、生産拠点があるという説が有力で、そこさえ発見し、殲滅することができれば、この長きに渡る戦争を終わらせることができると考えられていた。

――ナノム――

ナノムとは、航宙軍兵士であれば誰でも体内で共生・培養している、軍用のナノマシンの略称。

電子顕微鏡でしか見えないほどの極小の機械《マシン》で、単体では何の機能も持たず最低でも一千億単位以上の集合体を形成して機能するシステム。

ＡＩ機能、体内のモニター、医療・修復機能、五感への完全なアクセス、短距離の通信機能などを備え、一種のマルチシステムといえるものである。

人間の通常の食事の成分から作製することはできず、作製には、特殊なレアメタルが必要。

002. 不時着

落下していく脱出ポッドの中で呆然《ぼうぜん》としていた。未知の攻撃、仲間の死を、まだ現実のこととして受け止めることができなかった。艦上ではイーリスに言われるままに、ただ行動していただけだ。ポッドで一人になり落ち着いてくると少しだけ実感できるようになった。

小隊の皆や、隊長の顔を思い浮かべるうちに、いつの間にか涙を流していた。

「くそっ！」

その時、ポッドが激しく揺れ始めた。

「なんだ⁉」

「大気圏に突入しました」

脱出ポッドのＡＩが俺の声に反応して返答した。

「問題はないのか？」

「問題ありません。想定内です」

さらに激しく揺れる。

「おい！　本当に大丈夫か⁉」

「問題ありません。想定内です」

さらにとんでもなく激しく揺れだした。シートベルトで固定されているとはいえ、声を出すのも困難なほどの揺れだ。

「おッ、おい！」

「問題ありません。想定内です」

何かおかしい。いくら使い捨ての脱出ポッドのＡＩとはいえ、この返答はないだろう。バグってるのかもしれない。

本当に大丈夫なんだろうな。そういえば脱出ポッドで惑星に降下したなんて話は聞いたことがない。ナノムに確認してみよう。

（ナノム、脱出ポッドで惑星に降下した例はどれくらいある？）

［過去千年間で十二回です。最後に行われたのは三百二十年前です］

やはり少ないな。まあ、惑星に降下できるようなところで戦闘なんてそう起きるものじゃないから当然か。

どれくらい経ったのだろうか。もう時間の感覚が判らなくなった頃、ふいに揺れが収まった。スラスターが噴射し、回転が止まる。少しすると、バキッという音と共に、かなりの衝撃が来た。

その直後にシューーッという音が聞こえてきた。まるでガスが抜けるような音だ。

「なんだ!?」

「パラシュートを開きましたが、その際の衝撃で何処《どこ》かに亀裂《きれつ》が入った模様です」

おいおい！　何処かってなんだよ！　センサーを付けてないのか？　パラシュートが開いただけで亀裂が入った？　ＡＩの性能といい構造の脆《もろ》さといい、未だかつてこんなにもスペックの低いマシンに出会ったことはない。とても帝国品質《インペリアルクオリティ》のものとは思えない。

「パラシュートは問題ないのか？」

「問題ありません。地表到着まであと二十五分です」

ふぅ……なんとかなりそうか。

「おいポッド、お前の製造元はどこだ？」

「オーランド重工株式会社です」

ああ、そういうことか。オーランド重工は古くからある企業だが、二年前ある製品の性能偽装が発覚し、それを発端に次々と性能偽装が芋《いも》づる式に発覚して、いま大問題になっている。この脱出ポッドも偽装不良品に違いない。

「着地は問題ないんだな？」

「問題ありません。酸素は十分にあります」

「気密が保たれていないのか⁉」

「問題ありません。酸素は十分にあります」

だめだ、こりゃ。そうだ！

「外気は呼吸可能か⁉」

「呼吸可能です。安全基準をクリアしています」

ふぅ、助かった。外部モニターで外の景色を見てみるが、モニターが小さいためよく判らない。

「あと一分で着水します」

いよいよだ。ん？　着水ってなんだ⁉

「着水ってどういう意味だ⁉」

「到着予定位置は湖の上です」

「回避しろ！」

というか、もっと早く言え！

途端にスラスターが噴射する音が聞こえてきた。

「回避は不可能です。本艇のスラスターは宇宙空間専用です」

本気でこのＡＩにムカつき始めた。

「このポッドは水に浮くのか？」

「どこかに亀裂が入っているとすれば、浸水する可能性が高いと思われます」

あぁ、そう言うと思ったよ。

「着水します」

数秒後、かなりの衝撃がきた。よし、ともあれ着陸成功だ。急いでシートベルトを外し、ポッドから出る準備を始めた。

持っていくものはバックパック、パルスライフル、レーザーガン、ナイフ、プロセッサモジュールが入った袋、制服、クリーンルーム用ツナギ、毛布が二巻きだ。結構な荷物だな。

ペットボトルの水は持っていけない。湖の水が飲めることに賭けるしかなかった。どうせこの惑星の水が飲めなければペットボトルの水があっても、死ぬのが何日か延びるだけだ。

バックパックにレーザーガン、プロセッサモジュール、ナイフ、制服とクリーンルーム用ツナギを突っ込んで背負い込むと、ライフルもスリングに頭を通して背負い込んだ。

毛布にもスリングのようなものが付いていたので、同様に両脇に抱え込む。

外部モニターで外の様子を見てみた。水面を見ると段々とカメラとの距離が近くなっていく。おい、本当に沈み始めてるぞ！

「よし、ハッチを開けろ！」

ハッチが開き、水が流れ込んでくるが、なんとかハッチ付近のステーに掴まり水をやり過ごすと、水を掻きながらポッドの外に出た。

空気は……問題ない！

岸が七十五メートルぐらい先に見える。どうやら結構惜しいところまで来ていたようだ。

泳ぎは得意ではないができないことはない。両脇に抱えた毛布が水を吸い込まない素材らしく、よく水に浮くので非常に助かる。ライフルは地味に重い。

三、四分の間、無我夢中で泳ぎ、何とか砂利を敷き詰めたような岸に泳ぎ着いた。ふぅ、助かった。昼間でよかったな。これが真っ暗な真夜中だったら、かなり苦労したに違いない。

››› 002. 不時着

あたりを見渡すと植生はこれまでに行った惑星と似たようなものだった。植物の葉はやはり基本的に緑色でどこかで見たような葉の形をしている。

雰囲気は故郷《こきょう》の星に似ているような気もする。このような惑星だったことは正に奇跡だな。

これからどうすれば良いのだろうか？　と考えたところで重大なことに気づいた。

そもそもの目的が、艦のあの区画には酸素がないからイーリスが艦の再構築を終えるまで、惑星に避難しようってスタンスだったはずだ。

脱出ポッドの通信装置がなければイーリスと連絡が取れない。当然、ナノムの通信機能ではイーリスまで届かない。元々、ナノムの通信機能はすぐ近くにある機器を制御するためのもので、通信距離は条件が良くて数キロメートルだ。

「脱出ポッド、応答しろ！　……応答しろ！」

ダメだ。暫《しばら》く続けてみたが反応がない。そもそもポッドに耐水性はあるのだろうか？　質問しておけばよかった。しかし、あの時はＡＩの頭の悪さにイライラして、それどころではなかった。

真空にも耐えうるのだから耐水性もあるような気もするが、あのポンコツ具合じゃ期待はできないな。

最悪、水から引き上げるしかないのか？　しかし、とてもじゃないが一人では無理だ。パワードスーツでもあれば別だがそんなものないし、ロープも何もない状況じゃ不可能だ。

そこまで考えて改めて気づいた。何を油断しているんだ！　ここは戦地と同じだ。水辺には野生動物もよく来る。慌ててパルスライフルを構えた。

あまりに見慣れたような惑星なので、いつの間にか油断していた。とりあえず、ここから離れて見晴らしのいい場所に移動しよう。丘のようなものが見えたのでそちらに向かった。

小高い丘の頂上付近に巨大な岩がある。直径十メートル以上で、高さ五メートルくらいの円柱のような形だ。この上に登れば辺り一帯を見渡せそうだ。いくつか足掛かりがあったので結構簡単に登れた。

ふむ、見晴らしはいい。眼下に見える湖は、かなり大きいようだ。しかし対岸が見えないほどの大きさではなく、対岸まで大体四キロメートルほどだろうか。湖の周りは見渡すかぎり森だ。近くにここよりも高い所はなく、これ以上の情報を得るのは難しそうだ。

考えてみると、この岩の上は、とりあえずの拠点として良さそうに思えてきた。大抵の生物はこの上に登るのは、なかなか難しいだろうし、伏せてしまえば下からは、殆ど見えない。雨が降ったらずぶ濡れになるが、それは仕方ないだろう。

見渡していると東の方向の空から何かが降ってきたのが見えた。すぐにそれが何かは判った。ホロビットでこういったシーンは何度か見たことがある。

あぁ、燃えている……。いや東だけではない。北も西の空にも大量の燃えている物体が降ってきている。あぁ……間違いなく艦の破片だろう。

「ダメだったのか……」

イーリスは艦の再構築が成功する可能性は五十四パーセントだと言っていた。半分の確率だが、なぜか上手くいくと思い込んでいた。半分の確率しかないのに……。イーリスが失敗するという想像ができなかったということもある。

失敗以外の可能性はあるだろうか？　いや、惑星上に何かを投棄《とうき》するのは重大な軍規違反だ。しかも、俺がいると判っている惑星にイーリスが落とす訳がない。

「あぁ……」

艦の破片は永遠に降り続けるように思えた。

どれくらいの間、空を眺めていたのかは判らない。少なくとも一時間以上だろう。

空腹で我に返った。こうしていても仕方がない。とりあえず食事にしよう。

くそっ、また油断していた。見晴らしのいい大きな岩の上に立ち、馬鹿みたいに空を眺めていたんだ。遠くからでも俺の姿は見えただろう。どんな危険生物がいるのかは判らないが、気をつけなければならない。

さすがに今回のことはショックだった。とどめを刺された感じが強い。これでもうこの惑星で死ぬまで暮らすことが確定した。

いや、そうだろうか？　あのイーリスが失敗すると判った時点で、そのまま落下していったとは思えない。メッセージを載せたビーコンを射出するぐらいの時間はあったはずだ。

ギャラクシー級の戦艦が行方不明になったんだ。捜索隊《そうさくたい》ぐらいは出るだろう。その捜索隊がビーコンを発見すれば、この惑星をくまなく捜索するに違いない、と前向きに考えることにした。

しかし、胸のうちでは気づいていた。確かに捜索隊は出るかもしれない。しかし、この惑星どころか、この星系すらも発見することができる可能性は非常に低いことに。

艦隊司令部は、艦の航行スケジュールを知っている。捜索はワープアウトする予定の宙域を中心に行われるだろう。途中でワープアウトしたこの星系付近の宙域を捜すとは思えなかった。

非常用固形食は予想に反して、しっとりしていてなかなか美味《うま》かった。喉が渇いたので湖に水を飲みにいくか。あぁ、ペットボトルの水を回収できなかったのが悔やまれる。

レーザーガンのホルスターにはベルトが付属していて足に装備できるようになっていた。なかなかの親切設計だ。早速つけてみた。このタイプは使ったことはなかったが良さそうだな。

体感では今は午後四時ぐらいだ。爽やかな風が吹いていていて、なかなか気持ちいい。

湖畔付近に差し掛かって気づいた。

「おおっ、あれは！」

風に吹かれてか、なんと飲料水のペットボトルが五本、岸に流れついていた。十本以上あったはずだがポッドと一緒に沈んだのだろうか？　まぁいい、これは予想外の収穫だ。

ついでに湖の水も調べておこう。湖の水を手で掬《すく》い、口に含むとすぐに吐き出した。

うん、何の変哲《へんてつ》もない普通の水のように感じた。

（どうだ？）

ナノムに水の成分を確認させる。

［飲料水としての安全基準を満たしています］

››› 002. 不時着

よし、これで飲み水には困らないな。

その時、水際付近の土に無数の足跡があることに気づいた。

くそっ！　近くの草むらに倒れるように伏せ、ライフルを構えた。

全ての方向を警戒するが、特に異常はないようだ。伏せながら足跡を確認してみたが、それほど新しいものではなく、一日か二日経っているように見えた。近くでよく見ると人間の足跡に似ている。しかし、まず指の本数は四本で、足の裏の大きさも子供のように小さい。

とにかくこの場から離れよう。しかし、荷物が多すぎてペットボトル五本を持つと両手がふさがるためライフルが構えられない。仕方なく三本を左腕で抱え、右腕でライフルを構えることにした。残り二本は目立たないところに隠しておこう。

湖に向かった時とは比較にならないくらい時間をかけ、警戒しながら、なんとか先程の岩の上まで戻ることができた。

荷物を下ろして一息ついた。この岩の上は、湖畔付近と湖を見張るには絶好の場所だ。あの足跡をつけた生物の正体が判るまで、暫くはここから見張るのがいいかもしれない。

ふぅ、やっと落ち着いてきた。あの足跡からすると二足歩行の生物だろうか。猿のような生物かもしれない。いずれにしろ、あの足跡をつけた生物を確認するまでは、歩きまわらずに警戒していこう。

もう夕方だ。今日はいろいろなことがあってさすがに疲れた。寝ずの番をしてもしょうがないので、警戒はナノムに任せて今日はもう寝てしまおう。

ナノムが警戒するといってもその手段は音だけで、ナノムによって数倍にまで高められた聴覚で警戒するだけだ。聴覚を高めたといっても、うるさくて寝られないようなことはなく、逆に静かすぎるくらいだ。聴覚が音を捉えてもナノムが聴覚神経に干渉しインターセプトしてくれるからだ。ナノムが異音だと判断した場合には起こしてくれるので非常に便利だ。

一枚の毛布を敷いて、もう一枚を被る。耳だけは出しておこう。

(警戒モードだ。夜明けに起こしてくれ)

[了解]

途端に音が聞こえなくなる。

よほど疲れていたのか、すぐに意識を手放した。

[夜明けです。起きてください]

途端に鳥の鳴き声などが耳に入ってくる。丁度、朝日が昇るところだった。俺が目をつぶっているのに、どうやってナノムは夜明けと判断しているのだろうか。相変わらず出来るヤツだ。

あまり寝た気がしない。この惑星の一日は何時間なのだろうか？　明日も夜明けに起きて確認しよう。

今日は一日、ここで湖を監視するつもりだった。もう昨日みたいな無茶はできない。非常用固形食をかじり、ペットボトルの水を飲み朝食を終えた。

そのまま毛布に寝転がり、湖畔の監視を始めた。視覚もナノムにより強化されているため、五倍ぐらいのズームは余裕でできる。特に問題もなく時間は過ぎていった。

日もだいぶ高くなって、もうすぐ昼だ。あぁ、そう言えば、湖の岸に隠してきた残りのペットボトル取りに行かなきゃなぁ、などと考えていた時に、その生物は現れた。

距離にして三百メートルは離れている。それは一見すると人類のように二足歩行をしていた。しかし、身長が子供のように低い。ズームして見ると、大体百二十センチぐらいの身長だろうか。全部で五体いる。

明らかに人類とは異なる生物だ。緑色の肌をしている。緑といっても真緑ではなく緑と白を足して色を暗くしたような変な色をしていた。

強化された聴覚には、かすかに「グキャグキャ」と声も聞こえる。

手に持っているのは木の棒だ。棍棒だろうか。長めの木の先を尖らせた槍《やり》のようなものを持っている奴もいる。なにやら汚らしい動物の革のようなものを腰に巻いていた。

棍棒や槍のようなものを持ち、腰布のようなものを巻いているからには、きっと知的生命体なのだろう。ズームして見た顔は、とても醜く見えた。クシャッと潰したような顔、つり上がった目、尖った耳など、いい所が一つもない、最悪の外見だった。

この惑星に知的生命体は、こいつらと俺しかいないかもしれない。いや、むしろその可能性のほうが高い。変な先入観を持つのは止めよう。

この場に隠れていても、状況は何も変わらない。挨拶《あいさつ》をしてみることにしよう。

相手のあの装備であれば、最悪襲われることになっても危険はないだろう。荷物は窪《くぼ》みに隠しておいて、武器だけ持っていくことにした。パルスライフルを構え、足にはレーザーガン、電磁《でんじ》ブレードナイフはツナギのポケットに入れていく。

奴らの目的地は、湖畔のようだ。やはり、あの足跡をつけた生物のようだ。

警戒しながら湖に近づいていった。姿を見失うこともあったが、「グキャグキャ」と大声で騒いでいるため、すぐに見つけられる。警戒心のかけらもない。本当に知的生命体なのだろうか。

いや、しかし人間の子供もテンション高めで騒いでいたら、未知の異星人から見ればこのように見えるのかもしれないと考えなおした。

奴らは湖畔に着いて更に大騒ぎしていた。

すぐ近くで声を掛けると、パニックになるかもしれないので、ある程度離れたところから声を掛けることにした。

「やぁ！」

奴らの大声に負けないように大声で声を掛けた。

途端に静寂が訪れた。五体全員がこちらを見て固まっている。

俺は両手を上げて攻撃の意志のないことを表した。勿論、肩にはライフルを掛けている。

「どうも、こんにちは！」

また声を掛ける。もちろん通じているはずはないが、声のトーンでこちらの気持ちが伝わればと思ってのことだ。そのために普段は使わない明るめの声を出してみた。

すると奴らは仲間内でアイコンタクトをして、全員ニヤニヤと笑い始めた。よだれを垂らし始めた奴もいる。少しずつこちらに近づいてきた。

あれは！　奴らの槍にペットボトル二本が突き刺さっている。隠しておいたのを見つけて遊びで突き刺したようだ。くそ！　やりやがったな！

こいつらは俺が思っているような知的生命体ではないぞ。それどころか俺を殺して食うつもりなのが、手に取るように判った。

落ち着いて肩に掛けたライフルを構える。俺の動きを見て奴ら全員が、こちらに向かって走り始めた。もう距離は十メートルもないが、それだけあれば十分だ。

既にナノムが表示した仮想ウィンドウ上の照準で、全員の額《ひたい》をロックオンしてある。もういくら激しく動いていても、ロックオンした照準は、自動で追従するので外れることはない。

奴らの方へライフルを向け、ライフルのトリガーを引くだけだった。

ナノムとリンクしたM151パルスライフルが、銃口に付いている可動式のレンズを自動的に目標に合わせパルスレーザーを照射する。

五連射するのに〇・五秒もかからない。ライフルは甲高《かんだか》い電子音を立てた後に沈黙した。帝国軍制式採用のパルスライフルの面目躍如だ。

奴らはなにもできずに、一斉にドサリッという音と共に崩れ落ちた。

「くそっ！　下手に出てれば調子に乗りやがって！」

昨日からペットボトルの偉大さを痛感していた。人間、水がなければ行動できない。ひょっとしたら近くの水場は、この湖だけかもしれない。ペットボトルがなければ、一生この湖から離れられない可能性もあるんだ。しかも、この先、補充することはできない。たかが二本のペットボトルだが、その様々な用途を考えると取り返しのつかない損失だった。その貴重なペットボトルをこいつらは遊びで壊しやがって！

しばらく、そんな貴重なものを壊された怒りと、安易に隠して放っておいた自分に怒りが収まらなかったが、やっと落ち着いてきた。幾ら悔やんでも壊れたものはしょうがない。

［可能であれば解体してください］

ナノムは、この生物に興味があるようだ。

気が進まなかったが、俺も頼られるとイヤとは言えない性格だ。解体してやろう。

別に血に忌避感《きひかん》はないが、こいつらにはできるだけ触りたくはない。触らないように電磁ブレードナイフを頭から股までゆっくりと動かしていき、二つに分けた。

くさっ！　なんて匂いだ！　生臭い匂いが辺りに広がる。木の棒で死体を動かし、断面をナノムに見えるようにしてやった。

［肋骨の下に何かあります］

棒で弄ると、確かに胸の中心に何か玉のような物がある。突いてみると二センチ程の大きさの血まみれの玉が転がり出てきた。これは何だろう？　石のように硬くて白く濁った色をしている。胆石か何かだろうか？

ナノムがこいつらの遺伝子情報を欲しがったので、指で玉をチョンと突いて、人差し指に血をつけた。これで解析できるだろう。もういいかな。すぐに湖で手とナイフを洗った。奴らに槍でつき刺されたペットボトルは、真ん中あたりに穴が空いていたので、ナイフで切って底の部分を利用してコップを二つ、作ってみた。

これはいい！　何の生活必需品も持たない俺にとっては、こんなものだって宝物に等しいものだ。水を掬って飲むのに丁度いいな。少しだけ気分が良くなった。

恒星《こうせい》の動きからするとまだ丁度正午になったぐらいだろう。是非とも何か食料を探したいところだ。そもそも俺は、この惑星のものを消化して栄養とすることができるのだろうか？

ペットボトルを二つ失ったが、奴らと出会って大きな収穫があった。あんな無警戒な行動をとってヘラヘラと暮らしているのだ。この付近に脅威《きょうい》となるようなものはいないに違いない。

それとも脅威があるのに気づいていない、又は、忘れていたという可能性もあるのだろうか？

……十分ありそうだな。気を引き締めていこう。

003. 再構築

ノードからの報告では重力制御セクションは初期報告より被害が少ないようだ。久々の朗報だ。

さて、艦長も脱出させたことだし艦の再構築を始めよう。

帝国軍の艦艇は、基本的に円柱状の形状をしている。セクションと呼ばれる1／4円、1／2円、全円の円柱のブロック状のものを組み合わせ連結することで艦が構成されていた。

まずは機関セクションを投棄《とうき》する。修復の見込みはなく全くの不要物だ。

これで艦の後方1／4の部分が切り離された。

本来であれば生命体のいる惑星に、物を投棄することは重大な軍規違反だが、現在は第一級非常事態宣言中のため、艦長命令が優先される。実行には何の問題もなかった。

落下地点も艦長の不時着予想ポイントから二千キロメートルは離れているため問題はないだろう。

トラクタービーム（牽引光線《けんいんこうせん》）を使用して機関セクションを惑星上に落としていく。さすがにこのままのサイズで落下させれば、惑星の生物が滅亡しかねない。十分に離れたところで細かく自爆させた。

対バグスに関して人類が勝っているのはテクノロジーだけといっていい。そのためテクノロジーが流出しないように、各セクションのパーツには自爆装置が過剰《かじょう》に組み込まれていた。自爆装置は、どのような被害があっても確実に動作する人類の技術《テクノロジー》の粋を集めた傑作だった。

次に姿勢制御用の補助エンジンで艦全体を回転させ始めた。遠心力を利用してセクションを望む方向へ投棄するためだ。速ければ速いほどいい。

補助エンジンで十分な回転を得ると修復不可能なセクションを次々と投棄していく。第一コールドスリープセクション、第二コールドスリープセクションを、計算されたタイミングで切り離していく。

切り離したセクションはトラクタービームを使用し惑星に落としていく。その作用反作用の力で少しずつ軌道を変えることができる。これらも十分に離れたところで自爆させた。

ここまでの行動で、艦の再構築の成功の可能性は六十八パーセントにまで上昇していた。

格納庫セクションの投棄も必要だ。格納庫セクションは質量が大きすぎる。

既に攻撃によって宇宙空間を航行可能な三隻の連絡艇《シャトル》、四隻の大型上陸艇《エアシップ》などは全滅していた。

とはいえ、ドローンなどの軌道上からでも降下可能な機体には全機降下するように命令を出した。万が一、降下に成功すれば、きっと艦長の役に立つはずだ。

格納庫セクションの連結を解除し、こちらもトラクタービームで落としていく。

先程、艦長に字幕で命令を促した際、字幕では「本艦の戦力維持のために」としたところを艦長は「本艦の戦力維持と航宙軍の戦力維持のために」と言い換えて命令した。

恐らくは上級士官教育を直前に受けた影響かと思われた。帝国軍軍規第一条第二項のＡ「帝国軍戦力は維持・存続されなければならない」。

全くその通りだった。本艦の戦力だけを維持しても仕方がない。艦の大半の機能は失われている。航行もできず、主砲も副砲も撃てず、ＦＴＬ通信もできない。正直にいって現在の状態では帝国航宙軍のサテライト級駆逐艦《くちくかん》にも、バグスのBG−I型巡洋艦《じゅんようかん》にも敵わないだろう。

今現在は戦力が足りないかもしれないが、元に戻す試みをしなければならない。

そのためには工業用セクション、生命維持セクション、医療セクション、重力制御セクションは絶対死守しなければならなかった。

投棄された格納庫セクションを管理するＡＩは混乱を極めていた。全ての規定を無視し降下可能な機体は全て降下せよとの命令だ。

降下機能を持つ機体といっても、このような無茶な軌道で、しかも回転しているセクションから降下するようには設計されていない。どれだけの機体が無事降下できるのかは不明だった。

現在は最適な降下位置に移動するまで待機中だ。

格納庫セクションのＡＩは、格納庫内に並ぶ汎用《はんよう》ボット群に意識の一つを向けた。ボットには単独では軌道からの降下機能はない。人類の代わりに様々な作業を行う目的で開発されたもので、そのためか両手、両足がある人類に似せて設計されていた。戦闘力はあまりないが、汎用と言われるだけに実に多岐にわたる機能を備えていた。しかもドローンと同じく長期にわたる作戦行動が可能なように設計されている。

AIを構成するノードの一つから提言があった。ドローンと汎用ボットを組み合わせて降下させたらどうかとの提言だった。内容を確認しドローンの仕様を確認する。

ドローン、ボットの仕様、空気抵抗を加味してシミュレーションしてみたが、成功する可能性は高い。

ドローンにはオプションを付けるために機体の腹の部分にフックがある。ボットにそのフックを掴ませドローンに大気圏突入させるプランを瞬時に作成し、各端末に送付した。

勿論、ドローンは重量的にボットを抱えたまま飛行することはできないが、地表近くまで滑《かっ》空《くう》し落下速度を落とすことは可能だ。無理そうならボットがフックを離せばいいだけだ。

さらにボットにはジャンプを補助するスラスターが付いている。落下速度を落とせば着地できる可能姓は高い。

すぐにドローンとボットのペアが作られ、ボット達がドローンのフックにしがみつき始めた。

ボットが余ってしまったが、これはもうどうしようもない。

イーリスはセクションの分離とドッキングを繰り返し行っていた。今、十四回目のドッキングを終えたところだ。回転している船体の遠心力で分離したセクションをトラクタービームで牽引しドッキングする。これを繰り返すことにより少しずつ軌道を変えることに成功しつつあった。

あと少しでスイングバイすることのできる軌道に乗ることができる。機関セクションを失い、利用できる動力には限りがあり、少しも無駄にはできない。

これからスイングバイと補助エンジンを併用して安定した軌道へと移行する予定だ。時間は掛かるが仕方がない。

艦長とは連絡が取れない。もうとっくに地表に着いているはずだ。

格納庫セクションが降下可能な高度に達した。

ハッチが開けられ、ハッチ付近に装備されているトラクタービームにより降下予定の機体が、次々と問答無用でハッチの外に勢いよく射出されていく。

ドローンは全長十五メートル、全幅十メートル、全高四メートルほどの大きさで一見すると鳥のような形をしている。汎用ボットは予め這《は》いつくばってフックを摑んでいた。

次々とドローンとボットのペアが射出されていく。

射出された機体は、すかさず水素ラムジェットエンジンを点火した。急いで格納庫セクションから離れなくてはならない。このあとすぐに自爆するからだ。

格納庫セクションは、自爆予定高度に達すると自爆した。ドローンの殆どの機体はなんとか衝撃を乗り切った。

これから、エアロブレーキングを利用しつつ最適な進入角度へと機動し大気圏突入を試みる。

結局、大気圏突入をクリアできたドローンは全体の約八割だった。残り二割はあまりにも軌道が悪すぎ、格納庫セクションの爆発に巻き込まれてしまった。

脱出に成功したドローン群は、もっと高度が下がるまで滑空していくことを選択し、散開しないように編隊を組んで降下していく。

リーダー機の指示により、ドローン一機がエンジンを使って先行して降下していった。全ての機体がその機体のデータに注目している。

高度が一千メートルを切ったところで水素ラムジェットエンジンを全開にして降下速度を落とす機動をとり始めた。可動式ジェットノズルを持つ垂直離着陸機だからこそ可能な機動だ。ボットの着地は無事成功した。だが少しフックを離すのが早かったようだ。三十メートルほどの高度から落下したがボットは無事だった。

全機、今の機動を参考にプランを修正し、高度一千メートルを切ると全機一斉に水素ラムジェットエンジンを全開にした。

全ての汎用ボットは、高度十メートルから飛び降りるような形で無事着地することができた。

現在、出ている命令は待機命令だ。汎用ボットは集結し待機し、ドローンは、格納していたプロペラを出してプロペラ航行に切替え、上昇していく。雲の上に出て恒星《こうせい》の光で充電するためだ。失った水素も空気中から補給しなければならなかった。

イーリスは地表からの連絡に驚いていた。ドローンの約八割、汎用ボットの約六割、それに大型の作業用トラクタ二台、掘削機《くっさくき》三台が無事降下していた。予測以上の成果だ。

偵察用ドローン　DR－3020　八十二機
汎用ボット　BT－122W　八十二機
汎用トラクタ　TR－400G　二台
試掘用《しくつよう》掘削機　KS－10G　三台

残念ながら戦闘用の兵器の類《たぐ》いは上陸艇《エアシップ》に搭載されていたため全滅だ。

汎用トラクタと試掘用掘削機は、降下機能を持った専用コンテナにそれぞれ入れられていたため、降下できたようだ。ただし、これらを使用する機会は恐らくないだろう。

しかし、艦長と連絡が取れていない現状では偵察用ドローン、汎用ボットは非常に有用だ。

とりあえず、ドローンに艦長の捜索《そうさく》、知的生命体の都市と思われる場所の偵察、その生物の観察を指示する。その他の飛行能力のない機器は闇雲に動いても意味がないため待機を命じた。

脱出ポッドと連絡が取れない。艦長に何があったのだろうか。

004. 調査

食料を調達する調査に出発した。まずは湖の周りを回ってみよう。

この状況で食料として、まず思いつくのは湖にいる魚などの水生生物だが、この湖にいるかどうかも判らないし、当然捕獲《ほかく》する道具なんて持っていない。ライフルで撃てるぐらいの大物がいればいいが、撃った後の回収が面倒そうだ。後回しだな。

やはり植物か。しかし、なんの知識もないのでは難しい。

（植物が食用可能かどうかを調べたいんだが、どうすればいい？）

［植物の葉を人差し指と親指で潰すようにしてください。植物の組織液を分析し、食用可能かどうかを判定します］

ほう、指にセンサーが装備されているのは知っていたが、そんなことまでできるとは驚きだ。今までこのセンサーは使ったことがなかったが、今の状況では凄く役に立つ機能だ。

目についた植物の葉を一枚とるとグニグニと潰してみた。

（この惑星の植物から栄養を摂取《せっしゅ》することは可能か？）

［可能です。しかし、この植物は食用に向きません］

ふう、一安心だ。駄目だったらいきなり詰んでいたところだ。よし、どんどん調べていこう。

››› 004. 調査

［食用に向きません］
［食用に向きません］
……
［消化・吸収可能です］
おおっ！　試しに口に入れてみると青臭くて不味《まず》かった。慌てて吐き出した。
（食用に向いている時だけ、アナウンスするようにしてくれ）
［了解］
…………
［食用に適しています］
よし、ついにきた！　葉っぱを齧《かじ》ってみるが不味い。茎を試してみるが同じ。引っこ抜いてみると根に直径三センチくらいの小さい芋《いも》のようなものが幾つか付いていた。試しに齧ってみると、俺が知っている生の芋のような味がした。
美味《うま》くはないが、火を通せば変わるかもしれない。よし、今日はこれを集めてみよう。
芋モドキを集める作業に没頭していると三十メートルほど先にいるウサギのようなネズミのような生物と目があった。相手は固まったように動かない。これは食べられる動物なのだろうか？
こればかりは調査しなければ判らないな。可哀想だが俺の糧《かて》となってもらおう。素早くライフルを構えると一撃で仕留めた。近づいてみると五キログラムぐらいはありそうなウサギのようなネズミのような生物だった。ウサギにしては耳が小さいし、ネズミにしては耳が大きい。ライフルでできた傷口に人差し指を突っ込み、血に触れる。食用に適しているとの判定が出たので持ち帰ることにした。

ネズミウサギと名付けよう。ウサギネズミとネズミウサギだったらネズミウサギのほうが気分的には美味そうだ。まぁ、モノが一緒なので結局どちらでも一緒だ。

芋モドキは二十個くらい集まったし、ネズミウサギも獲れたので今日は岩場に戻ろう。

意外と楽に食料は手に入ったな。これならば、なんとか生きていけるかもしれない。

湖畔で解体してから岩場に戻って調理することにした。ナノムに解体方法を聞きながらナイフで解体した。

ふむ、意外と食べられるところが少ないな。大きめの後ろ足二本と小さい前足二本だけだった。一キロぐらいか？　骨を除くと七百グラムくらいかもしれない。

毛皮も利用すべきだろうか……。今は必要ないし、どうやって処理すればいいのかも判らない。勿体ないが捨ててしまおう。

ふと思い出した。

（脱出ポッド、応答しろ）

通信してみるが反応はない。まぁいい、イーリス亡き今となってはヤツに未練はない。

岩場に戻ってネズミウサギ肉の調理の準備を始めた。まずは木を集めなければいけないな。

野外での調理なんてジュニアスクールの時以来だ。なんだかテンションが上がってきた。

燃えそうな木を集めてレーザーガンで火をつけた。

料理は俺の唯一の趣味だ。乗艦中には中々できないが、たまに多目的ルームを借りて料理を作って小隊の皆に振る舞ったりしていた。

料理ができない時には、レシピの研究やグルメサイトの情報収集をしている。

骨付き肉を一本ずつ焼いていくのだが、これは大変な作業だった。調理器具がないとこんなにも苦労するものか。これはもう料理ではなくて火に肉をかざしているだけだ。

木の枝などを利用しつつ、なんとか足を一本焼き上げることができた。

モモ肉にかぶりつくと、ちゃんと火は通っていてチキンに似た味だった。ちょっと肉の臭みはあるが許容範囲だ。だが正直、味は微妙だ。美味くはないが、不味くて食べられない程ではないという感じだろうか。

まず、当然だが塩気がないので肉の味しかしない。解体、薪《たきぎ》集め、調理と結構な時間と手間を掛けただけに過剰《かじょう》な期待をしていたのもあるのかもしれない。

少しでも塩気があれば断然美味くなると思うんだけどなぁ。塩か……。岩塩とかって、その辺にあるものだろうか？

もう夕方になりかけている。明るい内に調理してしまおう。せっかくなので残りの肉も残さずいただいた。肉だけで腹一杯になってしまった。

採ってきた芋モドキはどうしようか。ふと閃くと消えかかっている焚き火の上に、芋モドキを載せ、上から土を軽く載せる。これでいい感じに焼けないだろうか？　まぁ、ダメで元々だ。

もうすっかり暗くなったので今日は寝てしまおう。

（警戒モード。夜明けに起こしてくれ）

［了解しました］

［夜明けです。起きてください］

ふぁー、今日はよく寝た気分だ。朝日が眩しい。そうだ！

（一日は何時間だ？）

［二十四・二五四時間です］

これはいい。故郷《こきょう》の惑星と大体同じだった。

昨夜、焚き火に入れた芋モドキを見てみた。焦げているものや、生っぽいものもある。良さそうなものを選んで皮を剥いて食べてみた。

お、これはなかなかいける！　焼いた芋の味だ。今日の朝飯はこれだな。

やっぱり塩と調理器具が欲しいなぁ。手に入らないと意識すると無性に欲しくなってくる。

今日も食料調達と調査だ。とりあえず昨日の続きで、湖の周りを回ってみることにした。

結構大きな湖で外周は十五キロメートル以上あるに違いない。獣道のようなものがあるので歩くにはそれほど苦労しなかった。目新しい植物があれば指でグニグニしていく。

……

［食用に適しています］

おっ、幸先がいいな。ただの草に見えるが香りが良いのでハーブの一種だろう。味も悪くない。四、五本抜いてポケットに突っ込んだ。

湖を半周ぐらいしたところで、行く手に小川が見えてきた。結構な水量で湖から流れ出ている。考えてみればこれだけの大きさの湖だ。川があって当然かもしれない。

川をじっと見つめる。川があるということは、この川は海へと続いているはずだ。脱出ポッドで降下してくる時に外部モニターで海があるのは確認していた。

海に行けば、きっと塩があるに違いない。これは検討する必要がありそうだ。

小川を飛び越えて渡った。ナノムに強化された筋肉があれば、川幅五メートル程度であれば助走なしでも楽々飛べる。

葉をグニグニしながら歩いていると何十種類目かで食用に適している植物が見つかった。

葉物の野菜のような外観だ。口に入れてみると普通に食べられ、サラダとして使えそうな植物だった。

これも五束くらい採取して無理やりポケットに突っ込む。

しばらく歩いて行くと湖の岸でイノシシのような動物が水を飲んでいるのを見つけた。

距離にして四百メートルくらいだろうか。

よし、可哀想だが今日の夕食になってもらおう。残っている保存食はなるべく節約しなければならない。

四百メートルの距離があってもズームをすれば何の問題もない。イノシシモドキの結構な大きさに驚きつつも、頭部をロックオンするとライフルを構えトリガーを引いた。

ライフルから甲高《かんだか》い電子音が聞こえ、遠くでイノシシモドキが倒れた。

近づいてみるとやはり予想以上にでかい。確実に百キロ以上はある。

俺が知っているイノシシよりも牙が大きく長い。三十センチ近くはあり、牙イノシシといっていいだろう。こんなのに突っ込まれたら大怪我じゃ済まないな。

うーむ、ここら辺にこんな危険生物がいたとは。やはり自然は侮れない。当然、ナノムに食用判定してもらい、お墨付きをもらった。

しかし困ったな。こんなに大量の肉を手に入れても冷蔵する手段がない環境では食べきれる訳もない。しかも今の調理環境では、干し肉などの保存食も作れそうにない。

仕方がないので後ろ足一本だけナイフで切り取って持っていくことにした。持った感じでは、後ろ足一本だけでも十キロ以上はありそうだ。

ホクホク顔で歩き始めると、少し離れたところで背後からバシャッと水音が聞こえた。慌てて振り向くと、何かが湖に牙イノシシを引きずり込むところだった。あの巨大な牙イノシシが簡単に引き込まれていく。慌てて湖から距離をとった。

牙イノシシといい、今の謎生物といい、今まで俺が無事だったのは単に運が良かっただけだ。改めて気を引き締めよう。

警戒しながらも、なんとか岩場まで戻ってくることができた。

朝の時点では帰ったら湖で水浴びでもしようと考えていたのだが、あんな光景を見た後では

››› 004. 調査

たとえ塩をくれると言われても水浴びする気はない。

さすがに二日以上もシャワーを浴びないと気持ち悪くなってくる。どうしたものか……。

とりあえず食事にしよう。

これだけ大きな足肉丸々一本を火に翳《かざ》しても、中まで火が通らないだろうから、薄くスライスした肉を木の枝に刺して火に翳す。すぐに焼けたので採取したハーブの葉を何枚かちぎり、更に同じく採取した葉物野菜で肉とハーブを巻いて食べてみた。

これは美味い！　肉汁たっぷりで野性味溢れる味だ。相変わらず塩気が足りないが、これはこれでありだ。ハーブと野菜がアクセントになっているな。

夢中で満腹になるまで何枚も食べた。これはかろうじて料理と言っていいだろう。

肉は余ったが明日の分にとっておこう。恐らく明日までであれば悪くはならないだろう。

満腹になって落ち着くと、自然と今日見た小川、牙イノシシ、湖の謎生物のことを考えていた。

朝、出発する時点では、水と食料が容易に確保できるという点で、この湖の周辺もそんなに悪い所とも思っていなかったが、実際にはかなり危険に満ちていた。

小川を辿っていけば、いずれ海にでるだろう。塩、海産物は、とても魅力的だった。

しかし、俺はあまりにこの惑星を知らなすぎる。知らない場所に闇雲に飛び出せば、あっさりと命を落とすかもしれない。

俺は恐らくこのまま、たった一人で生きて死んでゆく。

話し相手もいないし、何の娯楽もない。人生の楽しみ、喜びといったら食事ぐらいだろう。

そう考えると、ここは冒険してもいいんじゃないかと思えてきた。

人生の唯一の楽しみ、喜びのために命を懸ける。悪くない！　妙にわくわくしてきた。

よし！　川を下り、海を目指そう！　こんな所でくすぶってたまるか、兵士はもう引退だ。冒険だ！　俺は冒険者になる！

そうと決まれば早速、準備に取り掛かろう。明日の朝に出発するとして肉は弁当にしよう。

肉を直接バックパックに入れるのは嫌だったので、なにか肉を包むものはないか見渡すと、拠点の近くに幅の広い細長い植物の葉があったので、グニグニしてみる。

(包装用としての材料としては問題ないか？)

[問題ありません]

葉を採れるだけ採って、いろいろ試行錯誤しながらも、なんとか包みっぽいものができた。葉を編み込むようにするのがポイントだ。

肉は薄くスライスしておく。食あたりが怖いので、肉は明日の朝に焼こう。

あとは川に行く途中で芋モドキを採ろう。水は川で汲めばいい。

おお！　そういえば、浅い川でなら、きっと危険生物もいないだろうから水浴びもできそうだ。

あっという間に準備は終わり、いい感じに暗くなってきたので今日はもう寝ることにした。

005. 邂逅

夜明けと共に起きて肉を焼き始めた。肉を焼き終わったらハーブと一緒に葉物野菜で巻いていく。あとは梱包用の葉で包んで、肉野菜弁当の完成だ。

バックパックにはプロセッサモジュールの袋、制服とツナギ、非常用固形食の残り、ペットボトルの水三本、レアメタル錠一瓶《びん》が入っている。

バックパックを背負い、毛布は両脇にくるように調節して、ライフルを肩に掛ける。足にはレーザーガンを装備し、電磁ブレードナイフはポケットに挿した。久々のフル装備を背負い、湖畔から距離をとって川に向かって歩きだした。

（芋《いも》モドキをハイライト表示してくれ）

こうしておくと芋モドキを視界に捉えた時に、自動的に明るい赤で色を付けてくれるのでなかなか便利だ。早速、芋モドキが赤く表示されている。引っこ抜いて芋をバックパックのサイドポケットに入れていった。

すぐにサイドポケットが一杯になったので採取をやめた。先は長く余り時間は掛けられない。

二時間ほどで小川まで行くことができた。

湖の近くの川での水浴びは例の生物が怖いので、もう少し川沿いを歩いて良さそうな場所を探そう。

三十分くらい河原を歩いて行くと見晴らしのいい少し水深の深い良い感じの場所があった。水深が深いといっても底まで見えているので不審な生物はいない。ここがよさそうだ。

十分ほど辺りを警戒していたが、特に問題がないので手早く水浴びをすることにした。

うひゃー、冷たい！　でも三日ぶりに体を洗える喜びでテンションが上がる。着ていたツナギも洗ってしまおう。ボディソープやシャンプーがないのが玉に瑕《きず》だが、それでも爽快だった。

ふぅ、スッキリした。予備のツナギを着ると洗ったツナギはよく絞ってバックパックに引っ掛けておこう。だらしないが仕方ない。

ペットボトルに水を補給してまた歩き始めた。

それから一時間ほど河原を歩くと微《かす》かにゴーッという音が聞こえた。まさかと思い、走って近づくと想像通り滝だった。落差は三十メートル以上ありそうだ。

滝なんてネットのホロビットでしか見たことはなかったが、なかなか豪快だな。

しかし、困ったな。これでは大きく迂回しなければならないだろう。

しばらく探していると獣道らしきものが見つかった。

獣道は川から離れる方向へ続いていたが、仕方がない。一から道を切り開く時間はないし、なんとなく下っているので問題ないだろう。

何時間か歩いて腹が減ったので弁当を食べることにした。丁度、正午頃だ。弁当は冷えてもなかなか美味《うま》かった。

食事を終えてまた歩き始めた。そう言えば、日のある内に寝る場所も探さなきゃいけないなと考えていると突然開けた場所に出た。左右に長く続いている。

まるで誰かが作った道のようだ。次の瞬間、視界に入ったものを見て身体が固まった。

本物の道だ！

地面に車輪の付いたものがつけたであろう轍《わだち》があった。山の斜面を削って作ったような道で、道幅は五メートルくらいある。

ライフルを構え耳を澄ます。とりあえず問題はないようだ。

しかし驚いたな。あの緑色の奴らなのだろうか。いや、奴らには車輪を作るような知性はない。そう決めた。

よく見ると轍の他に馬の足跡のようなものもある。この惑星に本当に馬がいるのだろうか。とにかく蹄《ひづめ》のようなものを持つ生物だ。

物語に出てくる馬車のようなものだろうか。足跡はあちこちにある。馬車と複数の馬ということだろう。蹄の向きは、丸い方が前のはずなので馬車は右から左へと進んだことになる。轍の間隔が広いので結構大きな馬車のようだ。

追いかけてみよう。初めての知的生命体の手掛かりだ。こんなチャンスは、もう二度と来ないかもしれない。足跡は真新しく見える。二日は経ってないだろう。

久々に本気を出すか！

（長距離走行モード）

［了解］

馬車を追いかけて走り出した。

人間は肺によって体内に酸素を取り入れ、体内から二酸化炭素を排出する。

長距離走行モードはナノムが肺の細胞に干渉してこの交換効率を最大限に上げ、更に血液に干渉して血中酸素濃度を最大限にまで高める。つまり走っても余り苦しくならない。

これにより、かなりのスピードで長時間走り続けることができるが、健康面では余りよくないため常用はできない。

もう何時間も走り続けている。もう百キロ近く走ったはずだ。走り始めた時と同じペースで走り続けているが、まだ追いつかない。

夕方近くになり、薄暗くなってきた。今日の追跡は諦める頃合いかもしれない。

その時、ナノムに強化された聴覚が何か争うような音を捉えた。道は山間を縫《ぬ》うように曲がりくねっているため、まだ何も見えない。走るのをやめ警戒しながら近づいていく。

大きく左に曲がった道を進むと百五十メートルくらい先に音の原因が見えてきた。

馬車のようなものが倒れており、二体の人型の生物と、大きな狼のような生物が十五頭以上入り乱れて戦っていた。すかさずズームする。

「あれは！」

人型の生物は、人類そっくりの外見をしていた。

剣をもった男一人と女一人だ。倒れた馬車を背にしてお互いをカバーしながら戦っているようだ。周りには何人もの人間、馬のような生物が倒れている。

「くそっ！」

ライフルを構える動作に入った瞬間、狼モドキが一斉に二人に襲いかかった。

（助けるぞ、照準は任せる）

［完了］

瞬時にナノムが答えた。

勿論、それを見越して既にトリガーは引き始めている。

甲高《かんだか》い電子音と共にパルスライフルが三連射した。人間に当てないように分けて撃ったようだ。遠くで全ての狼が崩れ落ちた。

立っていた二人は既に押し倒されている。くそっ！

走って近づいていくと惨状が明らかになった。全部で十人。男八人と女二人だ。全員、鎧のようなものを着ている。最後に倒された二人以外は、みんな喉を食い破られていて明らかに死んでいた。急いで倒された二人に駆けよった。

中年の男はまだ生きているが、同じく喉を食い破られている。喉から、口から大量の血が溢れ出ている。これはもう手の施しようがない。

若い女は、喉は無事だったが左手が肘の先から、右足が脛《すね》の部分、足首の上で食い千切られて、大量に出血していて気を失っている。

男は馬車に半ば寄りかかるようにしていた。男と目が合う。男は二、三秒の間、目を合わせていたが、女に視線をやり、また俺と目を合わせる。

女を頼むという意味だろうと俺が頷くと、ゆっくりと目を閉じて息を引き取った。

急いで女の救助に取り掛かろう。女というより女の子だ。年の頃は十六、十七歳くらいだろうか。自分の血だろうか、全身血まみれ状態だ。おっと、見ている場合じゃない。

(どうすればいい？)

［血に触ってください］

言われた通りにする。

(どうだ？)

［間違いありません。【人類に連なる者】です］

やはりか。驚愕《きょうがく》の事実だが、これは見た目で予測できたことだ。

［なにかで縛って止血してください］

なにかって何だよ。見回すと馬のような生物が死んでいて、その頭と口に革紐でできたマスクのようなものを被っている。それに一メートル程の長さの革紐が付いていたのでナイフで切って確保した。恐らく馬を制御する紐なのだろう。

足の切断された傷口の三センチくらい上を革紐で、きつく縛った。腕のほうも同様だ。

［先程から左手首にナノムを集めています。切って彼女に血を飲ませてください］

手首の血管を切れって言ってるのか!?　コイツ、たまにきついこと、言うんだよなぁ。

どうやって飲ませればいいんだ？　貴重なナノムを無駄にこぼす訳にはいかない。

そうだ！　ペットボトルで作ったコップのことを思い出した。これに血を溜めた後に飲ませよう。コップというにはでかいコップを用意して、気合いを入れてコップの上で腕を構え、ナイフを手首にあてた。ふぅ、電磁《でんじ》ブレードの切れ味の良さが恨めしい。

［静脈を切ってください］

手首の血管が、仮想的に蛍光緑色にハイライト表示され、切開箇所に赤い線が引かれる。

おい！　もっと早く言え！　今、普通に切るとこだったぞ。

切り過ぎるのが怖いので少しずつ切っていくことにした。うぅ。

あれ？　痛くない。

［該当箇所の痛覚は遮断してあります］

コイツ、なんかワザとやってないか？

血がコップに溜まっていく。おぉ、結構必要なんだな……。

えっ？　まだ？　と思ったところで血が止まった。四百ccはありそうに見える。

［輸血も兼ねています］

えっ？　そんなことできるの!?　凄いな。

少女の上半身を抱え上げ、抱え上げた手で口を開ける。飲んでくれるだろうか？　口を開け少しずつ血を流し込む。少しずつであるがコップの血は減っていった。

［そこまで。残りは傷口にかけてください］

なるほど、そういうもんかと思いながら傷口に均等にかけた。
［レアメタルの錠剤を八錠服用してください。彼女には十六錠］
そうきたか。バックパックからレアメタルの錠剤の瓶を出し、二十四錠取り出すと八錠を飲み込んだ。さて、彼女にはどうやって飲み込ませるか。
［飲み込ませる必要はありません。口の中に入れておけば大丈夫です］
なるほどと思いながら、彼女の口の中に十六錠のレアメタルを入れた。

レアメタル錠は、ただの希少な金属の集まりだ。ナノムを精製《せいせい》するのに最適な金属を集めて錠剤状にしただけのものだ。ナノムが体内にいない人間が飲めば、むしろ毒と言っていい。

だが、ナノムが体内に存在している状態では、仮に金属が体に吸収されたとしても、すぐさまナノムが横取りして複製を作る材料にしてしまう。ナノムはレアメタルを検知すると積極的にレアメタルを分解、吸収し、ごく短時間でナノムに換えることができた。

［切断された傷口の切り口が問題です。ナイフで真っ直ぐに切断してください］

えぇ!?　確かに骨が結構見えていて、かなりグロいな。このままじゃ不味《まず》いだろう。

［既に痛覚は遮断してあります］

仕事が早いな。ならばやるしかあるまい。電磁ブレードナイフを取り出す。

切断面が綺麗になるようにとなると二、三センチは切らないといけないようだ。

電磁ブレードナイフで傷口を断面が垂直になるようにサクッと切った。血が少し出たが、すぐに止まった。かなりの猟奇的体験だ。夢に出なければいいけどな。

[傷口に巻く包帯が必要です]

たしかにそうだ。俺は当然持っていないから彼らの荷物を漁る必要があるだろう。

改めて周りを見渡し、今更ながら気づいたが、ここは道の脇に作られた小さな広場のような場所だった。休憩用のスペースだろうか。

ああ、そうだ。焚き火をした跡があり、まだ煙が燻《くすぶ》っている。

馬を繋ぐU字型の杭があり、馬はその周りで死んでいた。なるほど……。襲われた時の状況が見えてきた。

彼らは休憩中で、いや時間を考えるとこの場所に泊まるつもりだったのかもしれない。

馬を繋ぎ、火をおこし、休んでいたところを狼にいきなり襲われた。

馬車に繋がれた二頭の馬が襲われ、馬は驚き暴れ馬車は横転。

他の馬は、杭に繋がれていたため、逃げ出すことができずに死んだ。

人間は、少しずつ各個撃破されていき、最後に二人が残った。

恐らくこんなところだろう。

きっと包帯に使えそうなものは馬車に載せてあるだろう。横転した馬車の上にジャンプして、中を覗くが荷物らしい荷物はなかった。

どうやら馬車の天井に荷物を積んであったようで、横転した先に革でできた大きなケースのようなものが四個転がっていた。とりあえず全てのケースを彼女の近くに運んだ。

特に鍵の類《たぐ》いも付いておらず、ベルトでとめているだけのようなので早速開けてみた。

ふむ、衣類かな？　これは男物が多いようだ。切って使ってもいいが、これだけの人数の団体だ。包帯ぐらいあるはずだ。

次だ。これも衣類だった。女物だろう。ドレスのようなものもある。彼女のものだろうか。

次だ。これは当たりかもしれない。なにやら、小瓶に入った液体やら乾燥させた薬草と思われるものが色々入っている。

あった！　これは包帯で間違いないだろう。細く切った布が巻いてあるものが三つあった。

手に取ってみると、ただの細長い布だ。伸縮性は全くないが、清潔そうではある。

（どうやって巻くんだ？）

［その前に止血した紐をはずしてください］

そりゃそうだ、血はもう止まっているはずだ。縛っていた革紐をナイフで切って外した。

仮想ウィンドウに足への包帯の巻き方のイメージが表示される。

次々と変わるイメージ動画に従いながら、なんとか足首と腕に包帯を巻くことができた。

［応急処置は完了です］

ふぅ、やっと終わった。座り込んで一息つく。

改めて周りを見渡すと焚き火をしていた跡があった辺りのほうが広い。

あちらに彼女を移そう。いつまでも、こんな死体だらけの所には置いておけない。毛布を敷いてから彼女を抱え上げて移動した。もう夕方だし、今日はここに泊まるしかない。

（彼女はどれくらいで動かせる？）

［可能であれば明日一日は安静が必要です］

まぁ、そうだろうな。そうとなれば、この場所を片付けたほうがいいな。死体だらけのところで、二日以上も過ごすなんてゾッとする。今日は徹夜かな。

まずは、焚き火をしよう。明るいほうが作業しやすいし動物避けにもなる。焚き火跡の火は、完全には消えていなかったので、集めてあった薪《たきぎ》を足すと火がつき始めた。

広場の反対側にも焚き火を作ろう。燃えている焚き火から何本かよく火がついている木を移して薪を足して焚き火を作った。

さて、死体を片付けるか。狼のような生物を改めてよく見ると、やっぱり大きい。頭から尻尾の先までは二メートル以上はあるだろう。全部で三十五頭の死体があった。

俺が倒したのが十五頭だから、彼らだけで二十頭は倒したわけだ。払った代償はあまりにも大きかった。

腕力に物を言わせて谷に投げようとしたが、いざ持ってみるとめちゃくちゃ重い。百五十キロ以上はありそうだ。一頭ずつ引きずって谷側へ落としていく。道の脇は結構な急斜面なこともあり面白いように転がっていった。

よし、サクサクいこう。

その作業中に彼女の左腕と右足を見つけた。狼にガジガジと齧《かじ》られてボロボロになっている。

一応とっておくか。おっと、ブーツは回収しておこう。

次は人間だな。これは流石に谷に落とす訳にはいかないし埋葬《まいそう》するしかない。とはいっても掘る道具がないな。スコップなんてあるだろうか。

もうすっかり暗くなったが、ナノムのおかげで結構夜目が利く。完全な暗闇では無理だが、これだけの焚き火の明かりがあればなんの問題もない。

スコップを探してみると意外とすぐ見つかった。鉄製の物で、木の柄がついている。馬車の後ろに据え付けられていた物で、馬車の備品なのだろう。

まずは死体を集めるか。これも引きずる訳にはいかないので一人一人抱えていく。埋葬先は円状の広場の彼女がいる場所の反対側にした。

九人分の墓穴を掘るのは大変そうだな。気合いを入れていこう。

掘り始めて二時間くらい経過した頃、［彼女が目覚めます］とナノムが言った。

006. クレリア

目が覚めた。しかし状況が全く判らない。夜だ。確か……。

ハッと身を起こす。そうだ！　グレイハウンドの群れに襲われたのだ！　みんな一人ずつ倒されていき、ついにはアンテス団長と二人だけになってしまった。

飛びかかられて左腕と足を……左腕を上げてみると肘から先がなかった。あぁ、なんてこと。では、足も⁉　見ると右足も脛《すね》から先がなかった。

『ああっ……』

思わず泣いてしまいそうになるが、ぐっと我慢した。私は少なくとも死んではいない。

アンテス団長が助けてくれたのだろうか。治療してあるようで不思議なことに全く痛みがない。

まさかファルが生きていたの⁉　でも、戦いの中でグレイハウンドに押し倒され、喉に喰い付かれたのを確かに見た。

辺りを見回すと見慣れない男がこちらに歩いてくるところだった。

◆◆◆◆◆

彼女が目を覚まして声をあげた後に、パニックになりそうになったのを我慢しているのを見て少し安心した。理性的な子のようだ。ゆっくりと歩いて近づいていく。

「やぁ、今晩は！　痛みはありませんか？」

挨拶《あいさつ》の言葉は、何だっていい。どうせ通じないのだから。

重要なのは話を続けさせることだ。少しでも早くナノムに言葉を覚えてもらわなければならない。

◇◇◇◇◇

男が何を言っているのか全く判らなかった。

男の格好は、なんとも奇妙なものだった。全身黒一色の衣装で、見るからにテカテカと光沢のある生地でできている。よく見ると上下で服が分かれていない。

どうやって着ているのだろう。着た後に縫《ぬ》っているのだろうか？

焚き火の明かりを受けて、服が所々キラキラと光って見えた。

道化なのだろうか？　いや、そうは見えない。若い男だ。年齢は二十歳くらいか。

『貴方《あなた》は誰ですか？　今なんと言ったのですか？』

◆◆◆◆◆

「そうですか、痛みはないですか。それは良かった。この度は災難でしたね。でもお気を落とさないように。良いこともあれば悪いこともあります。次はきっと良いことがありますよ」

適当な言葉を掛ける。

◇◇◇◇◇

さっきは聞き取り違いをしていたと思っていたが、そうではなく男が全く別の言葉を話していることが判った。

どういうことだろう。私の知る限り話しているこの言葉が通じない国はない。私が知らない国から来たとでもいうのだろうか。

『貴方が助けてくれたのですか？　皆はどこです？』

◆◆◆◆◆

「ところで、お腹は空いていませんか？　食べ物と水もありますよ」

バックパックからペットボトルと非常用固形食を取り出して見せた。

◇◇◇◇◇

やっぱりこの男もこちらの言っていることを全然理解していないようだった。

透明な硝子瓶《ガラスびん》に入った水と、何か銀色の金属でできた四角い箱のようなものを見せてきた。

あんな透明な硝子瓶など見たことがない。喉はものすごく渇いていたが、今はそれどころではない。

『皆はどこです？』

周りを見渡すと広場の反対側の離れた所に皆が寝かされているのが見えた。

『ああっ！』

やっぱり皆は……。会いたい！　見たい！　私は這《は》って皆のところに行こうとした。

すると、男が立ちふさがり、止めるような仕草をした。

◆◆◆◆◆

あちゃー、やっぱりそうなるよな。

這っていこうとするのを止めた。そんなことで怪我を悪化させでもしたら、俺が頑張った意味がなくなる。

ここからはジェスチャーゲームだ。

◇◇◇◇◇

男は奇妙な行動を取り始めた。

座った状態から、僅かに曲げた腕を広げて立ち上がり、皆の方向に三歩歩いて首だけ振り向いて止まった。

私が固まっていると戻ってきて、また同じ一連の動作をして止まって首を傾けた。理由は判らないが何故《なぜ》か無言だ。

もしかして私を自分が抱えて向こうまで行くと言っているのだろうか？　男に触れられるのは嫌だが、この際仕方がない。頷いてみる。

◆◆◆◆◆

おおっ！　通じた。やってみるもんだな。

なんだか本当にジェスチャーゲームをやってる気分になって無言でやってしまった。別に喋ってはいけないなんてルールはなかったのに。ちょっと恥ずかしい。

◇◇◇◇◇

男が近づいてきて抱え上げられた。家族以外でこれほど男と接近したのは初めてだ。緊張する。

皆のほうに歩いていく。あぁ……。皆、無残にも喉を食い破られていた。やはり戦闘中に見たままだ。あぁ、アンテス団長まで……。

皆、寝かせられて手を胸の前で組んだ状態だった。どうやらこの男は皆を丁重に扱ってくれたようだ。一人ずつ順に見せてくれる。

ライナー、ジーモン、アーロ、アンテロ、ミエス、ミルカ、オルヴォ、ファル、アンテス団長。

皆、子供の頃から仕えてくれた者ばかりだ。ファルは幼馴染《おさななじ》みだった。自然と涙が溢れてくる。人前で泣くなど許されないことなのに……。

五分くらいは泣いていただろうか。男が毛布のあった場所に戻って座らせてくれた。

◆◆◆◆◆

ふぅ、やっぱり女の子に泣かれると、どうしていいのか判らなくなるなぁ
やはり仲間の死がよほどショックだったようだ。うん、その気持ちはよく判る。
さて、墓掘りの続きをしなきゃな。一応説明してみるか。

◇◇◇◇◇

男はスコップをもってきて、また芝居のようなことを始めた。

スコップで地面を掘るマネをして何かを抱え上げて置いてスコップで埋めるような動作だ。

これも何故か無言だ。

これはすぐ判った。皆を埋葬《まいそう》してくれるというのだろう。頷いて判ったことを伝えた。

早速、男が作業に向かいそうになるのを引き止めた。

『ちょっと待っていただきたい！　手伝うことはできないが、私も見送りたいのだ』

最後くらい見送ってやれなくて、なにが主だ！　男はキョトンとした感じでこちらを見ている。

『だから、私も見送りたいのだ！』

男は、今度はそちらの番だとでも言いたげに手をふってきた。なるほど、動作で説明せねば伝わらないか。これは難しい。

皆のほうを指差して、今度は自分を指差す。そして、もう一度皆のほうを指差してみせた。

男は判ったという顔になって頷いた。おおっ、伝わった。なかなか賢い男だ。

男は再び私を抱え上げると皆のところに向かった。男は何をするのかといった風に私を見ている。

私も男が何処《どこ》で見送らせてくれるのかと男を見た。無言の時間が続く。

男は元の場所に戻ってしまった。ダメだ！　この男、全然判っていなかった！

思い返してみると確かにあれで理解しろというのは無理があったかもしれない。少し考えて脇においてあったスコップを指差す。次に男を指差した。男がスコップを手に取った。

また、男を指差したあと、男の足元を指差し掘る動作をしてみた。片手なので難しい。すると男が戸惑いながらも掘る動作をし始める。

そこで自分を指差した後、指で目を開いてみせた。これでどうだ！　男は納得顔で、人差し指と親指で丸を形作り大きく頷いた。肯定の意味のようだ。

男は少し考えた後、馬車に積んであったトランクケースを皆の前に積み始めた。三つ重ねてその上に座らせてくれた。

男が掘り始める。既に皆が入れる大きさの七割ぐらいの穴が掘ってある。私は皆の顔を見つめながら、その作業を見守った。自然とまた涙が出てくる。

一時間くらいたっただろうか、やっと皆が入れるぐらいの穴を掘ることができた。つまり男は三時間以上掘っていたことになる。頭が下がる思いだ。丁重に皆を穴に横たえた。男はなにかを思い出したように何かを取りにいった。持ってきたのは私の腕と足のようだ。ブーツは脱がしてある。自分の手足をこうして眺めるのは実に複雑な気分だった。

男が墓の中に入れる動作をする。頷いて同意した。私の体の一部と共にあれば、少しは皆も慰《なぐさ》められるかもしれない。

男が土を掛けていいのかと動作で伝えてくる。穴の中が見たいと動作で伝えた。ここからでは見えないのだ。これはすぐに伝わったようだ。

男に抱えてもらうと、男は穴の中が一望できる位置に移動してくれた。

『皆、今までよく仕えてくれた。皆の忠義、このクレリアの一生の誇りとする。ゆっくりと休んでくれ。さらばだ』

男に頷いてみせた。またトランクケースの上に座らせてもらう。そのあと土を掛け、埋葬が終わるのに更に一時間掛かった。そのあと男が元の毛布に座らせてくれた。

まずは礼を言わなければならない。男と真っ直ぐ向き合うように座り直す。

『此度《こたび》のこと、そなたには感謝してもしきれない。命を救ってもらったこと、皆を丁重に弔ってもらったこと、いずれもこの私にとって何よりも重要なことだった。

ありがとう、この恩は必ず返す。必ず返さなければならない恩義が、そなたにあることを私は女神ルミナスに誓う』

魔力をこめて女神ルミナスに誓う。

誓いが女神に受け入れられた証として体が光った。

そう、私はまだ死ぬわけにはいかない。

◆◆◆◆◆

ふぅ、さすがに疲れた。腹も減ったし、今日はもう動きたくない。走りっぱなしだったし、思わぬ土木作業もやった。

夕食は馬を解体して食べようかと思っていたが、もうそれどころじゃない。あぁ馬刺し、食いたかったなぁ。

埋葬が終わり、彼女を元の毛布のところまで運んだ。

食事休憩にしませんかとどうやって伝えようと考えていたら、彼女が真面目な感じでこちらを見てきたので、こちらも思わず身を正す。

なにやら話しだした。いつになく長いセリフで厳粛《げんしゅく》な雰囲気が伝わってくる。

喋り終わった後に、目を瞑《つぶ》ったと思ったら彼女の体が光った！

（なんだッ!?）

［判りません。ただ彼女が目を瞑って、約一秒後に何らかのエネルギーを感知しました］

（何らかってなんだ？）

［判りません］

ナノムに判らないとか、よっぽどだな。意志の疎通ができるようになったら訊くしかないな。

もういい！　飯にしよう。彼女もきっと腹が減っているだろう。

非常用固形食二個を取り出してラベルを見た。非常用固形食には、甘いフルーツケーキのようなものと、若干塩味の利いた何とも言えない味付けの二種類のものがあった。

女の子は甘いものが好きだろうから、こっちのほうがいいだろう。俺はもちろん汗をかいたことだし、塩味風味のものだ。

自作のコップに水を注いで彼女に渡すと、彼女は物凄い勢いで飲み干してしまった。コップを返してもらい、また水を注いで渡した。今度は口を付けただけだった。コップをまじまじと見ている。

あぁ、不味《まず》いぞ。こんなに水を飲ませるんじゃなかった。しかし、もう今更だ。

俺も喉が乾いていたので、大きなコップで一杯の水を飲んだ。明日か明後日には水を見つけないといけないな。

じゃ、侘《わび》しい食事といきますか。彼女に非常用固形食を渡す。渡された彼女は、しばらく非常用固形食を珍しげに眺めていたが、それだけだった。

あぁ、そりゃそうだ。俺、疲れてるなぁ。彼女は片腕だし、パッケージの開け方も判らないだろう。非常用固形食を返してもらいパッケージを開けて渡し、齧《かじ》る動作をしてみた。

彼女は、まじまじと見たあと、角をちょっと齧った。その後にかなりの勢いで食べ始めた。

かわいそうに普段あまりいいものを食べていなかったに違いない。さっき埋葬した一団では一番の若手だったし、こき使われていたのだろう。

俺も食べ始めた。美味《うま》いと言えば美味いんだが、なにか足りないよなぁ、コレ。

◇◇◇◇◇

どっと疲れがでる。

そもそも、たった何時間か前に手足をもがれた人間がこんなにピンピンしているなんて聞いたことがない。幼馴染みのファルに治癒魔法を何度か見せてもらったが、このような怪我は治療できないはずだ。男は、よほど優秀な治癒魔法の使い手なのだろう。

私が女神に誓いを立てた時に、男はひどく驚いていたように見えた。言葉が全く判らない状態では無理もないことかもしれない。

私が何に対して女神に誓ったのか、それを男は気にしているのだろう。

女神に誓うなど一生の内に、そう何度もあることではない。私は立場上、臣下が女神に誓うのを何度か見てきたが、貴族でない者には女神に誓うという行為自体、珍しいことかもしれない。

そのあと、男は例の硝子瓶とこれまた透明な容器を取り出し、容器に水を注ぎ渡してくれた。物凄く喉が渇いていたので夢中で飲んだ。飲み干すと更に注いでくれた。

落ち着くとその透明な硝子容器の異様さに改めて気づいた。極薄の仕上げになっており、先程、水を飲み干した時にはまるで持っていないように感じた。

それにこの複雑な造形、全くの左右対称に見える。これほどの品、一体どれほどの金貨を出せば手に入れられるか想像もつかない。

しきりに感心していると、今度は銀色の金属の箱のようなものを渡された。これは何だろうか？　重さからすると金属の塊というわけではなさそうだ。全く想像がつかない。

私が戸惑っていると、渡すように促されたので渡す。すると男は手品のように金属を剝き、中身を露出させ、また私に渡した。

渡されたものを見て、また驚愕《きょうがく》した。金属の箱と思っていたものは、極薄の金属に包まれた何かだった。極薄の金属が垂れ下がっている。

男が食べるような動作をしてくる。これが食べ物だと⁉　試しに口に近づけてみるとえも言われぬ香りがしてくる。

角を少し齧ってみた。甘い！　甘味だろうか？　ほのかに甘くしっとりした食感だ。夢中で食べ始めた。

ふぅ、食べ終わってしまった。これほど美味しい甘味を食べたのは生まれて初めてだ。

男も食べ終わると自分を指差して「アラン」間を取って「アラン・コリント」と言った。

もしかして男の名前を言っているのだろうか。そう言えばまだ自己紹介もしていなかった。

試しに男を指差し、「アラン」、間を取って「アラン・コリント」と言ってみた。すると男は凄く嬉しそうに頷いた。

ならば、こちらも名乗らねばなるまい。自分を指差し「クレリア」、間を取って「クレリア・スターヴァイン」と名乗った。

男は私を指差して、「クレリア」、「クレリア・スターヴァイン」と言った。その後、何回か私の名前を繰り返し口にしている。練習しているようだ。

自分の名前を言う際、男の表情に注目していた。スターヴァインの名を聞いても特に何の反応もしなかった。やはりこの男、いや、アラン・コリントはこの周辺の者ではないようだ。

それにしても、やはり貴族だったか。先程の硝子容器といい、この食事といい、平民の持ち物にしては不相応すぎる。

王国はもちろん、周辺国の主要な家の家名は知っていたが、コリント家という家名は聞いたことがなかった。

食事をしたせいか急に身体がだるく横になりたくなってきた。アラン・コリントが貴族だと判り安心したのもあるかもしれない。

◆◆◆◆◆

自己紹介は問題なく上手くいったな。クレリア・スターヴァイン、なかなか格好いい名前だ。

職業はなんだろうか？　やはり剣を持ち、鎧を着ているので兵士の類《たぐ》いだろう。

だとすれば言ってみれば、俺と同業者だ。なにか判り合える部分も出てくるだろう。

まだまだ聞きたいことが沢山あったが、クレリアが眠そうにしているので、寝るように身振りで伝えると何か呟いて毛布に横になった。

疲れていたが、夜はまだまだこれからだ。

(緊急事態だ！　朝までにクレリアの義足《ぎそく》を作らねばならなくなった)

いや、朝までの猶予《ゆうよ》もないかもしれない。

[どのような義足でしょう?]

(簡易的なものでいい。常用できなくてもいい。しかし少なくとも数分間は歩けるようにしたい。ただ、安定性を欠くものや直ぐに壊れるようなものは困る。材料はここにあるものだけだ。直ぐに設計を始めてくれ)

[材料を見て回ってください]

物を見て回りながら、さっき気づいた驚愕の事実を思い返していた。

クレリアは水をガブ飲みしていた。

あとで用を足したくなる。

彼女は歩けない。

片手、片足の彼女が一人でうまく用を足せるとは思えない。

俺が補助することになる。

恐ろしい未来が待っている。なんとか回避せねばならない。

俺の戦いはこれからだった。

007. 義足

義足《ぎそく》は完成した。

夜中にクレリアが尿意で目覚めるのではないかと、びくびく怯えながらの作業だった。

正直、馬車のメンテナンス用と思われる工具箱が見つからなければ完成しなかった。いや、この義足のどの材料が欠けても完成しなかっただろう。

会心の自信作であった。設計はナノムで、ナノムにミリ単位で指示されて作ったものだが。

構造は単純で、主な材料は馬車のサスペンション、大きく細長い金属製のジョッキのようなもの、馬具、工具箱にあった小さい万力、これだけだ。

馬車のサスペンションはショックを吸収するために、くの字型になっており、そのあと馬車に取り付けるために上に真っ直ぐ伸びていた。この形状でなければ実現しなかったであろう。また、サスペンションの硬さも絶妙だった。硬すぎず柔らかすぎず、正に奇跡だ。

材質はナノムにも判らなかったが、木や金属ではなく、生物の体の一部だろうとのことだった。えらく丈夫で、サスペンションに利用するのも納得の強度だった。

次に、大きな金属製のジョッキのようなものはシャンパングラスのような形をしており、下から上に向けて徐々に径が太くなっている。この径がちょうどクレリアのふくらはぎと同じような太さだ。

クレリアのふくらはぎの太さは遠くからズームして計測したので間違いない。

工程はジョッキの取手と根本の不要な部分をレーザーガンで切り落とし、同じくレーザーガンで万力と溶接した。

この溶接する角度が重要だった。ナノムが計算したクレリアの体重＋装備の重量を実際にサスペンションに掛けて、その時にサスペンションのステーが垂直になるような角度で溶接した。

サスペンションの接地面の先を丸く加工し、指示された角度になるようにナイフで少しずつ削っていく。あとは万力でサスペンションを挟んで固定してほぼ完成だ。

馬具のベルトを利用して足がグラスから抜けないように膝下部分と固定すれば装備完了だ。

ジョッキの中に足を入れてベルトで足と固定して使うイメージだ。

万力で高さを調整することにより、自由に長さを変えられるのがセールスポイントだ。

さすがにもうヘロヘロだった。もう夜は明けている。クレリアを起こそうかどうしようか悩んでいたら、丁度起きてくれた。

ここからは時間との勝負だ。

◇◇◇◇◇

朝、目が覚めると既にアラン・コリント、いや、コリント卿《きょう》は起きていた。直ぐに近づいてくると、なんとも珍妙な物を嬉しそうに見せ始めた。

儀式用の杯の一部のように見えるが他は判らない。なにやら口で説明しているが、勿論、意味は判らない。

しびれを切らしたように、いきなり抱え上げられた。近くに置いてある積み上げられたトランクケースに座らされた。

事前に用意してあったらしい布を、切断された足に幾重にも巻きつける。意味が判らず、なすがままだ。

その後、先程の珍妙な物の杯に、私の足を差し入れた。首をかしげブツブツ呟くと布をもう一巻きして同じことをする。納得したようで、今度は膝下にベルトを巻き、珍妙な物を固定し始めた。

固定し終えると今度は右手をとり、立つようにという仕草をする。まさか！

半ば強引に両腕を引き上げられ立たされる。心臓の鼓動《こどう》が激しい。そんな、まさか！

全身をじっくり観察するように眺めると座らされた。

また、ブツブツ言いながら何か調整している。先程から心臓が高鳴りっぱなしだった。まさか、そんなはずはないと思いながら。

また、強引に両腕を引き上げられ立たされ、観察するように眺める。納得したようだ。

ゆっくりと両腕を引かれる。恐る恐る足を踏み出す。感覚が判らず躓《つまず》いてしまったが、コリント卿が支えてくれた。足は高く上げなければならないようだ。

踏み出す。踏み出す。踏み出す。踏み込むとグニャリとした、なんとも言えない妙な感覚だ。

踏み出す。踏み出す。踏み出す。こんなことあり得ない。夢を見ているようだ。

踏み出す。踏み出す。踏み出す。コリント卿が片手を離し、私の横に並んだ。

踏み出す。踏み出す。踏み出す。まるで、コリント卿とダンスをしているみたいだ。

踏み出す。踏み出す。踏み出す。コリント卿が完全に手を離した。並んで歩く。

踏み出す。踏み出す。踏み出す。コリント卿が立ち止まった。

コリント卿の周りを自分の足で歩く。

踏み出す。踏み出す。踏み出す。

私は、いつの間にか涙を流していた。

踏み出す。踏み出す。踏み出す。

『あはは、すごいぞ！　コリント卿！』

泣きながら笑う。踏み出す。踏み出す。踏み出す。

そのまま、十分間くらい自分の足で歩いた。立ち止まる時に、よろめいたが持ち直した。

『コリント卿！　これは素晴らしい！　こんなことが実現可能なんて信じられない！』

勿論、コリント卿に意味は伝わらなかったが、こちらが喜んでいることは伝わったようで笑顔だ。

このままもっと喜びを伝えたいのだが、実は急に用を足したくなってしまった。そうでなければ、あのまま歩き続けていただろう。

そのことを、どのように伝えたらいいだろうか。昨日まではファルが側にいて全部任せていたので、こういったことを直接周りに伝えたことはなかった。

少し考えて、森を指差し自分を指差し、また森を指差した。判るだろうか。

コリント卿は頷くと人差し指と親指で円を作った。それから待っているようにという仕草をすると、脇においてあった見慣れない金属製の槍《やり》のような物を摑んで物凄い勢いで森に走って行ってしまった。

三、四分後くらいに走って戻ってくると頷き、また指で円を作った。森に危険がないか偵察に行ってきてくれたに違いない。コリント卿は座り込み、自分はここにいると意思表示をした。

私は恥ずかしさで真っ赤になりながら小物入れを持って森に向かった。

◆◆◆◆◆

（ナノム、ミッションコンプリートだ）

勿論、［A++］判定だ。

［了解］

◇◇◇◇◇

用を足して戻ってくるとコリント卿は身振りで、これから寝ると伝えてきた。

やはりそうか、このようなものが早朝の何時間かで作れるはずがないのだ。私のために夜を徹して作ってくれたのだ。正に頭が下がる思いだ。

そのまま地面で寝ようとしたので、毛布で寝るように促した。元々この毛布はコリント卿のものだ。

まったく、この男は貴族の鑑のような男だ。気遣いができて優しく賢く強い。

そう、強い。昨日は混乱していて気づかなかったが、アンテス団長との最後の時、まだ周りには十頭以上のグレイハウンドがいたはずだ。恐らくはそれらを一人で倒している。

昨日は私の不注意から手足を失うことになってしまった。先程と同じように用を足すために煩わしさから脛当《すねあ》てと腕当てを外してしまった。手足を失ったのは自業自得だ。

いや、それとも脛当てと腕当てを着けていたら、皆と同じように喉を食い破られていたのかもしれない。今更考えても仕方のないことだ。

昨夜は横になった後もなかなか眠れなかった。

仲間の死、これまでに払ってきた犠牲、これから成し遂げねばならないことへの不安、手足の喪失、障碍を持つ者としてのこれからの人生。

››› 007. 義足

私はついに、たった一人になってしまった。障碍者で自分では歩くことのできない者に、誰がついてくるというのか。そう考えるとなかなか眠れなかった。

しかし、この足があれば私はまだ歩ける。障碍者ではあるが、私はまだ頑張れる！

昨日は我が人生最悪の日であったが、コリント卿という僥倖《ぎょうこう》に巡り会えた。また恩を受けてしまった。まだ何一つ返していないというのに。

コリント卿の目が覚めたら直ぐにでも出発せねばならない。そのための準備をしよう。

コリント卿はついてきてくれるだろうか……。

◆◆◆◆◆

アラーム音で目が覚めた。正直まだ寝足りないが荷物の整理など、やらなければならないことが沢山ある。

クレリアは荷物の小山の前でなにやら考え込んでいた。どうやら必要なものを選別していたようだ。できれば安静にしていて欲しかったんだけどな。

一緒に眺めてみる。

大きな革の鞄《かばん》が四つ開けられており、そこから必要なものを選別していたようだ。考え込んでいて、俺が近くに来たことに気づいていない。俺が横に立っていることに気づくと慌てて女物の衣類が入っているケースを閉めた。

いやいや、別に見てなかったけど。本当に。

クレリアは何かを思い出したように何やらジェスチャーを始めた。伝えたいことがあるようだ。

自分の剣を鞘《さや》から抜かずに振り上げながら少しの間歩き、通ってきた道の先を指差し、その指をゆっくりと動かしていき、自分を指差した。

なんと！　追われているのか？　もしかしてクレリアは犯罪者⁉　盗賊とか？　または戦争中という可能性もあるな。

指でＯＫサインを出す。

何人に追われているんだろう？　こんどは俺の番だ。指を一本ずつ増やして立てていって正解で止めてもらおうとしたが、クレリアにすぐに止められた。

まぁそうだよな。十人の団体が逃げていたんだ。どう考えても十人以上だろう、と思ったが判らないという仕草をした。

［この無言で意思疎通を図る習慣をやめてください］

珍しくナノムが文句を言ってきた。判ってる。多分これは俺のせいだ。

クレリアに指でＯＫサインを出す。

次は時間だな。俺は恒星《こうせい》を指差し、西のほうにゆっくりと動かしていった。クレリアは判らないという仕草をした。ＯＫサインを出して了解したことを伝えた。

誰かに追われているが、どのくらいの人数の追手か、いつ来るかも判らないということか。

››› 007. 義足

何か訳ありのようだな。

まぁ、荷物を選別しているぐらいだ。今すぐ来るとは考えていないのだろう。最低でも、半日か一日ぐらいの余裕があると考えてもいいのかな？

本当は今日一日、安静にしていて明日以降に出発するつもりだったが、予定は変更しなければならないようだ。クレリアの足のことを考えるとすぐにでも出発したいところだ。

早速、持っていく荷物を選んでしまおう。何かバッグのようなものはないだろうか。

（バッグ又は袋をハイライト表示してくれ）

見渡すといくつか赤く着色されている。おお、こんなところに。一番初めに焚き火をしていた所からちょっと離れた所に大きい肩掛けのバッグのようなものが置いてあった。

おお、食料品の入ったバッグのようだ。そういえば、食料の類《たぐ》いが見当たらないので不思議に思っていたところだ。

やったぞ！　塩のようなものが入っている。間違いない。これは胡椒《こしょう》かな⁉　いきなりのお宝発見だ！

その隣のバッグには調理器具が入っていた。フライパン、鍋、ナイフ、フォーク、皿などいろいろだ。これもお宝だな。

そのバッグの近くに、やたらと大きな袋があった。中身は…これは毛布かな？　これは要らないな。俺の毛布のほうがよっぽど上等だ。とりあえずキープしておこう。

他には倒れた馬車の近くに結構立派な肩掛けバッグのようなものがあった。これは何かな？

中身はあまり入っていない。開けてみると女性用の下着のようなものや、なにやら細々としたものが詰まっていた。

忙しい振りをして通り過ぎる際にさり気なくクレリアに渡した。クレリアは中身を見ると睨《にら》みつけてきた。いやいや、俺は全く悪くないはずだ。

おっと、馬の鞍《くら》にも両サイドにバッグのようなものが付いているな。なるほど、個人の私物はこの中に入れていたのだろう。一応、中身を検めさせてもらおう。

一時間後、やっと全ての物資を把握《はあく》することができた。昨日見つけた薬品っぽいものも触ってナノムに確認してもらっている。

集まった物資を前に一応クレリアに確認をとる。バッグに物を入れる仕草をして、いいかと訊いてみる。

クレリアは頷いた。

(運べる量、バッグ、必要と思われる物資を考慮して指示してくれ。クレリアにはバッグ一つか二つしか持たせたくない)

バッグの一つが青く光り、入れる物資が赤くハイライト表示された。サクサクと入れていく。よし次だ。

結局、バックパックとバッグ三つの大荷物になってしまった。どれもパンパンで目一杯入っている。

俺が持てるのはバックパック、バッグ二つ、毛布二巻、ライフルで目一杯だろう。ライフルを構える時は即座にバッグを投げ捨てて構えるみたいな感じかな。

さっき気づいたが、昨日バックパックに引っ掛けて乾かしていたもう一着のツナギはなくなっていた。走っている時に落としてしまったのだろう。さすがにもう拾いに行く気はない。

クレリアには一番小さい肩掛けバッグを持ってもらう。クレリアはこのバッグの他に自分の衣類等の例の肩掛けバッグを持っていた。

◇◇◇◇◇

私はコリント卿に自分が追われている身だと身振り手振りで説明した。説明しない訳にはいかない。恐らくこの街道にも捜索《そうさく》してくる者はいるだろう。私達が逃げられる道は、そう多くはなかった。

本当はコリント卿に、この説明をするのは怖かった。縁もゆかりもないコリント卿が、私を追ってくる者などに関わる理由は全くない。コリント卿が袂《たもと》を分かつと決めたとして誰がそれを責められよう。

だが、コリント卿は説明しても驚いていたが特に慌てた様子はなかった。ちゃんと伝わらなかったのだろうか？　いや伝わったはずだ。

それからすぐにコリント卿は行動を開始した。物資を確認しているようだ。あちこち歩き回り物資を広場の中央に集めていく。

物資の確認が済むと、バッグに集めた物資を入れていいかと訊いてきた。頷くと、てきぱきと迷わずバッグに入れていく。予め考えていたようだ。

コリント卿の選択は、なるほどと思える品ばかりだった。私も考えてはいたが、どれもこれも必要に思えて全然決まらなかった。

やがてコリント卿の私物である行商人が使うようなバッグと、三つのバッグにまとまった。

コリント卿は私物のバッグと大きめの二つのバッグを指差した後に自分を指差し、一番小さいバッグを指差し私を指差した。

この時に初めてコリント卿が自分と同行してくれるつもりだということを確信した。

そうだ、コリント卿は本物の貴族だった。少しでもそれを疑った自分が猛烈に恥ずかしくなった。コリント卿は、私のように負傷した者を放っておけるような人ではない。

荷物を整理する過程でコリント卿が自分の剣を持っていないことに気づいた。恐らくグレイハウンドを倒した時は、落ちていた剣を使用したのだろう。

皆の剣を見つけて一応、集めてあったが、残念ながらこれらを持っていくことはできない。ならば、これらの剣のどれかをコリント卿に使ってもらおうと考えていた。

剣を集めた場所にコリント卿を連れてくると、どれか選んでくれと身振り手振りで説明した。

◆◆◆◆◆

››› 007. 義足

クレリアに手を引かれていくと、そこには剣が並べられていた。恐らく彼女の仲間達のものだろう。どれか選べと言っているようだ。

パルスライフルやレーザーガンは、このまま使っていけば、いつかはエネルギーパックが空になる。そうなったら無用の長物だ。代わりとなる武器を用意しておいたほうがいいかもしれない。

剣か。懐かしい。もちろん実物の剣を見るのは初めてだ。しかしＶＲゲームでは別だ。

ジュニアスクールからハイスクールにかけて、俺が通っていた学校では剣を使ったＶＲゲームが大流行していた。俺も例外なくハマり没頭した。

ゲームの名前は「Swordsman」。ＲＰＧだが、対人対戦モードもある、よくあるゲームだ。

結局四年間ぐらいは、ずっとこのゲームにのめり込んでいたはずだ。しかし学校でのブームも下火になり、そのうちやめてしまった。

やめる最後の年には、世界大会の対戦モードのトーナメントで、まぐれで九位になったことがある。その時はネットのローカルニュースにも載ったし、学校の男子のヒーローだった。

膨大な時間と小遣いを注ぎ込んだので当然といえば当然だが、いま考えれば、なんであんな非生産的なことに全てを注ぎ込んだのかと思う。

いや、今その経験を生かせれば、あの小遣いは無駄ではなかったのかもしれないと考えると試したくなった。

ゲームで使っていた剣に形の近い剣を選ぶとクレリアに少し離れてもらう。

えーと、どんな感じだっけ？　そう、あの大会を思い出せ。

そう、あれは俺が十四歳の時だ。あの時はあの大会が、人生のクライマックスのように感じられていた。来る日も来る日もログインして、果ては現在では規制されているクロックアップモジュールまで使用して打ち込んだ時期だ。

あの時を思い出してゆっくりと剣を振ってみる。あぁ、あの時の熱い気持ちを少し思い出してきた。何故《なぜ》だろう？　さっきまでゲームをしていたことさえ忘れていたのに。

しばらく剣を振っている内に、また思い出した。あぁ、思い出してしまった。あの大会で使っていたハメ技のことを。

コリント流剣術　最終秘奥義《さいしゅうひおうぎ》メテオ・ストリーム。

一子相伝の奥義で、攻撃を重視した二十四連撃のコンボだ。

ああ！　いま考えるとなんというネーミングだろう。いくら十四歳とはいえ、もうちょっとマシな名前をつけられなかったのだろうか。ちなみに連撃のなかにメテオらしい動きは一切ない。

しばらく剣を振って体をならす。

（サポートしてくれ）

ナノムにイメージを伝えて頼むとゲームで使用していた基本的なコンボをやってみる。

おお！　体が動く。それっぽくできているのではないだろうか。

一つやってみると他のコンボも、どんどんと思い出してくる。これが話に聞く、体が覚えているということだろうか。

楽しくなって他のコンボも試してみる。おお！　これは楽しい！

頭の中でメテオ・ストリームをイメージしてみる。思い出した。何千回、何万回と練習した技だ、きっとできるはず。

イメージが完成した時、メテオ・ストリームを繰り出した。

◇◇◇◇◇

コリント卿は、しばらくキョトンとしていたが、剣をみると目つきが変わった。迷わずアンテス団長が使っていた剣を選んだ。

コリント卿の鑑識眼に舌を巻いた。アンテス団長の使っていた剣は、一見、普通の剣に見えるが、れっきとした魔法剣だ。私は白らの手で団長に下賜《かし》したため判るが、ひと目でそれを見抜く者がいるとは思ってもみなかった。

コリント卿は離れているよう身振りをすると、剣を抜いた。いよいよコリント卿の剣の腕を見ることができる。

最初は何気なく剣を振り始めた。肩をならすような振りだ。段々と剣の振りが速くなっていく。連続技を繰り出した。なんと鋭い剣だ！

その後も次々と見たこともない連撃を繰り出す。その連撃は、どの流派にも似ていなかった。

これは初見で対応するのは難しいだろう。

五連撃⁉　ああ！　なんという連撃だ！

コリント卿の動きが止まった。目を閉じてなにかに集中している。これは大技がくると確信した。

コリント卿が目を開けた。ただならぬ雰囲気が漂《ただよ》う。ただ剣を真っ直ぐに構えているだけだが、それが恐ろしい。なんという剣気！

次の瞬間、連撃が始まった。目にも止まらぬ連続攻撃だ。いや、剣だけではない。蹴りや足払いなどの体術も織り交ぜている。連撃は続く。まだ終わらない。最後は上段からの目にも見えない鋭い打ち下ろしで、やっと終わった。

私は呆然《ぼうぜん》としていた。美しい舞のような剣技で、どの流派にもない挙動だ。これは初見では間違いなく誰も敵わないだろう。そう、かの剣聖でさえも。そう思わせるほどの素晴らしい剣技だった。

これほどの剣技、間違いなくコリント卿の切り札だろう。切り札を間近で私に見せるとは！

剣士にとって、その切り札は、命と同じだ。師弟関係、主従関係にでもないかぎり人に絶対に見せることはない。見せるとすれば命を預けられるほど信頼している者のみだ。

コリント卿の自分に対する信頼を思い、胸が熱くなった。コリント卿と信頼関係にあるとはいえない。しかし人間どこかで信じ始めなければ始まらない。

これは、これから行動を共にしていくにあたって、コリント卿が私を信じるとの意思表示だろう。

私もコリント卿を信じる！

008. 逃避行

よし、荷物の選定もできたし、武器も手に入った。

ナノムがクレリアの傷を確認したいとのことなので見せてもらうことにする。身振り手振りで説明すると座ってもらった。

義足《ぎそく》をとり、布を外し、包帯を外していく。傷口には、極薄の皮膚のようなものができていた。肉が盛り上がってもう骨は見えないが、肉や血管が透けて見えていて、なかなかにグロい。

（痛みはないのか？）

［傷口付近の痛覚は遮断しています］

傷口の少し上の部分が義足に当たっていたのか赤く炎症をおこしている。これは布の巻き方をもっと工夫しなければならないようだ。

（どれくらいで元に戻る？）

［判りません。どれくらいのペースで栄養素、素材を摂取《せっしゅ》できるかによって大きく変わります］

そりゃそうだ。材料がなければ肉体を作ることはできないよな。

［現状は体の他の部分を少しずつ分解して補っています］

（あらゆる栄養素、素材が無制限で手に入るとしたらどうだ）
［三週間です］
（足だけを優先させるとしたら、歩けるようになるのは？）
［二週間です］
なかなか早いな。治すとしたら足が優先だろう。

通常、人間が過剰《かじょう》に食べ物を摂取したとしても、一回の食事で吸収できる栄養や物質の量は限られており、必要量以上の栄養や物質は吸収されずに大部分はそのまま体外に排出される。体が必要分以上を摂取するような作りになっていないためだ。

しかし、ナノムが体に干渉すると摂取したほぼ全ての栄養や体に必要な物質を吸収し、体に蓄えることが可能になる。蓄えた物質を使い、修復部分の細胞に干渉して過剰な細胞分裂をおこなうことにより、体を修復することが可能になる。


（どんな食材が必要だ？）

［肉、芋《いも》モドキ、無機質を含む食材、ビタミンを含む食材です］

うーむ、なんのことやらだな。まぁ、この惑星の食材をほとんど知らないからしようがない。

また食材探しだな。しかしここで芋モドキが出てくるとは思わなかった。

ん？　待てよ。足がくるぶしまで治ったら、今の義足はもう使えないじゃないか！　あの悪夢の未来図がまた俺を襲う。

(足が治ってきた時に使用する新しい義足の設計はできるか?)

[現状の物資では、このようなものしかできません]

仮想ウィンドウに義足の設計図が表示される。構造は単純でサスペンションをベルトで足に固定するだけのものだ。これでは体重があまり掛けられないし、重心も良くない。常用して歩くことはできないだろう。

しかし、用を足す間くらいは使えるだろうな。最悪な状況は回避できたが、クレリアは近い将来、足が治るまでの間、長い距離は歩けなくなるということだ。

(この新しい義足を作る材料は確保してあるか?)

[バッグに入っています]

よし、上等だ。目的地がどこか知らないが、そこに到着するまでにかかる日数によっては、何処《どこ》かに拠点を構え、静養する必要も出てきた。後でクレリアに目的地を聞いてみよう。

とりあえず義足を戻してしまおう。包帯を巻き、布を巻く。

(クレリアの触覚にアクセスして最適な布の巻き方を考えてくれ)

布を巻き、義足を着ける。布を巻き、義足を着ける。これを何回か試行錯誤して、やっと満足できる巻き方になった。

次は腕のほうだ。こちらも足の状態と同じで極薄の皮膚で覆われている状態だった。特に問題はなさそうだ。

（修復は足のほうを優先させてくれ）

［了解］

◇◇◇◇◇

剣技を見せてもらった後、コリント卿《きょう》は剣を指差して頭を下げた。礼を言っているようだ。

あぁ、良かった。余計な差し出口をしたかもしれないと思っていたのだ。コリント卿のような身分の者であれば剣などいくらでも手に入れられただろうに、持っていないのは何か事情があったのではと勘ぐっていたのだ。

次はどうやら傷を見せてくれといっているようだ。診察してくれるのだろう。私も自分の手足がどうなっているのか見たかったところだ。

義足を外し、さらに包帯を外すと切り株のような足が出てきた。思わず涙が出そうになる。

コリント卿は足を見ながら、難しい顔をしていた。あまり経過が良くないのだろうか？　やがてまた布を巻き義足を戻すのかと思ったが、何回も布を巻き直す作業をしていた。

やがて納得したのか義足を着けると立ってみるように指示される。

これは素晴らしい！　先程までは足に当たるところがあって痛かったのだ。足が切断されたのだから少しくらいの痛みは当たり前だと思い我慢していたのだが、今は全然痛くない。これならばもっと思い切り体重を掛けることができそうだ。

次は腕だ。こちらも切り株のようだ。断面をみると肉が盛り上がって薄い皮膚のようなものができている！　そんな馬鹿な！　昨日もがれた傷に、瘡蓋《かさぶた》どころか皮膚ができているなんて！

コリント卿が使用したのは、ただの治癒魔法ではないということか。

コリント卿は腕の傷を見ても特に驚くことはなく、当たり前のように包帯を巻き直した。

次に、地面を指差し地面に丸を書いた。次に道の先を指差し、その丸から線を引き線の先にバツ印を書く。書いた線の上を指で人が歩くような感じで動かし指を一本一本立てていく。

これは、目的地ゴタニアまでの日数を聞いているのだろうか？　昨日の時点で二十日以上とのことだったので片手の五本指を立てて四回繰り返して目の前に振り立ててみる。伝わっただろうか。

コリント卿は、そこでまた何か考え込んでしまった。なにかあるのだろうか。

食事にするようだ。昨日と同じ金属で包まれたものを剝いて渡してくれた。やはりこの甘味は美味しい！　はしたないが、あっという間に食べてしまった。

ようやく出発準備だ。見つけておいた自分の脛当《すねあ》てと腕当てを着けた。左腕と右足用のものは残念ながら捨て置くしかないだろう。

するとそれを見たコリント卿が持っていこうとバッグに入れ始めたので、要らないものだと何度か説明したのだが、バッグに入れてしまった。なるべく荷物は軽くしたほうが良いのに。

確かにミスリル製なので後で売ろうとすれば売れるだろうが、脛当てと腕当て単体では大した金額にならないと思うのだが。

荷物を背負い、いよいよ出発だ。

◆◆◆◆◆

いよいよ出発だ。色々と思うところはあるが、ここに留まることは危険だ。とりあえず出発しよう。

クレリアは死んだ馬の一頭を愛おしそうに撫《な》でていた。自分の馬だったのだろうか。昨夜、解体しなくて本当に良かった。

腰には剣を差しバックパックを背負う。肩掛けバッグは頭を通して左右に、毛布はバックパックの上に乗るように工夫した。ライフルは肩掛けだ。重量的には結構なものがあるが、まだまだ余裕だ。

クレリアは同じように腰には剣、肩掛けバッグは頭を通して左右にかける。衣料と思われる肩掛けバッグはパンパンに入っているが、それほど重くはないだろう。

よし！　道中は、ずっと棚上げになっていた言語の学習をしよう。いい加減ジェスチャーにも疲れた。あぁ、食材探しもしなければならないな。

自分を指差し「アラン」、クレリアを指差し「クレリア」、今度は倒れた馬車を指差しクレリアの返答を待った。クレリアが「カンター」と答える。

馬車は「カンター」ね。記憶するのはナノムに任せよう。ある程度溜まったら後でアップデートすればいい。

次々と指差して単語を聞いていく。クレリアには面倒だろうが、しばらく付き合ってもらうしかない。

（未調査の植物があったら赤で、食用可能なものは青でハイライト表示してくれ）

食用可能な植物といっても知っているのは芋モドキとハーブとサラダ野菜だけだ。

途端に景色が真っ赤に染まる。地道に一つ一つ調べていくしかないな。食用に適する時だけ教えてくれるように頼むと、未調査の植物の葉をひたすら指でグニグニと潰す作業を始めた。

とはいえ、追手がいるのだから、余りゆっくりとはしていられない。幸いにもクレリアの足取りはしっかりとしており、通常の速度で歩くことができている。

そういえば歳を聞いてなかったな。レディーに年齢を訊くのは失礼だろうか。いや多分まだ子供だし気にしないだろう。

自分を指差し、二本指を立ててその後、五本指に変えた。次にクレリアにふると一本指を立てた後に自分の左手を見て悲しそうな顔をした。おっと、これは失言だったな。少なくとも十五歳以上ということだろう。

すかさず、一本指の後に両手で七を表すと勢い良く笑顔で頷いた。やはり十七歳か。見立て通りのまだまだ子供だ。

おっと、芋モドキがあった。回収しておこう。採取用の小さめの空のバッグをキープしておいたのでその中に芋モドキを入れる。これはクレリアに必要な食材だ。多めにとっておこう。ついでにクレリアに名前を聞いておく「ポト」というらしい。

［食用に適しています］

おっと久々にきた。出発してから二時間ほどたった頃、ひたすらグニグニしてやっとだ。茎状の植物で、白っぽい色をしている。試しにかじってみるとシャキシャキした食感で悪くないが、火を通したほうが美味《うま》そうだ。これも多めにとっておこう。食べきれなかったら勿体ないが捨ててしまえばいいだけだ。クレリアは名前を知らないようだ。マイナーな山菜なのだろう。

今はもう午後三時だ。出発するのが遅かったからしょうがないが、あと二時間以内に泊まるところを探さなきゃならない。

いきなり、十メートル先の道に何かが飛び出してきた。見たことのある牙のあるイノシシだ。しかし以前に倒したイノシシより二回りくらい小さい。咄嗟《とっさ》にライフルを構えようとしてやめた。これはいい機会だ。剣でやってみよう。

ライフルやレーザーガンのエネルギーパックは有限だ。俺の切り札でもあるので、なるべく長持ちさせたい。

この牙イノシシは以前やっていたゲームのＲＰＧモードで、最初に出てくるキャラにそっくりだ。練習にはうってつけだろう。危なくなったらライフルで倒せばいい。

剣を抜き構える。なんだかこの牙イノシシは、めちゃくちゃ興奮しているようだ。盛んに地面を足で引っ掻くような動作をしている。荷物を下ろす時間あるかな？　などと考えていたら突っ込んできた。

特に焦ることもなく、ゲームと同じようにタイミングをみて脇に避け、イノシシの首を目掛けて剣を振り下ろした。かなりの手応えがあったが第二撃に備え構える。しかし、それで終わりだった。首を半ばまで斬られ、血を吹き出しながらビクビクと痙攣《けいれん》している。

うーむ、練習になったのだろうか？

するとさらに脇から街道に三頭の狼が出てきた。なるほど、どうやらこの牙イノシシは、この三頭に追われていたようだ。丁度いいな、練習相手に困っていたところだ。

もう狼にロックオンしてある。手に負えないとなったらライフルを向けてトリガーを引くだけだ。後ろにいるクレリアの方にだけは行かせないように気をつけよう。

狼たちは獲物《えもの》を横取りされて頭にきているようだ。早速、一頭が襲い掛かってきた。

助走してジャンプして飛びかかってくるが、それは悪手だ。

さっきのイノシシと同じに脇によけて剣を振り下ろす。おお！　首が飛んだよ！　この剣、よく切れるな。

学習したのか今度は二頭同時に左右から迫ってきた。

甘いな。すかさず左の一頭に電磁《でんじ》ブレードナイフを投擲《とうてき》する。ナイフは、狼の喉に突き刺さった。投擲術は、昔から俺が得意とするところで、この距離なら必中だ。

助走してジャンプし、飛びかかってきた右の一頭は最初の奴と同じように頭を落とされた。

ナイフを首に受けジタバタしていた狼に、剣でとどめを刺す。

››› 008. 逃避行

正直、拍子抜けだった。まぁ、狼といっても所詮はでかい犬だ。生身でバグスと戦闘しても勝つようにと訓練されている宙兵の相手になるわけがない。

クレリアは問題ないかと見てみると、なにやらポカンとした顔でこちらを見ている。俺が剣をちゃんと使えたから驚いているのかな？　ま、いいか。

よし！　肉ゲットだ。食料バッグには思ったほど食材は入ってなくて、特に肉類は干し肉ぐらいしかなかった。クレリアのために是非、肉は入手しておきたいと思っていたので丁度いい。

丸々と太った牙イノシシを早速、捌《さば》いてしまおう。

ナノムが確保すべき部位を指定してきた。ナノムの指示に従って捌いていく。えっ？　そんなスジみたいのを食べるの？　ああ、そう。では多めに確保しておこう。おぉ、内臓もか。

よし、野菜に肉と食材が揃ったな。しかも調理器具もあるし、塩もある。今夜は久しぶりに御馳走だな。

肉を布で包みバッグにしまい、また歩き始める。ちなみに倒した狼は谷側へ落としておいた。

しばらく行くと川が見え始めた。おお、久しぶりに見るな。そうだ！　河原でキャンプなんてどうだろうか？　ひょっとしたら水浴びもできるかもしれない。

川に下りられそうだし、細い川なので水の中に何か危険生物がいることもないだろう。クレリアに身振り手振りで伝えると判ってくれたようだ。妙に嬉しそうなのは何故《なぜ》だろう。

川には下りられたが念のため、街道から見えない場所まで移動しよう。万が一、追手に見られては面倒だ。

ここら辺が良さそうだ。広い河原で仮に狼が現れても対処しやすいだろう。流れが緩やかになっていて水浴びができそうな淀みもある。

ゴロゴロしている石で簡単なかまどを作った。薪《たきぎ》となるような木も集めなければ。クレリアもバッグから食器を出したりと、片腕ながら手伝ってくれる。

調理器具は鍋一つとフライパン一つ、それに小さいまな板のようなものだけだ。調味料は塩と胡椒《こしょう》とハーブ。種類は少ないが量だけはあるので二人であれば気にせず使えるだろう。

ナノムの指示で肉は、バラ肉、モモ肉、レバー、スジを確保してある。レバーは傷みやすいので今日のうちに使い切ろう。

まずはレバーの血抜きをして臭みを取っておこうかな。川の浅瀬を石で小さく仕切って、そこに薄く切ったレバーを入れ、水に晒しておく。しばらく放置だ。

川から戻ってくるとクレリアが火をおこしてくれていた。よく気が利く子だ。

スジ肉は硬かったら食べにくいので小さめに細長く切っておこう。

メイン料理はバラ肉とモモ肉の肉野菜炒めだ。野菜は芋モドキいや、ポトと茎状の植物だ。

野菜には土が付いていたので川に洗いに行くか。

おい、川になんかいるぞ！　その正体が判ると、すかさずナイフを投げた。

くそ！　レバーの血抜きをしていた仕切りを壊して、サーモンのような魚がバチャバチャと水しぶきをあげながらレバーを食べていたようだ。レバーは流れたものもあったのか、元の半分くらいしかない。

まぁいい。正直、レバーが大量にあってどうしようと思っていたし、肉ばかりで何か他のものが欲しかったところだ。ナイフを引き抜き、刺さっていたところに指を突っ込む。

［食用に適しています］

こいつにはクレリアの血肉になってもらおう。

野菜を洗うついでに、このでかいサーモンモドキも三枚におろしてしまおう。

（生で食べられるか？）

［可能です］

これはいい！　食料バッグにカチカチに固くなったパンが入っていたので、薄く切ってサーモンのカナッペを作ろう。仮に、寄生虫やウイルスがいてもナノムが体内にいる限り、何の問題もない。あとは、サーモンの塩焼きだな。凄く脂がのっているので美味そうだ。

前菜はサーモンのカナッペとレバー焼き、スジの焼肉、メインはサーモンの塩焼きと肉野菜炒めって感じかな。結構なボリュームになりそうだ。

調理器具が鍋とフライパンしかないし、皿も大皿一枚に小さな皿が二枚ずつしかないので、一品作っては食べ、一品作っては食べという風になってしまう。

まずは、サーモンのカナッペだ。カチカチのパンを薄く切って、そこに塩とハーブで味付けした薄く切ったサーモンを載せる。それを一枚しかない木の大皿に乗せていく。

ハーブはよく見ると複数のハーブが混ぜてあるようで、なかなか複雑な香りと風味がある。万能調味料的なものかもしれないな。

ある程度できたので、食べようとクレリアを促す。クレリアはさっきから皿に目が釘付けだ。試しに一つ食べてみた。うん、美味しい。脂の乗りきったサーモンのおかげで濃厚な味わいで、固いパンのカリッという食感がアクセントになっている。

クレリアも凄い勢いで食べているな。気に入ってくれたようだ。

次は焼きレバーだ。鍋の中で塩と胡椒とハーブで下味をつける。若干の臭みがあるだろうから、少しハーブを多めにした。これを熱したフライパンで焼いていく。十分に薄く切ってあるので、両面を軽く焼くだけでいいだろう。焼き上がったものから大皿に載せていく。

全て焼き上がったのでクレリアと食べ始めた。あぁ、これも美味いな。

若干の臭みは残っているが柔らかく、レバー特有の濃厚な味わいが口の中に広がる。やっぱり焼き加減がポイントだな。

クレリアもパクパクと食べている。これはどちらかというとクレリア用メニューなので、大いに食べてもらいたい。

次のスジの焼肉は、あえて味付けにハーブを使わなかった。肉の旨味があるし同じ味が続くと流石に飽きる。

焼き上がったものを食べてみると、これも美味しい。やはり若干のクセはあるが、コリコリとした食感で噛めば噛むほどに味が出る感じだ。

クレリアは、これも気に入ったようだ。なんか、さっきから食べっぱなしだけど最後まで食べられるかな？　たぶん俺の倍の量は食べている気がする。

次はメインの一品、サーモンの塩焼きだ。これもあえて塩だけの味付けだ。クレリアもまだいけるようだし、多めに切り分けよう。

ここは焼き方にこだわりたい。鱗《うろこ》はちゃんと取ってあるので皮を美味しくいただこう。まず、皮から焼き、軽く焦げ目を付けてパリパリになるまで焼いたら身を焼いていく。これまた焼き過ぎは厳禁だ。よし、完成だ。

うむ、いい感じの焼き加減だ。やはり俺は身より皮のほうが好きだな。クレリアも気に入ったようであっという間に完食だ。

最後は肉野菜炒めだ。小さい芋のようなポトは半分に、茎状のクキは斜めに切ってみた。火の通りにくいポトを初めに焼いていく。火が通ったら、薄く切ったバラ肉、モモ肉を投入だ。クキは食感を残したいので最後だ。味付けは塩と胡椒、軽くハーブを入れる。やはり手早く仕上げるのがいいだろう。

焼きあがったものを大皿に盛り、クレリアに食べようと促した。

これは美味い！　まず感じるのはバラ肉から溶け出した脂の旨さ、モモ肉も美味い。しかし何といっても野菜のホクホク、シャキシャキした食感だろう。やっぱり人間、肉だけじゃダメだと思わせる一品だ。

肉野菜炒めも結構な量を作ったが、二人で完食だ。クレリアも満足したようだ。

（クレリアが物凄い量を食べていたが大丈夫なのか？）

［問題ありません。今日のノルマはクリアしました］

なるほど、やはりか。恐らくナノムが足を修復しているために体内の物質が不足し、それに体が反応してクレリアが空腹になるように働きかけているのだろう。いや、ナノムもそれを大いに手伝っているに違いない。そうでなければ、この食欲は異常だ。

どうしたものか。もちろんナノムに修復を止めさせることはできる。しかしそれでは本末転倒だ。旅をしながら、これだけの食事を用意することはできないだろう。今日はたまたまだ。元々、義足で旅を続けることにも無理があった。いくら歩きやすい義足があっても、危険な旅路だ。可能であれば修復を優先してリスクを減らすべきだろうな。

そう考えると方針は決まった。どこか川の近くに拠点を探して、少なくとも足が治るまでは静養しよう。遅れている言語習得も進めたい。

さて、このことをどうやってクレリアに伝えればいいのか。

009. 拠点

出発してすぐに、コリント卿《きょう》は色々な物の名前を聞いてくるようになった。言葉を覚えようとしているのだろう。

確かに身振り手振りだけでは不便すぎる。私もコリント卿の話している言葉を覚えられればいいのだけれど。

コリント卿は植物の葉を手に取り調べているような仕草をするようになった。様々な植物を手に取り調べている。そうしながら食べられる植物も探しているようだ。おもむろに、ある植物を引き抜くと、その根を集め始めた。

あれはポトだ。良く料理の付け合わせに出てくる。土の中に埋まっているものだとは知らなかった。

コリント卿の年齢は二十五歳のようだ。もっと若く二十歳ぐらいに見える。

私の年齢を訊かれ答えようとしたが、片手しかない。すぐにコリント卿が十七と示してきたので頷いた。

本当は十六歳で、あと半年で十七歳なのだが許容範囲だ。何故《なぜ》かコリント卿には少しでも大人に見て欲しかった。

いきなり、山のほうからビッグボアが飛び出してきた。

まずい！　それほど大きくはないが、かなり興奮している。こういう状態のビッグボアは、凄く危険だ。

コリント卿が私をかばうように立ち、剣を抜くと飛びかかってきたビッグボアをあっさりと一撃で倒してしまった。

呆気にとられていると、今度は三頭のグレイハウンドが現れた。

これは本当にまずい。今の私はほとんど戦力にならない。剣を抜き構えるが足場が不安定で倒せる自信はない。

しかし、コリント卿は瞬く間に三頭とも倒してしまった。それもその内の二頭は、一太刀で首を飛ばしている。グレイハウンドの首を一太刀で飛ばすなどと、この目で見なければ絶対に信じられなかっただろう。なんと鋭い剣だ。

ビッグボアをあっという間に解体し、肉を回収すると、コリント卿は何事もなかったように歩きだした。

川が見えてくるとコリント卿は、河原に下りようと身振りで伝えてきた。今夜泊まるところを探すに違いない。そして食事！

昨日から、なんだか体がおかしかった。やたらとお腹が減る。もうひもじいと言ってよいくらいだ。先程、ビッグボアの肉を回収していたので、今日の夕食は肉に違いない！　あの銀色の包みの食事も美味しいが量が少なすぎる。

回収した肉を見ると何種類かあるようなので楽しみだ。

なんとコリント卿は料理もできるようだ。てきぱきと準備を進めていき、とても手際がいい。

なにか手伝えることがあればよいのだが……そうだ！　魔法で火をおこしておこう。

コリント卿は、黒っぽい肉を薄く切って川の水に浸けていた。冷やしているのだろうか。

その後も次々と肉を切っていく。あの剣の腕前を見ていなければ、料理人かと思ってしまうほどの手際だった。

その後、コリント卿は川の方へ歩いていきながら、いきなり川に向かってナイフを投擲《とうてき》した。

すごい！　ナイフは大きな魚に深々と刺さり仕留めていた。なるほど、先程の肉の意味はこういうことだったのか！

また、あっという間に魚を捌《さば》いてしまった。魚を食べるのは久しぶりだ！

コリント卿が料理を始めた。パンを取り出し薄く切り、パンの上に味付けした魚を載せていく。このあと焼いていくのだろう。どのような料理に仕上がるか想像もできない。そう思っていたら、これで完成らしい。魚を生で食べるとは！

コリント卿が食べ始めるのを見て恐る恐る一口食べてみる。美味しい！　生の魚がこんなに美味しいなんて！　夢中で食べ始めた。

その後に出てきた料理は、どれもこれも絶品と言っていい出来だった。恥ずかしながら、恐らくコリント卿より食べていたのではないだろうか。

コリント卿が、なにか伝えたいことがあるようだ。足を指差し、街道に戻ることはできない、そのようなことを言っているようだ。

やはり昼間考えていた通り、足の容態が良くないようだ。

少し静養する必要があると伝えたいようだ。どのくらいの日数か、身振り手振りで聞くと十五日から二十日は必要らしい。

これは是非もない。できるだけ早くゴタニアには行きたいが、これ以上体を壊したくない。

無理をして、また歩けなくなりでもしたら目も当てられない。二十日程度であれば我慢するしかない。

私は頷いて同意した。

◆◆◆◆◆

良かった。クレリアは納得してくれた。

さて、まだ夕方前で寝るには早いし、周りを探索する時間はない。目の前に丁度よい深さの川もあるし、ここは水浴びするしかないな。

昨日は激しい運動をして汗をかいたので気持ち悪かった。ツナギも下着もできれば洗いたい。

クレリアに身振りで、そこの川で水浴びすると伝えると真っ赤になりながら頷いた。なぜ赤くなるのだろう。まぁ、考えてみれば、多感なお年頃だからな。

着替えの制服とタオル代わりの布を持って川岸に行く。もう一着のツナギをなくしたのが痛いな。ツナギを脱ぎ始めて、チラリとクレリアを見るとクレリアは慌てて後ろを向いた。まぁ、お子様に見られても別に気にならないけど。

川に入っていき水に浸かった。ふぅ、これはいい。水深は百二十センチくらいかな。川はゆっくりと流れている。頭まで浸かった。シャンプーやボディソープがないのが残念すぎるなぁ。クレリアは何か持っているのだろうか。浸かりながら、ツナギを洗い始めた。

五分も浸かっていたら体が冷えてきたので上がった。クレリアは相変わらず後ろを向いている。布で体を拭き、下着はよく絞ってそのまま穿いてしまおう。仕方がない、すぐに乾くだろう。ここ何日かずっとツナギを着ていたためか、制服を着るとなんか変な感じがする。

クレリアは、こちらが川から上がったのを察知したのか、やっとこちらを向いてきたがポカンとしている。どうやら制服に着替えたので驚いているらしい。

この制服は五年前、百五十年ぶりにリニューアルしたもので、帝国軍が珍しく奮発して銀河一と名高いデザイナーに依頼してデザインさせたものだ。なかなかカッコよく仕上がっている。

ところでクレリアは水浴びするのかな？

◇◇◇◇◇

コリント卿が驚愕《きょうがく》することを伝えてきた。すぐ前の川で水浴びをするらしい。

まさか淑女《しゅくじょ》の前でそんなことをするなんて！　と思ったが、すぐに考えを改めた。ここは王都ではないし、コリント卿は旅の仲間で臣下ですらない。どのような行動を取るのも自由だ。しかも、この状況で二人が離れて行動することは愚かな行為と言わざるを得ない。グレイハウンドのような危険な魔物が闊歩《かっぽ》しているのだ。

恐らくコリント卿は、いざという時に私を守るために私から離れられないので、恥を忍んでこのような行動をとるのだろう。自分が弱いがためにコリント卿にこのような恥をかかせることを申し訳なく思った。

やっと、川から上がったようだ。コリント卿を見て驚愕した。先程の奇天烈《きてれつ》な衣装とは別の衣装を着ている。黒の衣装に銀糸と金糸がふんだんに使用されている。

これは軍人の礼服だ。勿論、このようなものは見たことはないが直感的に思った。なんという荘厳《そうごん》な仕立てだろう！　神々しささえ感じる。あの生地の細やかさ！

今までコリント卿のことを漠然《ばくぜん》と貴族としてしか見ていなかったが、これほどの衣装を仕立てることができるとすると上級貴族、少なくとも侯爵位、いや王族に連なる者の可能性も十分にある。改めてコリント卿の底知れなさを感じた。

コリント卿が水浴びしている時から考えていたが、やはり私も水浴びしよう。最後に水浴びしたのは七日前だし、体中、血だらけで不潔極まりない。

コリント卿に水浴びする旨を伝えるとコリント卿は、何かあれば声を出せと言っているようだ。その後、後ろを向いてくれた。

いや、その前に鎧の帯革を色々外してもらわなければならない。コリント卿は全部で十四ヶ所ある帯革を指差すと全て外してくれ、ついでに鎧を脱がせてくれた。勿論、ちゃんと鎧下を着ているので問題ない。コリント卿は鎧に興味津々だ。

着替えを持って水際に行く。コリント卿は後ろを向いて鎧を調べているようだ。服を脱ぎ水に浸かる。あぁ、久しぶりに体を清められる。

気持ちいい。血だらけだった体、髪を洗う。ついでに鎧下、着ていた服も洗ってしまおう。

スッキリした。体を清めるということがこれほど楽しかったのは初めてだ。川から上がり、着替えの服を着た。

コリント卿は川から上がったのを気づいたのか、振り向き私を見るとひどく驚いた顔をしていた。慌てて自分の格好を確認するが、騎士用の鎧下とチュニックだ。別に変な格好ではない。コリント卿は何に驚いているのだろうか？

◆◆◆◆◆

クレリアも水浴びをするようだ。そのほうがいいな。未だにクレリアは全身血だらけ状態だ。見えるところは自分で少しは拭き取ったようだが、顔とか髪とかにも渇いた血が、まだべったりとついている。

おっと、鎧を脱がせて欲しいらしい。おお、ベルトが一杯ついているな。これじゃ普通に一人じゃ着られないんじゃなかろうか。鎧を脱がせると妙に軽い。プロテクターの時も思ったが、胴鎧までこんなに軽いとは。

（なんの素材だ？）

［……判りません］

えっ！　ナノムが判らないのか？

［サンプルを飲み込んでください］

えー、それは不味《まず》いんじゃないの？　クレリアのだし。まぁ、鎧の裏側ならいいかな？　ナイフで裏側の目立たない所をほんの少しだけ削り、その金属片を飲み込んだ。

［なんらかの金属の合金だと思われます］

結局、詳細は判らずか。見た目はステンレスのように見えるが異様に軽い。これも後日聞いてみるしかないな。サンプルを削ったお詫《わ》びに汚くなった鎧を布で磨いておいた。

水浴びから上がったようだ。振り向くと見知らぬ少女がいた。

えっ⁉　クレリア⁉

そこには文字通り、見違えるほど綺麗になったクレリアがいた。

髪は明るいブルネットで白い肌、青い目、整った顔、ミス・ギャラクシーもびっくりの美少女がいた。

汚れを落とすだけで、こんなに変わるの？　ってぐらいの大変身だ。女は恐ろしいな。

もうすっかり夕方だ。よし、今日はもう寝てしまおう。

地面を均《なら》して毛布を敷き、クレリアを先に休ませた。食事の後片付けをして、薪《たきぎ》を拾って焚き火に足すとナノムに警戒は任せて寝てしまった。

翌日も夜明けに起きた。肉と魚が余っているから悪くなる前に焼いてしまおう。余ったら昼の弁当だな。

魚を焼いていると匂いに釣られたのかクレリアが起きてきた。メニューは昨日と同じだ。生食のカナッペは止めておいた。

クレリアの食欲は朝から凄まじかったが、流石に焼いた肉は余ったので、葉っぱで包んで弁当にした。

交代で用を足して、クレリアに鎧を着せると出発だ。拠点探しは街道から離れる方向にある、川の上流に行ってみようと思う。やっぱり魚と水浴びができる川沿いの魅力には勝てない。

三時間くらい河原を歩いた頃、通り過ぎようとしていた大きな岩と岩の間に穴というか奥行きのある隙間があるのが見えた。

警戒しながら中に入ってみると、入り口は這《は》うようにしないと入れないが、中は人が立てるくらいに高く、結構広い。五メートル四方ぐらいの広さはある。

残念ながら、天井に当たる部分は大岩と大岩の間に二十センチぐらいの隙間があり、雨が降ってきたら水浸しになってしまうだろう。

いや、昼間なら日光が入って便利と考えるべきだろうか。雨のかからないスペースもあるのでなんとかなりそうだ。

拠点としては、なかなかいいんじゃないだろうか。いや、ベストと言っていい。入り口に何か障害物を置けば、狼も入ってこられないし、万全の守りだ。

クレリアに此処《ここ》はどうだ？　と身振りで伝えると頷いていた。とりあえず、此処に決めよう。問題があればまた他を探せばいい。

まずは、この入り口をどうやって塞ぐかだな。と言ってもできるのは石を積み上げるか、木で柵のようなものを作るかしかないな。

荷物を置き、武器だけ持って辺りの探索に出掛けた。拠点から百メートルくらい上流に向かって歩いた所では水浴びに良さそうな淀みがあり、魚もいそうな感じだ。

うーん、見渡すかぎりでは、入り口を塞げるような材料はなさそうだな。いや、さらに百五十メートル程上流の河原に太い倒木があるな。使えないと思うけど、一応見にいってみるか。

近づいてみると、かなり太い木で倒れてから何年も経っているような感じだ。太さは丁度いいが、長さが十メートル以上ある。

木を切る道具があれば、なんとかなったかもしれないが、いやこんな太い木では斧があってもかなり苦労するな。ナイフでしこしこ切っていくのも大変そうだ。剣じゃ切れないよなぁ。

ダメ元で剣を抜いて剣の重さだけで木を叩いてみる。するとサクッと剣の幅の半分くらい剣がくい込んだ。

おお、この剣はやっぱりよく切れるな。まったく力を入れないでこれか。次は軽く力を入れて振り下ろす。今度は剣が埋まるぐらいくい込む。これを繰り返していくのはちょっと無理があるよなぁ。

››› 009. 拠点

思い切り振れば、結構深くまでいけると思うけど、剣が折れたり欠けたりしたら嫌だしなぁ。

あれ？　こんな状況、どこかで遭遇したような気がする。

あぁ、そういえば、あのゲームの中でも同じような状況になったステージがあった。

ＲＰＧモードの聖樹を切り倒すというクエストで、中途半端な攻撃はカウントされず思い切り剣を振り抜く攻撃しか当たり判定されない。その結果、聖樹を切り倒せるか剣が折れるかは振ってみなければ判らないというステージだった。

あのステージで貴重な剣を何本も失った記憶がある。

ただ攻略が進んでみれば、気のコントロールをマスターすれば折れずにクリアできるというオチがあったステージだ。

ああ、そうだ。思い出した。そのステージのために編み出したスキルだ。

コリント流剣術奥義《おうぎ》ファイナル・ブレード。

体内にある気（生体エネルギー）を剣の刃に纏《まと》わせ、聖剣に匹敵する切れ味を剣に付加する秘奥義だ。

このネーミング！　ほんとあの頃は何を考えていたんだろう。

だいたい「気（生体エネルギー）」って何だよ。そういう設定が甘すぎるんだよ、あのゲーム。

ＮＰＣの導師に学んで必死に試行錯誤してスキルを取得した日々を思い出す。クラスで俺が一番早く習得したので、よく覚えている。妙に懐かしくなって無性にやってみたくなった。

目を閉じて剣を構え、体内の生体エネルギーを意識する。それを練り上げ、練り上げたものが腕を伝い剣の刃に纏わりつく。

なんてなと思い目を開けると、剣がキラキラと光っていた。

(何だ、これは⁉)

[判りません。ただし何らかのエネルギーを感知しました]

またそれか。まさかファイナル・ブレードが本当に発動したのか？　そんな馬鹿な……。

試しに力を入れずに倒木に剣を振り下ろしてみた。剣はさしたる抵抗もなく倒木をあっけなく切断した。

おいおい、こんなことあり得ないだろ！　光をなくしていく剣をまじまじと見る。

クレリアに、これ！　おかしいだろ、と見せると、クレリアは剣ではなく倒木の切り口に夢中だ。あれ？　そっち？

(これ、おかしいよな？)

仕方がなくナノムに確認をとった。

[異常です]

同意してもらって安心した。まぁいい、切れたものはしょうがない。有効活用しよう。丁度いい感じに切れた倒木を拠点まで転がしていくことにした。

この現象は時間ができた時に検証する必要があるな。しかし、今は拠点の整備が最優先だ。

拠点に着いて、どうしようか考えたが、これは力技でいくしかない。簡単に動かせたらセキュリティの意味がない。長さは一メートル近くあるので、かなりの重さだ。

クレリアに中に入ってもらって、俺も入りながら木材を引き込む。ちょうど引き込みやすい窪みがあったので助かる。これはクレリアじゃ動かすには苦労するだろう。木の太さは入り口にピッタリだった。隙間は二十センチもない。これなら狼などの害になりそうな動物は入ってこられないだろう。

クレリアにどうだと身振りすると感心したように頷いていた。

よし、これでセキュリティは万全だ。

もう十一時近くになったので、早めの昼食を食べることにした。葉で包んだ肉野菜炒めを皿に移せば昼食の完成だ。冷めていても、まぁまぁの味だった。

010. 静養

昼飯を食べたあとは、拠点内の整備だ。石を積み上げて竈《かまど》を作り、邪魔な石などを退けて毛布を敷けば寝床の完成だ。

薪《たきぎ》も忘れずに集めておこう。これは河原に流木が大量にあったので楽勝だった。

これから俺は食料調達かな。

クレリアには休んでいてもらおう。鎧を外したら？　と身振りで伝えると同意し、休んでいたら？　と寝床を指差すと大人しく横になってくれた。大変素直でよろしい。

武器と採取用の大きめのバッグを持って食料調達に出発した。拠点の外に出て丸太を中に押し込む。

（さて、何が必要だ？）

［肉、レバー、ポト、魚、野菜］

レバーは肉と別枠かよ。野菜が見つかるかどうかは運だな。いつも通りグニグニするだけだ。

魚は後からでもなんとかなりそうなので、とりあえず森に入ってみることにした。それほど木や草が密集して生えている訳ではないため容易に入れた。

未調査の植物の葉をひたすらグニグニしていく。当たり前だが、食用の植物はなかなかないもんだな。

たまにポトが生えているので採取していく。お、あそこには懐かしいサラダ野菜が群生している。これはなかなか見つからないので多めに採っておこう。

［食用に適しています］

おぉ、久々にきた！　サラダ野菜の隣に、これまた群生していた葉物野菜みたいのがヒットした。

［カルシウムが多く含まれています。多めに採取してください］

了解だ。食べてみると生ではちょっとエグみがあるが、炒めれば美味しそうな野菜だ。

よし、あとは肉と魚だな。

また、植物の葉をグニグニしながら森をさまよう。

［二時方向、木の上に何かいます］

確かにいる。ズームして見ると五十メートルぐらい先の木の上に、大きな鳥がいた。見た目は黒く、ニワトリをそのまま大きくしたような姿だ。木の上に留まっているのが似合わないぐらいのデカさだ。

こんなこともあろうかと、河原から投げやすそうな拳大《こぶしだい》の石を幾つか拾ってきている。

三十メートルくらいまで近づくと首元めがけて思いっきり投げた。

よし！　狙った位置より若干下だが、見事命中すると翼をバサバサとしながら落ちてきた。

すかさず捕まえて首を切って血抜きする。血に触ると［食用に適しています］とのお墨付きをいただいたので、めでたく大量の鳥肉をゲットだ。

それにしても、でかい鳥だな。恐らく体長は一メートル程あるだろう。このまま持って帰って河原で捌《さば》こう。あとは川で魚を獲ればノルマクリアだな。

[食用に適しています]

帰り道もグニグニしながら歩いていると新たな食用植物を発見した。

どれどれと見ると普通の草のように見えた。葉を齧《かじ》ると不味《まず》いが、何か懐かしい風味を感じる。ならばと引っこ抜いてみると球根のような根が付いていた。

これは⁉　球根を潰してみると、いい香りがしてくる。これはガーリックそっくりの香りだ！　これはお宝だな。

五本くらい生えていたので纏《まと》めて採取した。

これは良いものが手に入った。調味料が少ないから助かるな。

一時間程で拠点に戻ってくることができた。

クレリアが心配しているといけないので先に拠点に顔を出した。寂しかったのか嬉しそうに出迎えてくれた。いや、獲物《えもの》の鳥を見て嬉しそうだったのかな。

魚より先に鳥を捌くか。試しに羽根を毟《むし》ってみる。結構簡単に毟れて、あまり細かい羽毛もなかったので丸坊主にしてしまおう。

腹を開いてみると大きなレバーがあり、妙に白っぽい。これは⁉　いわゆる白レバーというやつではないだろうか。レバーを切り裂き、指を突っ込む。

（生食は可能か？）

［可能です］

よし！　これはいい。レバーを生で食べるのは初めてだ。いつかネットで生レバーの料理というものを見かけて以来、いつかは食べてみたいと思っていた食材だ。

モモ肉は本当なら骨付きで焼きたいところだが、大き過ぎるので残念だがカットしよう。

夕食は右半分の肉を使って豪勢にいこう。手羽先、手羽元を食べやすい大きさに切っていく。

胸肉とささみは、もったいないけどパスだ。他に食べるべき部位が多すぎる。適当な大きさに切って魚の餌にしてしまおう。

白レバーは薄く切ってとりあえず鍋に入れておく。

次は魚だな。昨日と同じように、石で川の中に仕切りを二つ作る。岸側が白レバー用で血抜きのため白レバーを入れる。川側が魚の寄せ餌用で、雑に石で囲って作った。この中に内臓と胸肉とささみのぶつ切りを入れてみた。

後は離れた所で待ち伏せだ。川から十五メートルくらいの所に伏せて魚が姿を現すのを待つ。なぜかクレリアも隣に伏せていた。まぁ、いいか。

十分くらい経った頃、バシャバシャと水音が聞こえた。よし、やっぱり来たぞ！　ゆっくり中腰になると寄せ餌用の仕切りの中で大きな魚がバシャバシャとやっているのが見えた。姿を確認するとナイフを投擲《とうてき》した。よし、的中！　これでノルマクリアだ。

昨日と同じくらいの大きさのサーモンモドキだった。早速、鱗《うろこ》を剥いで三枚におろしていく。

これも脂がのっているな。

おっと、川に浸けておいた白レバーを回収しよう。

野菜を洗い、全ての食材を拠点に移し料理開始だ。丁度、もう夕方だ。クレリアはまた火をおこしてくれていた。やはり気が利く子だ。

今日のメニューは白レバーの刺身、手羽先、手羽元肉とポトと葉物野菜のガーリック炒め、やはりメインはサーモンの塩焼きと鳥モモ肉の香草焼きだ。

早速作っていこう。まず今日の収穫品であるガーリックモドキの皮を剥いてできるだけ細かくみじん切りにする。本当はすりおろしたいところだが、器具がないので細かくみじん切りだ。

大皿の上によく水気を切った白レバーを並べていく。その上にみじん切りにしたガーリックを少しずつ乗せていく。よし食べようとクレリアに伝えてもキョトンとしているので、お手本で食べてみせる。

フォークでガーリックを包み込むようにレバーを取ると、皿に盛った塩を少しだけつけていただく。これは美味《うま》い！　まったく臭味がなく白レバー特有の超濃厚な旨味が口の中に広がっていく。生のガーリックの強烈な香りと少しピリッとする風味が相性抜群だ。

これを見たクレリアは驚いていたが、恐る恐るフォークを手に取った。やはり生の肉には抵抗があるようだ。食べた瞬間、目を見開いていた。続けて凄い勢いで食べていく。これは俺も負けてられない。二人であっという間に完食だ。

次は、手羽先、手羽元肉とポトと葉物野菜のガーリック炒めだ。まずは別にとっていた鳥皮をフライパンで熱していく。直ぐに油が染み出してきた。

スライスしたガーリックを炒め、油に香りをじっくり移していく。ポトを炒め始め、火が通った頃に肉の投入だ。やはり葉物野菜は最後に入れて食感を大事にしたい。大皿に盛って完成だ。

うん、美味い！　ガーリック風味の鳥油をポトが吸った感じもいいし、手羽先、手羽元肉の独特の食感もいい。この葉物野菜も炒め物に合っている。満足できる一品だ。

サーモンの塩焼きを焼いていると、ナノムから皮の部分をできるだけクレリアに食べさせるようにと指示が来た。あぁ、皮が一番好きなのに。残念だが、これはクレリアのための料理なので指示通りにしよう。塩焼きも相変わらず美味いな！

最後は鳥モモ肉の香草焼きだ。これは予め一口大に切って、表面に塩、胡椒《こしょう》と多めのハーブを擦り込んでおいた。まずは皮の部分をパリパリになるくらいに焦げ目を付けて焼いていく。焼きあがると他の部分も焼き、こんがりと焼き上がると大皿の上に載せた。

これを洗っておいたシャキシャキのサラダ野菜で包み込んで、手で摑んで食べる。クレリアはその様を見て、また驚いていたが真似して食べ始めた。

あぁ、これも美味しいな。パリパリに焼きあがった鳥皮と、モモ肉の噛むと溢れ出るジューシーな旨味、風味、そしてそれを包み込んだシャキシャキのサラダ野菜の食感が絶妙なハーモニーを奏でている。クレリアも満足してくれたようだ。

余った鳥の半身とサーモンの半身は、明日の朝と昼のお弁当にしよう。

食事が終わり一息つくと今度は言語学習の時間だ。とりあえずナノムに今まで学習した言語の知識をアップデートしてもらう。

くっ、一気に頭に叩き込まれる多くの情報で、立ちくらみのような感覚を覚えた。

アップデートとはナノムによって直接、頭に叩き込まれる記憶の一種の情報操作で、上級士官教育のような洗脳と全く同じと言ってもいいだろう。情報を脳に直接、ある意味では転写するように取り込むことができる。転写された知識は、まるで経験により学習した知識と同じように理解し使うことができた。

ならばこの世の全ての知識を転写してしまえば良いと思いがちだが、人間の脳はそんな膨大な情報を格納できるような作りになっておらず、仮にそんなことをすれば、精神に異常をきたしてしまう。言語、軍規、レシピ集など、人が努力・経験すれば学習できるような情報量の知識しか転写することはできない。また一生の内にアップデートできる情報の総量にも制限があり、人が一生の内に記憶できる情報量以上のアップデートはできない。

クレリアに言葉を教えて欲しいと身振り手振りで頼んでみた。何回かやり取りしたあと、やっと理解してくれたようだ。ゆっくりとはっきりした言葉使いで、なにやら話してくれている。なるほどさっぱり判らないが、これはまたナノムに判ったことをアップデートしてもらおう。焚き火を囲みながらの、クレリアとの言語学習は夜遅くまで続いた。

››› 010. 静養

こうした日々をここ四日間続けていた。

毎朝、クレリアの前日までの栄養摂取《せっしゅ》状況を元に算出した食材リストをナノムに作成してもらい、山に出掛け、午後二時か三時くらいまでに、そのリストの品を掻き集めて帰ってくると料理をして夕食、その後に言葉の学習をするという日々を繰り返していた。

親鳥が雛のために餌を探してくる気持ちは、きっとこんな感じなんだろうな。

今日は朝からナノムが足の様子を見てみたいとのことで、久々の検診だ。クレリアに足を見たいと身振りで説明すると、なにやら覚悟を決めたような面持ちで頷いた。

義足《ぎそく》を外し、包帯を外す。切り株のようになっている断面は相変わらずだが、以前は薄皮のようだった皮膚も完全に普通の皮膚と同じようになっている。大きく違うことは足が修復されていることだ。以前は脛《すね》の中央くらいまでしかなかった足が、くるぶしのすぐ上ぐらいまで伸びている。大体十センチくらいは修復されているだろう。

クレリアは足を見てひどく驚いていた。なにかを言いかけては止めて、なにかを言いかけては止める、口をパクパクする面白い行動をとっていた。恐る恐る足に触っている。あぁ、そういえば、修復されることは説明してなかったな。まぁ、もう少し修復されればよく判るだろう。

今の義足はもう使えないな。くるぶしが再生されたら、義足のパーツであるジョッキの先の穴から足が抜けなくなってしまう。

クレリアに義足を作り変えることを身振り手振りで伝えると、クレリアはうわの空で頷いた。

ずっと足の切り口を見つめている。大丈夫かな？

義足を作り変えるのは材料も揃っていたし、構造も単純なので午前中で終わった。サスペンションのステーを四ヶ所のベルトで足に固定するだけのものだ。若干の高さの調整はできるようになっている。以前のような安定性はないので、長距離を歩くことは難しいだろう。

クレリアにつけてもらい、歩いてもらったが特に問題はなさそうだ。よし、今日も狩りを頑張っていこう。出遅れてしまったが、今では野菜の生えているところは大体把握《はあく》しているし、獲物のいそうな場所もなんとなく判るようになった。なんとかなるだろう。

それから二日程経った朝、出かけようとするとクレリアに引き止められた。なにか伝えたいことがあるようだ。義足を作り直してから、元気がなかったので気にはなっていた。

足のことのようだ。今はもう包帯は必要ないのでしていない。見ると、もうくるぶしの少し下まで修復されている。

なにやら思い詰めた表情で座り込み、最初切断されていた箇所から現在のくるぶしの下まで、足が伸びている部分を指差しながら、なにやら喋りながら強く主張している。主張が終わったので、その通り、治ってきていると手振りを交えながら頷くとクレリアは固まってしまった。

そうだ、どれくらいの日数で治るかも教えておこう。

（一日毎の予想修復位置を赤く表示してくれ）

ナノムに頼むと一日毎に修復すると思われる予想位置が、複数の赤い平面で空間に仮想表示された。片手で指を一本ずつ増やしながら一日でこのくらい、二日でこのくらいと赤い平面を指差していった。予想ではあと八日か。

それを見たクレリアは、大粒の涙を浮かべると泣き出してしまった。もう声をあげて泣いている。あぁ、しまったな、これは。確かに切断されたはずの足がいきなり修復され伸びだしたら不安になるか。俺の説明不足だ。悪いことをしたな。

よしよしと頭を撫《な》でるとクレリアはびっくりして泣き止んだ。

腕もちゃんと治るよ、でもしっかり食べないと治らないんだぞ、と片言と身振り手振りで説明すると、嬉しそうに頷いた。

その日以降のクレリアの食事の量は凄まじかった。

◇◇◇◇◇

——三日前——


今日も拠点で横になっていた。それしかすることがない。

今、コリント卿《きょう》は食料調達に出かけている。この拠点に来て、もう三日が経った。

このままゴロゴロと寝ていて良いのだろうか？　静養だから仕方がないといえばそれまでなのだが、コリント卿が苦労して食料を調達する間、私は一日中寝ているだけ。

コリント卿の作る食事はどれも美味しく何の不満もない。足は良くなっているのだろうか。

痛みもなにもないため、自分ではなにも実感できない。

その日の食事も絶品だった。

次の日の朝、コリント卿に足を見せて欲しいと言われた。ついにきた！　悪化していたらどうしよう。なるべく動かずに安静にしていたのだが。

足を見て驚愕《きょうがく》した。足が治って伸びている!?　以前は脛《すね》のちょうど真ん中あたりが切断面だったはずだ！　それが今ではくるぶしの上辺りまで伸びている。

馬鹿な！　足が伸びる訳がない。頭がおかしくなってしまったのだろうか？

コリント卿に聞こうとして止めた。本当に頭がおかしくなっていたら？　脛の半ばまでしかないのに願望で伸びているように見えていたら？　恐る恐る触ってみる。手に触った感触はある。

しかし本当に正気ではなくなっていたら、触ったように感じるのではないだろうか？

そのあと、コリント卿が義足を作り直すというようなことを伝えてきた。なぜ作り直すのだろう？

作り直した義足より前のほうが良かった気がするが、あまり気にならなかった。

あぁ、今は考えることが多すぎる。その後二日間は、ずっと考えっぱなしだった。

手足を失った者が、失った衝撃で気が触れてしまったなどという話を聞いたことがある。私もそうなのだろうか？

この二日間でまた伸びている。二日前にはなかった、くるぶしがある。ああ、もう耐えられない。コリント卿に確認してみよう。

私の頭がおかしくなっているのであれば、それを受け止め、なんとか治す方法を考えよう。

朝、コリント卿が狩りに出発する前に訊いてみる。私には足が治り伸びているように見える、ほら、ここまで足が伸びているのだと伸びた部分を叩き、音を出して必死に主張した。

するとコリント卿は、あっさりその通りだというように頷いた。

意味が判らなかった。足が伸びるはずがない……。

すると、今度は片手で指の数を増やしながら、もう片方の手で伸びた足の先から何もないところを次々と指差していく。

もしかして日数と伸びる位置という意味なの⁉

ああっ、そうに違いない！　コリント卿には最初から判っていたのだ！　私には理解も及ばない秘術を私に施《ほどこ》してくれたに違いない！

指は八を数えると止まった。足があと八日で治る！　あとたった八日で治る！　信じられない！

ああっ、私はおかしくなっていない！　良かった！

気づくと泣き出していた。ああっ、良かった！　嬉しい！

するとコリント卿は、兄上がやるように頭を撫でてくれた。びっくりした！

そのあと、コリント卿は身振り手振りで説明してくれた。足の次には腕が治っていくらしい。足と同じように日数と治る位置を示してくれた。今と同じ食事量であれば、腕も八日で治るとのこと。

しかし、よく食事を摂らないと治りが遅くなるらしい。

コリント卿の美味しい食事をよく摂る。たったそれだけのことで手足が治るのであれば何ということもない。

私は全身全霊をかけて食事を摂ろう！

011. 閑話 人類に連なる者

人類が他の人類と初めて邂逅《かいこう》したのは、帝国紀元前一五一三年のことだった。

アサポート星系第三惑星アデルの探査船が、ジャイア星系のセンタナを訪れたのが最初だ。

アデル探査船は当初、人類が居住可能な惑星発見に狂喜していたが、調査が進むにつれてアデルと同じような動植物、人類とそっくりな生命体が居住していることが判り、さらにその知的生命体が、自分達と同じ遺伝子構造を持つ人類だと判ると驚愕《きょうがく》した。

お互いの交流が進むにつれ、お互いに独自に進化してきたと推測できる科学的証拠もそれぞれあることが判ったが、ではなぜ、同じ遺伝子構造なのか。異なる場所で、それぞれ独自に進化した生物が同じ遺伝子構造を持つことはあり得ない。

このことは両惑星において様々な議論を呼んだが、一番有力な説は、人類はそれぞれの惑星で進化したのではなく、第三者が人類が居住できる惑星を動植物や環境を含めて用意し、そこに人類を連れてきて繁栄させたのではないかというものだった。

荒唐無稽《こうとうむけい》ではあるが、この説の他に状況を説明できるものはなかった。

年月が流れ、アデル政府の調査が進むにつれ、第二、第三の人類と邂逅し、全く同じ状況であることが判ると、いよいよ、この「第三者説」は有力になっていった。

中には人類同士の不幸な出会いもあったが、概《おおむ》ね友好的な交流を行っていった。発見した人類のテクノロジーレベルは、いずれもアデルより低かったが、アデルは発見した人類惑星に無償ではないが様々な技術供与を行い、テクノロジーレベルを引き上げていった。

帝国紀元前一〇二三年、アデル政府は発見した数々の人類惑星に対し人類銀河同盟の結成を提案した。同盟への参加資格は【人類に連なる者】のみ。その規約は緩く、特に反対する理由もなかったので人類惑星は挙《こぞ》って同盟に加盟した。

時は流れ、帝国紀元前三三年、人類銀河同盟は全部で百五十一個もの人類居住惑星を発見していた。それらの惑星の位置は密集している訳ではなく、強いて言えば、あたかも均等に配置されているようであった。

そしてこの年、人類銀河同盟はアデルをも超えるテクノロジーをもつ人類と邂逅した。新たに邂逅した人類は、自らのことをサイヤン帝国と名乗り、人類銀河同盟に対して宣戦を布告してきた。

テクノロジーの差は圧倒的ではなかったが、サイヤン帝国が一歩も二歩も進んでいたため戦いはサイヤン帝国が圧倒的に有利に進められた。

人類銀河同盟のリーダー的存在であったアデル政府は戦力の集結を呼びかけ、技術には物量をもって対抗しようとしたが、人類銀河同盟の規約は緩く、それを強制する効力はなかったため、多くの人類惑星は自分の星系を守ることを選択した。

そのため、アデル政府の対抗策は効果を発揮せず、一つ、また一つと、人類惑星はサイヤン

››› 011. 閑話 人類に連なる者

帝国に占領されていった。

そして、帝国紀元前一〇年、アデル軍の艦隊は全くの偶然から屠《ほふ》ったサイヤン帝国の艦艇から、サイヤン帝国の母星の位置を含む、様々な情報を入手することができた。

それにより、サイヤン帝国は人類銀河同盟に出会うまで他の人類には出会っていないこと、サイヤン帝国の植民星はそれほど多くなく、戦力もそれほどの差はないことが判った。つまり、サイヤン帝国の母星系さえ破壊してしまえば戦局は一気に逆転可能であることが判明した。

アデル政府は、数年の歳月をかけて敵の艦隊ではなく敵の星系を破壊するための艦隊を編成し、突撃作戦を実行した。

対惑星戦において、占領ではなく破壊であれば方法としては非常に単純だった。ノヴァミサイルが一発でも当たれば惑星は容易に破壊できる。作戦は単純で、敵の星系の各惑星にノヴァミサイルを一発以上当てること。

アデル艦隊は、まず数万のノヴァミサイルを敵星系の外から加速させ、一つの惑星に対して数千発のミサイルが光速に近いスピードで目標に同時に到達するように発射した。それに合わせて艦隊も突入する。

アデル艦隊は、ミサイルのみの攻撃で、敵の母星系全ての惑星の破壊にあっけなく成功した。サイヤン帝国艦隊はこの奇襲により壊滅的な被害を受け、残った艦隊は帝国の植民星や占領した人類惑星へと散っていった。

人類銀河同盟の多くの人類は、数百億の人類を抹殺《まっさつ》したアデル政府の無慈悲な行いに恐怖した。

帝国暦元年、アデル政府はサイヤン帝国の滅亡を人類世界に発表すると、一方的に人類銀河同盟の解体を宣言し、さらにアデル政府自らが主権をもつ人類銀河帝国の樹立を宣言した。

人類銀河同盟の規約の緩さは人類の存続をも危うくするとの理由からだった。

これに対し、開戦当初からアデル政府と共に行動してきた一部の人類惑星と、サイヤン帝国に占領されて非道な扱いを受けていた人類惑星が賛同したため、人類銀河帝国の樹立は成立した。

人類銀河同盟の人類惑星は、人類銀河帝国のテクノロジーと先のサイヤン帝国への無慈悲な攻撃に恐怖し、一つ、また一つと人類銀河帝国へ自ら編入されていった。やがてすべての人類惑星は人類銀河帝国へ編入された。

人類銀河帝国の主権をもつアデル政府は、帝国樹立後も全ての自治政府を公平に扱い、人類繁栄のために統治してきたため、帝国は存続し繁栄していった。特に人類がバグスと遭遇してからは、その結束は一層強固になった。

帝国暦二二四八年、編入された人類惑星は二百七十六を数え、その植民星を含めた人類が居住可能な惑星の数は、二千を超す。

人類銀河帝国航宙軍スター級重巡洋艦《じゅうじゅんようかん》サパタ・グーガンの艦長アヒム・アッドは、サパタからの報告に驚愕していた。

››› 011. 閑話 人類に連なる者

「二百七十七番目の人類惑星が見つかったと考えていいんだな？」

「間違いありません。今も様々な電波が目前の惑星より発せられ受信しています。たった今、そのうちの一つの電波の解析が終了しました。原始的なデジタル信号を使用しているようです」

映像が表示された。人類の若い女性が料理を作っていると思われる映像が表示された。料理番組だろう。

アヒムは内心、狂喜していた。やったぞ！　二百七十七番目の人類惑星を俺の艦が発見した。これで俺の艦と俺の名前が、帝国の歴史に残ることが確定した。

これは大変な発見だぞ！　デジタル信号だと⁉　ここまで文明の進んだ人類惑星は何年ぶりだ？　ナノムに確認する。四百十二年⁉　帝国臣民は大騒ぎするだろう。五十年前のあの原始時代同然の人類惑星でさえ、あの騒ぎだったのだから。

「情報をまとめ始めろ。七十二時間後に高速連絡艇《ハイパーシャトル》を本国に向け発進させる。それと俺の名で交渉団の派遣を進言してくれ。内容は任せる」

このあたりの宙域までくると、ＦＴＬ通信だと一年近くかかってしまう。高速連絡艇《ハイパーシャトル》のほうが数ヶ月早い。

「惑星から本艦を認識することはできるか？」

「できるとは思えません。生命体の存在が確認された時点でステルスモードに移行しました」

「よし、でかした！　そのまま続けろ。最初はできるだけ穏便《おんびん》に進めたい。では、ドローンもいけるな？　ステルスモードで全機降下させてくれ。派遣ポイントは任せる」

「了解しました」

アヒムは人類惑星とファーストコンタクトを行う際のマニュアルをアップデートした。


五年後、人類銀河帝国は人類惑星『地球』の帝国への編入を人類世界に向けて発表した。

帝国臣民は、地球編入の知らせに歓喜した。人類世界が拡充されれば、それだけバグスに対する安全性も増していく。それに、これほど文明の進んだ人類惑星の編入は四百年以上前のことであり、娯楽に飢えた帝国臣民は、地球の情報を争って求めた。

地球は自治権の制限された帝国の保護領という扱いであった。その制限を解除するためには帝国の一翼を担うべき一定の基準を満たす必要がある。

基準は、テクノロジーレベルの向上、バグスに対する自衛能力、人口に比例した一定数の帝国軍への参加など多岐にわたる。

つまり今、地球には所謂「外貨」が必要であった。帝国は慣例的に、この外貨を得る方法として情報の売買と観光と貿易という手段をとってきた。

同じような環境の同じ遺伝子構造を持つ人類だとしても、文明を築いていく過程は大きく異なり、独自の考え方、文化が生じる。この情報を帝国政府は保護し、地球外の人類惑星に高値で販売した。

特に地球は人類惑星の中でも多種多様な人種と文化が混在する非常に珍しい惑星だった。

地球への観光の希望者は殺到し、帝国政府はこれに対応するため観光の権利を抽選にすることとした。抽選の当選確率は二千倍を超え、その観光する権利もまた高値で取引されることとなった。その観光権の一人当たりの価格は、一般的な水準の惑星の帝国臣民の年収の二倍程度が相場であった。

当然、辺境の惑星に行く旅費と高値の観光権代を支払って観光に行けるのは、ごく一部のセレブ達であり、今や地球へ観光することは、一流の証、ステータスとなっていた。

セレブの求めるものは、大衆の求めるものとなる。大衆は観光には行けないものの、せめて地球産の珍しい食材や料理のレシピを得ようと競って求めた。当然、帝国政府はこれらのものに高い関税をかけ、地球の外貨獲得に繋がっていった。

今や、帝国は空前の地球ブームで、誰も彼もが地球の流行を取り入れることに夢中になった。ある程度情報が広がると、大衆は地球の新しい情報を求めるようになる。

地球の流行は人類世界の流行となり、地球は流行発信の地としての地位を築いていくことになった。

012. 魔法

拠点に来てから九日が経った。クレリアの足はもう踵《かかと》の少し先まで修復できていて、ゆっくりと歩く程度であれば歩けるようになっていた。自分の足が治ると判ってからクレリアは常に御機嫌だ。こんなことならもっと早く説明しておけばよかったな。

クレリアに足が治ったら出発するか、手も治ってから出発するか、どちらがいいか確認したら手が治ってからにしたいとのことなので、まだ当分この拠点にいることになった。

安静にしていなくていいと判ったクレリアに、剣を教えてくれと頼まれ、片手でできる基本的なコンボを教えたりしている。俺はちゃんとした剣術のことなんて何も知らないんだけどなぁ。

食料調達のほうも順調だ。狩りの時間は最初の頃よりも短縮できていて、大抵午前中には終了だ。空いた時間はクレリアに言葉を教えてもらっている。

言語学習のほうも進んでいて、片言でよければ会話できるようになっていた。アップデートさまさまだ。

今日も午前中で狩りを終えて戻ってきた。今日の獲物《えもの》は小さめの牙イノシシ、ビッグボアで大体三十キロくらいだろうか。山の中で解体するのが面倒なので、血抜きをして丸ごと担いで持って帰ってきた。

クレリアは拠点の外に出て、河原で薪《たきぎ》となる木を集めていたようだ。できれば、拠点に籠もっていて欲しいんだけどな。確率は低いだろうが、追手が来ないとも限らないのだから。

俺が戻って来たのに気づくと、嬉しそうにゆっくりと歩いて近づいてきた。

『おかえりなさい、コリント殿』

『帰ったよ、クレリア』

挨拶《あいさつ》できるっていいな！

ただし、喋っている言葉が本当の意味で合っているのかは、サンプルが少ないので確実とは言い難い。意味はナノムが推測して訳したものをアップデートして理解しているだけだ。

例えば今、クレリアが言った『おかえりなさい、コリント殿』が、本当は『でかいお肉ね！コリントっち！』と言っている可能性もなくはないのだ。獲物を持っている時にしか、このセリフを言われたことがないので、その可能性はある。

まぁ、クレリアの態度からすると何らかの敬称付きで呼んでいるのは間違いなさそうだ。コリント殿という訳は、だいたい合っているだろう。

多分、俺が年上だから使っているんだと思うけど、あまり堅苦しいのは好きじゃない。是非、名前呼びでお願いしよう。

『クレリア、コリント殿じゃなくてアラン』

俺がそう言うと何故《なぜ》かクレリアが固まってしまったが、しばらくして真っ赤になりながら恥ずかしそうに『アラン』と言ってくれた。

河原でビッグボアを解体している作業を、隣でクレリアが真剣に見ている。自分でもできるようになろうとしているのだろう。

いや、夕食が楽しみでしょうがないのかもしれない。最近のクレリアの食べっぷりは、こちらが引くぐらい凄まじいものだ。ナノムが消化を助けているんだろうけど、凄まじい量を食べ終わっても別に苦しそうにする訳でもなく、平然としている。

よし、解体も終了だ。さっそく昼食にしよう。

拠点に戻って料理を始めようとして、焚き火の火が消えているのに気づいた。

そういえば、今まで気にしたことないけど、いつもクレリアが火をつけていてくれたんだよな。どうやって火をつけていたんだろう？　なにか道具があるのかな？

同じく焚き火が消えていることに気づいたらしいクレリアが、竈《かまど》に薪を足している。どうするのだろうと見ていると、竈に手のひらを向けて目を瞑《つぶ》った。

十秒くらいそのままでいたが、目を開け『ファイヤー』と言ったと思うと、手のひらの二十センチくらい先の空間から炎が吹き出した！

（なんだ!?　これは!?）

［判りません。しかし、以前に観測されたエネルギーと同様のものが観測されています］

またそれか！　一体何なんだ、これは？

クレリアは十秒位くらいの間、竈に向けて火炎放射器のように炎を放出させると手をかざす

のを止めた。薪が燃えて火がついている。

『クレリア、今のなに？』

クレリアはキョトンとした顔をしている。そのあと、やっと質問の意味が判ったみたいな顔をすると、なにやら自慢げな顔で何か喋っているが、知らない単語が多く、半分も意味が判らない。どうやら、先程の火を出すのに掛かった時間が短いことを自慢しているようだ。

子供の頃にホロビットで見た、超能力を使って悪と戦う超能力者のフィクションの映画を思い出した。もちろん人類世界にそのような能力を持つ者はいない。

（クレリアは超能力者なのだろうか？）

［その可能性はあります。しかし、先程の質問の反応を見ると、この惑星では当たり前の能力なのかもしれません］

たしかにそうかもしれない。ナノムがこのエネルギーを感知したのは三回。そのうち二回はクレリアで、一回は俺が剣を光らせた時だ。

剣を光らせて木を切断した時も、クレリアは光っている剣をスルーして丸太の切り口ばかりを気にしていた。つまり剣が光るのは、そう珍しいことではないということか。

クレリアが超能力者なら、剣を光らせた俺も超能力者ということになる。この惑星に来て超能力に目覚めたということか？　体に何も変わった所はないし、何か特殊な力が宿ったという感覚もない。

［一つの仮説があります。センサーの反応が、エリダー星系の第二サルサで発見された未知の

エネルギーを観測した時の反応と似ています］
エリダー星系？　なんとなく聞いたことがある名前だ。ああ、思い出した。航宙軍学校で習ったことだ。四十年くらい前に発見された、人類が居住可能な惑星として有名になった惑星だ。環境を改造しないで、そのまま居住可能な惑星は大変珍しい。
そう、その惑星の調査の段階で、調査員が土着の生物に襲われて大怪我したことが発端で発見されたエネルギーだ。その大きな猫に似た土着の生物は、静止状態から文字通り目にも見えないスピードで、十メートル以上離れた所から一瞬にして接近して襲いかかった。
その後にその生物を捕獲《ほかく》して調べても、それだけの加速を可能にする体の構造にはなっていないことが判った。その後の研究でその生物が未知のエネルギーを利用してある意味、体を強化していたことが判った。俺が知っているのはこれくらいだ。
［現在ではもっと様々なことが発見されています。仮に今、観測したこのエネルギーが第二サルサで発見されたエネルギーと同様のものとして考えるとしても、詳細に調べるには第二サルサで開発された専用のセンサーが必要です］
（そのセンサーを作ることはできるか？）
［可能ですが、レアメタル錠五錠を消費し、五日間の製造期間が必要です］
（あとで飲むから製造を開始してくれ）
［了解］
この惑星の人類が、こういった能力を自由に使用できるとすれば、これは問題だ。正直、ク

レリアの追手とやらが来ても、ライフルがあれば何とでもなると思っていた。

しかし、この能力は危険だ。単に炎を出すだけならいいが、その他の能力がないとも限らない。きっと他にもある可能性のほうが高いだろう。クレリアは先程『ファイヤー』と言った。炎を出すしか能がないなら、火を表す言葉『ファイヤー』と言わないのではないだろうか。他の能力と区別するために『ファイヤー』と言ったのではないだろうか。

いや、こんな仮定の話を考えてもしょうがない。クレリアに色々聞くにしても、もっと語彙力が必要だ。当面は今まで通り言語学習を頑張っていくだけだ。

ふと気づくとクレリアが訝しげにこちらを見ていた。おっと、一人で考え事をしていたな。昼食にしよう。


拠点に来てから十四日が経ち、クレリアの足は完全に修復された。捨てずに取ってあった脛《すね》当《あ》てとブーツをクレリアに渡すと涙を浮かべて、ありがとうと言われた。

修復した足は本調子ではなく、ナノムからリハビリを指示されている。

リハビリに付き合って、クレリアと一緒に河原を歩く。あれから言語学習も進んで結構会話できるようになっている。歩きながらクレリアに気になっていたことを聞いてみた。

『クレリア、この前、焚き火に火をつけた時に使ったやつって他にもできるの？』

『＊＊＊のこと？』

すかさずアップデートする。魔法とナノムは訳したようだ。

››› 012. 魔法

『そう、他の魔法ってできるの？』

『勿論、できるわ』

クレリアは少し驚いたように答えた。

『やってくれないか？』

クレリアは少し躊躇《ためら》ったあと、川に向かって手をかざし、目を瞑った。だいたい十五秒ぐらい経ったあと、目を見開き『ファイヤーボール』と言った。

手のひらの二十センチくらい先に、三十センチ弱の大きさの火の玉が現れ、川に向かって飛んでいく。だいたい石を放り投げるくらいのスピードだ。川の水に当たりジュウッと音を立てて消えた。

おおっ！　凄いぞ！　火を出すだけではなく、火の玉を飛ばすこともできるのか！　格好い い！　飛んでいくスピードが意外と遅くて逆に新鮮だ。これが飛んで来たら恐ろしいだろうな。

期待の眼差しでクレリアを見ていると他の魔法も見せてくれるようだ。

また、川に向かって手をかざし、目を瞑る。だいたい三十秒くらい経ったあと、目を見開き『フレイムアロー』と言った。

今度は、手のひらの先に炎の矢のようなものが三本現れ、また川に向かって飛んでいく。ファイヤーボールよりも速く、正に矢のようなスピードで飛んでいき、水に当たりジュウッと音を立てて消えた。

おおっ！　これも凄い！　ファイヤーボールより上位の魔法だろうか。なかなか使い勝手が良さそうだ。

『火魔法は、これだけ』

なるほど、火の魔法で火魔法か。「火魔法は」ということは他の系統の魔法も存在するに違いない。

『他の種類の魔法は？』

少し躊躇ったあと、川に向かって手をかざし、また目を瞑る。十秒くらいした後、目を開け『ウォーター』というと手のひらの先の空間から水がドボドボと溢れでてきた。これまたクレリアが手をかざすのを止めると消えた。

おお！　これも凄い！　これは所謂、物質創造ではないだろうか？　なにもないところから水を創造しているように見えた。

クレリアは、なにやら恥ずかしそうにしている。

『私が使えるのはこれだけ』

なるほど、火魔法が得意で水魔法？は、あまり得意じゃないのかな。それでもすごい魔法だ。

『この水は飲めるの？』

水浸しになった河原を見ながら聞いてみる。

クレリアは不思議そうな顔をして『勿論、飲める』と答えた。

つまり、クレリアがいれば、もう水に困ることはないということだ。これは凄いことだ。魔法、なんて便利なんだろう。

（何か判ったか？）

そう、五日前に構築を頼んだセンサーが今日、完成したのだ。

［色々と興味深いデータが取れました］

（俺も魔法を使うことができるか？）

是非ともやってみたい！　俺だって剣を光らせることができたんだ。全く才能がないということはないだろう。

［可能かもしれません。エネルギーの流れを観測することができました］

仮想ウィンドウに魔法を使った時の人体の略図とエネルギーの流れと思われる矢印の動きの動画が表示されている。

なるほど、俺がファイナル・ブレードをやる時のイメージとだいたい一緒だ。ファイナル・ブレードは、体内の生体エネルギーを意識し、それを練り上げ、練り上げたものが腕を伝い剣の刃に纏《まと》わりつくというイメージだが、同じようにしてエネルギーが手を伝い魔法を放出しているのではないだろうか？

（どうやって火をつけているんだ？）

［判りません。しかし火の場合と水の場合のエネルギーの流れに変わりはありませんでした］

クレリアが目を瞑り、なにやら考え込みながらやっていたところをみると、イメージということだろうか。イメージだけで火がついたり水が出たり？　そんなことがあり得るのだろうか？

『ア、アランは魔法が使えないの？』

クレリアは何故か俺の名前を呼ぶ時に恥ずかしそうにする。

ひょっとするとアランというのは、この言語では何か恥ずかしいものと同じ発音だったりするのだろうか。そうだったら最悪だな。

しかし、タイミングはぴったりだ、クレリア。ちょうど今、試そうと思っていたところだ。

答える代わりに、川に向けて手をかざす。体内の生体エネルギーを意識し、それを練り上げ、練り上げた塊が腕を伝い手のひらから放出されるイメージだ。ファイヤーボール！

やってはみたが、当然のことながら何も起きない。

（どうだった？）

［似ていますが、異なる部分があります］

仮想ウィンドウ上に、クレリアが魔法を使った時のエネルギーの動きが赤く表示され、俺がいま試していたイメージのエネルギーの動きが青く表示されたイメージ動画が表示された。

（俺は実際にエネルギーを放出していたのか？）

［はい、表示しているイメージの通りです］

おぉ！　全く自覚はないが、俺にもできているらしい。

なるほど、イメージを見比べてみると確かにクレリアのエネルギーの動きとは違っているな。

まずエネルギーの量が全く足りていない。

身体の中から放出されるエネルギーの量を二倍ぐらいに増やしたイメージに修正し、再度実行してみた。

おぉ！　イメージ動画のエネルギー量が増えている。

よし、量は十分だが、クレリアのイメージを見ると、ただエネルギーが動き、収束しているわけではなく、動きの速さに緩急をつけた流れになっているな。その意味は判らないが真似してみよう。

何回か試行錯誤する内にクレリアのエネルギーの動きと俺のエネルギーの動きは、ほぼ一致した感じになった。さて、放出されるエネルギーがどうして火の玉になったり、水になったりするんだろうな。まぁ、イメージしてみるか。

手のひらから放出されたエネルギーの塊に火がつき火の玉となる。それは真っ直ぐに川に向かって飛んでいく。このイメージを今まで行ってきたイメージに加え、頭の中でシミュレーションしてみる。俺はできる。クレリアの魔法を見ただろう？　魔法は実現可能だ！

よし！　いくぞ！　ファイヤーボール！

出たっ！　クレリアのファイヤーボールと同じように火の玉が川に向かって飛んでいく！

川の水に当たり、ジュッと音がして火が消えた。

おいおい、できちゃったよ!?　こんな簡単にできていいのか？　ってかこれ凄く楽しい！

上手く言えないが、ライフルで撃つのとは全く違い、発射しているっていうのが実感できる。

しかし、この発射までに時間が掛かり過ぎる。十秒くらい掛かっただろうか？　とても実戦では使えないな。

（発射までの時間をなんとか短縮できないか？）

［エネルギーを収束させる一連のルーチンを記録することができました。　生体エネルギーを発射寸前の状態で待機させることは可能です］

素晴らしい！　どうやらナノムは体内のエネルギーを扱うことができるようだ。　まあ、俺にもできるのだから、体内のあらゆる生理的反応を自由に操ることができるナノムなら当然のことか。

これは良いぞ！　エネルギーを収束させる面倒な部分を担当してくれれば、俺は魔法が発動するイメージをするだけで済むという訳だ。

既に仮想ウィンドウの片隅に［READY］の文字が表示されている。　正に以心伝心だな。　気のせいかもしれないが、何か体の中にエネルギーが宿っているような感覚はある。

手をかざしイメージする。　ファイヤーボール、発射！

川に向かって火の玉が飛んでいく。　おお！　できた。　凄い！

仮想ウィンドウの片隅には［READY×3］と表示されている。　やるな、ナノム！

ファイヤーボールを三連射するイメージをする。　発射！　発射！　発射！

三つの火の玉が、　川に向かって飛んでいく。　ジュッ、ジュッ、ジュッと水に当たり音を立てた。

こうなるとあとは威力だよなぁ。　水に当たってジュッで終わりじゃ、なんとも心許ない。

威力という言葉で咄嗟《とっさ》に思いついたのは、宙兵隊で使っているグレネードだ。　それに合わせてイメージを修正した。既に表示は［READY×3］だ。

ファイヤーグレネード、発射！　発射！　発射！

しかし、発射されたのは一発だけだった。あれっと思ったのもつかの間、ファイヤーグレネードは川に着弾し爆発を起こした。

爆音と共に、水しぶきが辺り一面に降りかかる。俺もクレリアもびしょ濡れになった。

あぁ、やっちゃった。調子に乗り過ぎた。やはり魔法は凄く危険な代物だな。兵器と同じくもっと注意して使わないと駄目なやつだ。

クレリアは、口を開けて呆然《ぼうぜん》としている。

（なんでファイヤーグレネードは一発しか発射されなかったんだ？）

［発射に必要なエネルギーが足りなかったのだと思われます］

あまり深く考えていなかったが、確かにファイヤーボールよりも、無意識にエネルギーの量を込めたような気がする。［READY×3］だった表示が今は表示されていない。ファイヤーグレネードを発射するのにファイヤーボール三発分のエネルギーが必要だったということか。

これは色々とデータを取って検証しなければならないようだな。さっきみたいに調子に乗って色々やると怪我をするかもしれない。幸い時間はあるので、じっくりと研究していこう。

とにかく実験は成功だ。収穫は大きかった。

このあと、やっと正気に戻ったらしいクレリアが、なにやら早口でまくし立てるのを宥めて拠点に連れて帰るのに凄く苦労した。

013. 魔法の考察

今日もコリント卿《きょう》は狩りに行ってくれている。

最近はコリント卿も少しずつ話せるようになってきているので色々と会話ができて楽しい。

コリント卿は本当にすごい。一度聞いた単語や言い回しなどは絶対に忘れないのだ。言葉に対する理解も早く、どんどん喋れるようになっていくので教えるのが楽しいほどだ。

この拠点に来てから九日は経っただろうか。もう足はゆっくりとであれば歩けるようになっていた。

踵《かかと》まで足が治るとコリント卿は荷物の中から私のブーツを出して渡してくれた。嬉しかった。コリント卿は常に私のことを考えてくれている。

この恩をどのように返していけば良いのか、それが最近の悩みだ。

昨日、足が治ったらどうするのか聞かれた。旅を続けるのか、手が治るまで待つのかと。旅を続けると今のような食事は用意できないので、治るのに時間が掛かると。

考えるまでもなかった。腕が治るまでここに留まり、体を元に戻す。先日のように魔物に襲われた時にコリント卿に守られてばかりは、もう嫌だ。私も一緒に戦いたい。

コリント卿の世話になりっぱなしなのは心苦しいが、私は女神ルミナスに誓った。いつか必ずこの恩は返す。

　私はもっと強くならなくてはならない。焚き火に使う木を集めながら、コリント卿に教えてもらった剣の型を練習する。足が完全に治ればもっと本格的に鍛錬を積むことができるだろう。

　コリント卿が帰ってきたようだ。ビッグボアを担いでいる。

『お帰りなさい、コリント卿』

『帰ったよ、クレリア』

　この会話だけで恥ずかしくなってしまう。家族以外にお帰りなさいなどと言ったことはない。それに会話するようになって判ったことだが、コリント卿は私のことを名前で呼ぶ。家族以外で異性のことを名前で呼ぶなど許されるのは婚約者ぐらいなものだ。

　なにも敬称を付けろなどとは露《つゆ》ほども思わないが、恥ずかしいものは恥ずかしいのだ。コリント卿の国の習いだろうか。

『クレリア、コリント卿じゃなくてアラン』

　これは文字通り、家名ではなく、名前で呼んでくれということだろう。

　以前、ファルに聞いたことがある。平民に近しい下級貴族の男女の間では、これからは名前で呼んでくれないか？　というのが遠回しな婚約の申し込みの言葉として流行っていると。

　勿論判っている、コリント卿にそのようなつもりがないことは。多分これもコリント卿の国の習いなのだろう。

『アラン』

小さな声で呼んでみた。コリント卿は嬉しそうに頷いてくれた。

コリント卿はビッグボアの解体をしている。相変わらず料理人のような腕前だ。

王都にいた時は思いもよらなかったが、いつか私もこれくらいのことはできるようにならねばならない。勉強させてもらおう。久しぶりのビッグボアなので食事が非常に楽しみだ。

拠点に戻ると焚き火の火が消えていた。

いけない！　火をつけることは私にもできる数少ない手伝いなのだから。木を足して魔法で火をつける。コリント卿はそれを見てひどく驚いているように見えた。

『クレリア、今のなに？』

どういう意味だろうか。ファイヤーを使って火をつけただけだ。

ああ、魔法を発現させるまでの時間の短さに驚いているのに違いない。

そう、実はこう見えて魔法が得意なのだ。世辞なのかもしれないが、宮廷魔術師にすぐにもなれると言われたこともある。もっとも得意なのは火魔法だけではあるが。

そのことをコリント卿に伝えると納得してくれたようだ。

さぁ、コリント卿の料理が始まる。今日も全力で食事をいただこう！


コリント卿は日増しに喋るのが達者になっていく。会話も段々できるようになってきたので、以前から気になっていたことを聞いてみた。なぜ足が、腕が治るのかと。

コリント卿によると、コリント卿の身に宿る目には見えない小さい精霊に命じて私の体の中に入ってもらい、治療を頼んでいるのだという。

はっきり言ってコリント卿以外の人間からこの話を聞かされても、にわかには信じることはできないだろう。もちろん、女神ルミナスの眷属《けんぞく》たる精霊の存在は信じている。しかし、あまりにも荒唐無稽《こうとうむけい》すぎる話だ。

しかし私には信じられる。コリント卿ほどの多才で善良な人間が女神ルミナスに愛されていないはずはないのだ。少なくとも精霊と意思を交わし、願いを聞いてもらえることは、私の手足が証明している。

考えてみれば、手足を再生することなど、神の力、又はその眷属の力以外にできるはずがない。

コリント卿は私が考えこんでいるのを見て、不審がっていると考えたようだ。ナイフを取り出すと素早く自分の腕に切りつけてしまった。止める暇もない素早い動作だった。

しかし、血は一滴、二滴流れただけで、傷がみるみるうちに塞がっていく。二分もすると全く傷が判らないほどになってしまった。魔力は一切、感じなかったし、跡形もなく治すことなど治癒魔法では不可能だ。

これは絶対に治癒魔法ではない！

すごいッ！　本当に神に、精霊に愛されている！

私もコリント卿を通して、その恩寵《おんちょう》を賜《たまわ》っているのだろうか？　決して疑っているわけではないが、どうしても試してみたくなった。

ナイフを取り出し、同じように腕に切りつけてみた。コリント卿に止める素振りはない。

一瞬、痛みがあったが、直ぐに痛みはなくなり、みるみるうちに傷が癒えていく。すごい！

あぁ、私もまた精霊の恩寵を賜っているのだ。感動で身が震える。

コリント卿はその後、腕が治ったら精霊をどうするのかと聞いてきた。精霊を追い出してもいいし、そのまま留まらせてもいい、どちらでも構わないらしい。

私はこのまま、留まらせて欲しいと全力でお願いした。

この力はこれからの私に必要だ。正直、魂を売ってでもこの力を手に入れようとする輩は数多くいるだろう。

コリント卿は、なんでもないことのように、頷いて了解してくれた。またしてもコリント卿に大きな恩を受けてしまった。


また数日が経ち、足は完全に治った。やはり自分の足で歩くというのはいいものだ。

コリント卿によると弱った足を慣らすために、歩いて運動しなければならないらしい。確かに弱っている自覚はある。このままでは旅を続けるのに支障がでるだろう。

コリント卿と一緒に河原を歩く。しばらく歩くとコリント卿が質問をしてきた。

『クレリア、この前、焚き火に火をつけた時に使ったものは他にも可能ですか？』

少し言葉がおかしいが意味は判る。ファイヤー以外の魔法が使えるかと聞いているのだろう。

魔法のことかと確認すると、そうだ、見せて欲しいとのことだった。もちろん可能だ。コリント卿もファイヤー以外できないとは考えていないだろうが、上手く伝えられないのだろう。

ファイヤーボールをやってみる。発現までの時間は十五秒くらいか。なかなかの速度だと思う。コリント卿も驚いているようだ。

他の魔法も見せて欲しいようなので、今度はフレイムアローだ。多分、三十秒ぐらいの集中時間でいけたのではないだろうか。自分でも会心のできだ。コリント卿は、また驚いていた。

残念だが私が使える火魔法はこれぐらいだ。それ以外はどうかと聞かれた。

あとは水魔法のウォーターぐらいしかできない。やってみせると、これに一番驚いているように思えた。

その後、コリント卿はウォーターの水は飲めるのか？　と聞いてきた。どういうことだろうか。ウォーターの水が飲めることは子供でも知っている。勿論、飲めると答えると考え込んでしまった。

ひょっとしてコリント卿は、魔法のことを知らない？

いや、そんなことはないだろう。この前も魔法剣を見事に使いこなしていたし、コリント卿ほどの者に限ってそんなことは信じられない。聞いてみよう。

『ア、アランは魔法が使えないの？』

コリント卿を名前で呼ぶことには、まだ全然慣れない。なぜか言葉使いが気安い感じになってしまうし、照れてしまう。

答える代わりに見せてくれるようだ。川に向けて手をかざした。しかし、魔法が発動する様子はない。コリント卿は、何か考えながら何回か手をかざし、魔法を発動させる仕草を見せるが、魔法は発動しなかった。その仕草は何かを確かめているようにも思えた。

突然、コリント卿の雰囲気が変わった。あぁ、これは間違いなく本気だ。

早い！　手を構えて十秒ほどでファイヤーボールを放った。しかも、目を開けたまま、発動のきっかけとなる魔法名の言葉もなしに。

誰かから聞いたことがある。目を開いたまま、言葉もなしに魔法を発動できるのは、相当の練達の者だと。

しばらく考えていた後にまた手を構えると、直ぐに、ファイヤーボールをなんと三連射した！

そんな！　あり得ない！　魔法の発動の仕組みから考えれば、あり得るはずがないのだ。

呆然《ぼうぜん》としていると、コリント卿は、また少し考え手をかざす。直ぐにまた、ファイヤーボールが放たれる。速い！

ファイヤーボールは、川に到達すると爆発を起こした！　凄まじい音と共に水しぶきが辺り一面に降りかかり、私もコリント卿もびしょ濡れになった。

コリント卿はしまったという顔をして、はにかむようにしている。

これはひょっとして、今は伝説となっている火魔法の一種、爆裂魔法ではないだろうか⁉　勿論、見たこともできるということも聞いたことはない。

これが神に愛された者の実力！　本当の力！

しばらく、呆然として動けなかった。

コリント卿はもう魔法の時間は終わりとばかりに、拠点に戻ろうとしている。慌ててコリント卿にこの魔法のことを聞いてみるが、まぁまぁといった感じで上手く誤魔化されてしまった。

◆◆◆◆◆

拠点に戻る途中でクレリアに魔法のことを聞いてみた。魔法の系統には、火魔法、水魔法、風魔法、土魔法、光魔法の五つの系統があるらしい。何故《なぜ》クレリアは風魔法、土魔法、光魔法が使えないのかと聞くと、少し傷ついた顔をして才能がないというようなことを言われた。

才能なんて必要なんだろうか？　俺はただイメージして実行しただけだ。俺には才能があるのだろうか。うーん、色々と調べなければならないことが沢山あるな。

拠点に着いたが、まだ夕食までには時間がある。クレリアには魔法の練習をしたいので、見える所でリハビリを続けてくれないかと頼んだ。暫《しばら》く何か葛藤《かっとう》しているようだったが、俺の後ろ五メートルぐらいの所でウロウロと行ったり来たりし始めた。ま、いいか。

（新しい情報はあるか？）

［色々とあります。まず観測されているエネルギーは、エリダー星系の第二サルサで発見されたエネルギーと似ていますが、同じものではありません］

ま、そうだろうな。遠く離れた星系で全く同じものだったら、そっちの方が不思議だ。

［先程は、第二サルサで使用する場合を想定したセンサーの設定を使用していましたが、調整した結果、このエネルギーを観測するのに最適な設定値を見つけることができました。それによると、大気中の基本空間当たりのエネルギー量は第二サルサの約一千倍以上の濃度があることが判りました］

なんと、空気の中にエネルギーが存在するのか！　一千倍というのが凄いのか、そうじゃないのか判らないな。

［エネルギーの分布をイメージ化したものです］

途端に視界が変わる。世界が真っ黒な空間になり、小さい光の玉のようなものが無数に漂っている。

おお！　これは綺麗だ。俺の体が散りばめられた光の点で形作られている。まるで宇宙で見る星々のようだ。胸の辺りは星雲のように光り輝いており、眩しいくらいだ。

この光の点がエネルギーを表しているのか。凄いな。

（どうやって人間はそのエネルギーを使用しているんだ？）

［このエネルギーはお互いに引かれ合っており、より濃度の濃い方向へ移動する性質を持っているようです。つまり、この付近の微小のエネルギーは胸部のエネルギーの濃い部分へ移動しています］

なるほど、よく見るとすぐ近くにある光の粒がごくゆっくりと俺の方へ向かってきているのが判る。胸の星雲のような光の塊は、この光の粒が肉体をも擦り抜けて集まったものというこ

172

とだな。これが魔法の元になるエネルギーか。

（ところで、いつまでも、このエネルギーとかいう言い方じゃ面倒だ。名称を考えてくれ）

［魔法の素という意味で魔素ではどうでしょうか？］

なるほど、判り易くていいな。採用だ。魔法を使用して魔素が減ったとしても、こうして魔素が近づき集まって補給されるということだろう。

（魔法を使用し続けて魔素が全くなくなったらどうなるんだ？）

とてもじゃないが、こんなゆっくりした補給方法じゃ、魔法の使用量以上に補給されているとは思えない。

［判りません］

それは後ろでウロウロしている人に聞いてみよう。後ろを振り向くと、やはりクレリアの胸の辺りが星雲のように輝いている。

（視界を戻してくれ）

クレリアは相手してくれると思って嬉しいのか、直ぐに駆け寄って来た。

『クレリア、ファイヤーボールを続けて何回くらい使える？』

答えは二十回以上、三十回未満とのことだった。意外と少ないな。

『三十回以上、使うとどうなるの？』

倒れてしまう、との回答だった。つまり気絶するということだろう。死ぬとかじゃなくて良かった。

『どのくらいで回復するの？』

大体、丸一日で回復し、魔法がまた使えるようになるとのことだった。

クレリアは俺の二メートルくらい後ろを行ったり来たりするようになった。正直、うざったいが、また聞くことがあるかもしれないし我慢しよう。

（魔素の消費と体の関係は判るか？）

しかし魔素が尽きると何故、気を失うのだろう？

［判りません］

まぁ、そうだろうな。

判っていることをまとめると、人間の体には何故か魔素を引きつける要素があり、魔素が集まり魔法が使用できる。魔素は消費しても一日で回復し、また使用できるようになるということだけだ。

判らないことだらけだが、魔法のエネルギー源だけは判明したな。

（魔素とはなんだ？　なぜ、火や水に変換できる？）

これは科学の範疇で考えると恐ろしいほどに、とんでもない変換だ。エネルギーを水に変えるなど科学では考えられない。

［判りません。もっとデータが必要です］

これは当然の回答だろう。今後の研究に期待だな。

あとは、魔法の兵器としての使い勝手だ。性能の判らない兵器など使うことはできない。

（魔素を装填してみてくれ）

仮想ウィンドウの片隅に［READY×3］が表示される。

川に平行な方向の水際の岸へ向けて、ファイヤーボールを発射した。

ファイヤーボールは三十メートル程、地面と平行に飛んでいたが、そのあとは急に失速して河原に落ちていった。着弾したのは四十メートルくらいの地点だろうか。小さな火があがったが、直ぐに消えてしまった。

なるほど、有効射程は三十メートルくらいだな。意外と短い。

次は威力だな。見渡すと近くに大きめの流木がある。大体二十メートルくらいまで近づくと手をかざし、流木に向かってファイヤーボールを放った。

火の玉が飛んでいき、ボゥッと音を立てて着弾する。近づいて見ると木に火が纏《まと》わりつくような感じで燃えている。このまま放って置けば普通に火がつくだろう。生身で食らったら大やけどしそうだ。

丁度いい。ウォーターの練習をしてみよう。手をかざし、手のひらの少し先の空間から水が放出されるイメージだ。

ウォーター！

水が勢い良く放水されて燃えている火に掛かり、十秒と掛からずに消火できた。これは便利だ！　クレリアが見せてくれたのとは少し違うような気もするが、似たようなものだし問題ないだろう。

そうだ、重要なことを確認するのを忘れていた。

（あと何発ファイヤーボールが撃てるか判るか？）

［今までの消費量から推定すると、あと三十九発です］

今まで使った魔力量はファイヤーボール十発分ぐらいかな？　そうすると俺が撃てる魔法は一日にファイヤーボール五十発ぐらいだ。クレリアは二十回以上、三十回未満と言った。それに比べると倍近くはあるということか。クレリアと俺で何が違うのだろうか。

実際に消費してみて、限界近くなるとどうなるかを調べてみよう。あぁ、そうだ。

（魔素を装填した状態から、装填していない状態に戻すことは可能か？）

仮想ウィンドウの片隅に一瞬、［READY］が表示され直ぐに消えた。

［可能です。しかし、何故か装填した魔素の五パーセントの還元に失敗しました］

なるほど謎だな。まぁ五パーセントなら許容範囲だ。

（とりあえず三十五発、撃ってみる。装填してくれ）

仮想ウィンドウの片隅に［READY］の横の数字がどんどん増えていき、35で止まった。

［READY×35］。

ふむ、この状態だとなんともないな。ただ、思い込みかもしれないが、胸の辺りに、ほぁっとした熱を微《かす》かに帯びているような感覚はある。

まずは五連射してみよう。川に向けて手をかざす。どうせならどれだけ速く連射できるか挑戦だ。連射をイメージする。

››› 013. 魔法の考察

ファイヤーボール五連射！　次々と川に向かって飛んでいく。川に着弾して、ジュッと音を立てて消えた。

さっき三連射した時より断然速いな。まぁ、連射が必要になる場面も想像できないので、こんなことができても余り意味はないだろう。

ん？　そういえば、手をかざす必要ってあるのか？　クレリアがそうしていたから真似したが、イメージ次第では必要ないような気がする。

俺には仮想ウィンドウ上の照準システムがある。これがあれば必要ないんじゃないか？　試してみよう。ちょうど川の浅瀬の真ん中辺りに、水面から顔を覗かせている大きめの石がいくつかある。その内の一つの石に仮想ウィンドウ上の照準を合わせた。

手はおろしたまま、体の一メートルくらい先の空間から火の玉が発射されるイメージをする。

ファイヤーボール発射！

おおっ！　上手くいった！　石に当たりジュッと音を立てて消えた。やはりこっちの方がしっくりくるな。照準システムを使った火器の発射動作は、今までに何千、何万回とやってきた動作だ。今後はこれでいこう。

川から覗いている大きめの石四つに照準を合わせる。ファイヤーボール四連射！　目標に次々と着弾していく。これはいい！

手をかざしていた時は、あそこに飛んでいけとイメージしていたが、照準システムを使用するとロックオンした所に飛んでいくのは当然と考えているせいか、特に意識しなくても目標に当たる。これは凄く便利だ。

ああ、そうだ。クレリアが使っていた炎の矢みたいなフレイムアローも使ってみよう。

射程を調べるため先程と同じように、川に平行な方向の水際の岸にある大きめな石三個に照準を合わせる。大体五十メートルは離れている。炎の三本の矢が現れ、目標に向かって矢のようなスピードで飛んでいくイメージをする。

フレイムアロー発射！

体の一メートルくらい先の空間に炎の三本の矢が現れ、目標に向かって飛んでいく。矢は惜しくも目標の少し手前に当たったようだ。

ふむ、射程は五十メートル弱か。ファイヤーボールよりスピードも速いし射程も長く、使い勝手は良さそうだ。

見ると仮想ウィンドウの表示は［READY×20］となっていた。三本の炎の矢でファイヤーボール五発分か。やはり使い勝手が良い分、コストが掛かるということだろう。

あと二十発か、どうしようかなと考えていると川の下流のほうから、なにやら黒いものがこちらに向かって飛んできているのを視界に捉えた。

ズームしてみると黒鳥だった。猟で仕留めたことがある黒い鳥だ。クレリアが名前を知らなかったので、黒鳥と名付けた。美味しい獲物《えもの》だが、なかなか見つからないので、二回しか狩れていない。アイツ、あの図体でちゃんと飛ぶことができたのか。

まだ、四百メートルぐらいは離れている。こちらに向かって飛んできているが、その内こちらに気づいて逸れて飛んでいってしまうだろう。なんとか魔法で撃ち落とせないだろうか？

射程は五十メートルしかないがフレイムアローの四連射、十二本の矢でやってみるか。

クレリアを見るとポカンとした顔でこちらを見ている。この子、たまにこういう状態になるんだよな。大丈夫なんだろうか？

クレリアの手を引っ張ってしゃがませると、指を指して黒鳥のことを教える。クレリアは遠くに黒鳥を見つけると顔を引き締めた。

クレリアに『フレイムアローで仕留める』というと頷き、目を閉じて集中し始めてしまった。あれ？　クレリアも参加するのか。俺が落とすつもりだったんだけど、まぁいいか。では、今回はサポートに回ってみよう。

もう二百メートルを切っている。問題はヤツがいつ俺達に気づくかだな。……百五十、……百、……七十五、……五十、……気づかれた！

黒鳥は少し慌てたように森の方に進路を変えた。よし、フレイムアロー二連射、六本の炎の矢で弾幕を張ろう。

一本ずつ、若干の時間差をつけた炎の矢で黒鳥の進路を妨げるように炎の矢を放った。黒鳥は炎の矢を見て慌てたように羽をばたつかせて空中で停止し進路を変えようとしている。

やはりあの図体だけあって普通の鳥のように機敏に飛ぶことはできないようだ。

今がベストタイミングだが、クレリアはまだ目を瞑《つぶ》っている。黒鳥はまた森とは反対方向に進路を変えた。またフレイムアロー二連射で弾幕を張る。

その時、クレリアの『フレイムアロー！』という声が聞こえた。

これ以上ないというタイミングだった。進路を変えた黒鳥が、俺が放ったフレイムアローの六本の矢を見てまたパニックを起こし、羽をバサバサやって丁度空中で停止しているような状態で、クレリアの放った三本の矢の内一本が、黒鳥に突き立った。

黒鳥はたまらずバサバサと羽ばたきながら落ちてきた。

クレリアは大喜びだ。ピョンピョンと跳ねて、何やら早口でまくし立てている。半分も意味が判らないが、どうやら魔法で獲物を仕留めたのは初めてらしい。

立ち上がると立ちくらみのような感覚を覚えた。なるほど、これが魔素不足ということか。さすがに気絶するのは嫌なので、今日はもう魔法は使わないでおこう。

黒鳥が落ちた所に行くと、まだ弱々しくバサバサやっていたので、ナイフで首を切って血抜きを始めた。

クレリアもそれを見てニマニマしている。嬉しさを抑えきれないようだ。

今日はネズミウサギ一羽しか狩れなかったので丁度いいな。時間もいい感じなので夕食にしよう。

014. スターヴェーク王国

――五ヶ月前――

王の私室へと続く廊下を歩きながら、何事だろうかと考えていた。

この時間帯は政務中のはずで、私室にいらっしゃることは珍しい。それに夕食の時には父上とは顔を合わせることも多い。その時では不味《まず》い用事ということだろうか。

王の私室の前に着き、警備している近衛騎士ダルシムとカロットに頷きかける。もちろん顔見知りで私が子供の時から仕えている者達だ。

ダルシムが扉をノックして少し扉を開け、私が来たことを告げた。

「入れ」

部屋の中に入ると兄上もいて、とても驚いた。

「父上、お呼びと聞き参上致しました」一礼する。

「おお、クレリア。突然呼び出してすまなかったな」

「久しぶりだな！　クレリア」

「お久しぶりです！　兄上」

兄上と会うのは確かに久しぶりだ。三ヶ月ぶりくらいだろうか。いつも私を可愛がってくれる、頼りになる兄だ。会えて嬉しい。

「早速だが、クレリアには国内の視察に出てもらおうと考えておる」

どういうことだろうか。兄上が視察から今、戻ったばかりのはずだ。続けて私が視察に行ってもおかしいことはないが、普通はもっと間隔を開けることが多い。

「勿論、私に否《いな》やはありませんが、何か理由があるのでしょうか？」

「全て伝えたほうが良いのではないでしょうか？　クレリアは、もう子供ではありません」

「そうか、そうだな。アルフ、話してやってくれ」

「クレリア、私が南と西の方面の視察に行っていたことは知っているな」

「勿論、知っています」

王国の南と西は旧アロイス王国の血筋の貴族が治めることが多い地方だ。

アロイス王国とは、百六十二年前にスターヴェーク王国に併合された国だ。併合の条件として、アロイス王国の主要な貴族に貴族位を安堵《あんど》し、治めさせてきた地域だ。しかし、主義主張が旧来のスターヴェーク貴族と異なることが多く、度々問題を起こしてきた地方でもある。

兄上によると南と西の主要な都市の視察を行ったが、なにか不穏な動きがあるという。特にこれといった証があるわけではないが、貴族の態度が妙に余所余所《よそよそ》しかったり、なにか不穏当な雰囲気を感じたり、閲兵《えっぺい》した兵の数が報告されていた数より多かったりと、些細な事柄と言ってしまえばそれで片付いてしまうことばかりだが、とても気になるという。

「まさか、南と西が謀反《むほん》を起こすとでも？」

「いや、クレリア。私も父上も、まだそこまで考えている訳ではないよ。しかし気になっていることは事実だ」

「しかし、父上は、南と西の貴族との関係を改善するために力を尽くしてきました」

そう、南と西の貴族に対する宥和《ゆうわ》政策として、軍の長である軍務大臣と財政の長である財務大臣にそれぞれ南と西の血筋の貴族を五年前に大抜擢したのだ。

二人共優秀な人物で、いくつかの画期的な改革を行い周囲を驚かせていたものだ。ただ、その過程で強引に人事を刷新したことは少し問題となったことも事実だった。

それに、まだ子を成してはいないが南の貴族の血筋の者を側室に迎えてもいる。

「うむ、言いたいことは判っておる。ただ、先程アルフが言った通り直ぐに謀反を起こすとは考えていない。そこでお前には東と北の視察に行ってもらいたいのだ」

「私は父上と、これらのことについて対応しなければならないので王都を離れられない」

なるほど、南と西の様子がおかしいならば、東と北の様子を見ることは当然のことだ。東と北は、旧来のスターヴェーク貴族の治める地だ。最悪、南と西が謀反を起こしても東と北で対抗することはできる。これは重要な任務だ。なんとしてもやり遂げねばならない。

「父上、このクレリア、東と北の視察、確かに拝命致しました」

そのあと兄上より、視察するにあたっての注意点、見るべき視察場所などを簡単に教えてもらった。

王の私室から出るとファルが待っていて、私のほうへ駆け寄ってきた。

「クレリア様、王の御用とはどのようなものでしょう？」

「東と北に視察に出ることになった。ついてきてくれるな？　ファル」

「勿論です！　クレリア様」

それからは視察の準備に追われることになった。去年成人したばかりで、視察に出るのは初めてのことで判らないことだらけだった。

王命を賜《たまわ》り、三日後にはもう出発の日だ。父上、兄上、母上共に挨拶《あいさつ》は済ませてある。母上は父上からなにか聞いていたのか、十分に気をつけるのですよと声をかけてくれた。

見送りに兄上が来てくれた。嬉しい！

「気をつけろよ、クレリア。見事、御役目を果たしてみせろ」

「勿論です、兄上。行ってまいります」

護衛には近衛騎士八十名とその従者が付いている。なんとアンテス近衛騎士団長までいた。

それに、あちらこちらに私が子供の時から仕えている者も見受けられる。

父上の私への過保護ぶりは王宮でも有名だったが、いつか私から御諫めせねばならないと思った。

王都五十万の人々が暮らす街中を抜け視察へと旅立った。

視察は順調に行われた。しかし、いくつかの街を周るうちに違和感を覚えるようになる。

上級貴族からは熱烈に歓迎されるのだが、それ以下の、男爵以下の貴族の中には、歓迎はしているが一歩引いたような余所余所しい態度で接してくる者がいるような気がするのだ。位が異なることからそう感じるのだろうか？　ファルに聞いてもそのようなことは感じられないという。

視察の行程は進み、いよいよ終盤だ。王都を出発して三ヶ月が過ぎようとしていた。この地は、母上の実家であるルドヴィーク辺境伯の治める土地だ。辺境伯は母上の兄にあたる。当然のように熱烈に歓迎された。

到着した次の日の明け方、私の部屋のドアがノックされた。ファルが続きの別室から素早く起きて来て誰何《すいか》する。

「何者か!?」

「近衛のダルシムです。辺境伯の使いで火急にて姫殿下《ひめでんか》に御拝謁《ごはいえつ》願いたいとの旨です。断ったのですが是非とも、とのことです」

であれば是非もない。ここは辺境伯の城の中だ。ファルに頷いてみせた。「しばし待て」とファルが言い、早速、私の身支度に取り掛かった。

案内された部屋には辺境伯とその側近と思われる老齢の貴族がいた。

「姫殿下、このような時刻にお呼び立てして申し訳ありません」

「よい、それより何事だ」

「王都より早馬が参りました。謀反です」

思わず声を上げそうになるのを、ぐっと堪えた。

「規模は？」

「確かなことは申し上げられませんが、恐らく南と西の貴族の六割から七割、それと東と北の貴族の二割から三割、それに軍の四割から五割程かと思われます」

すばやく計算する。貴族の半数以上と軍が……。

「辺境伯はどちらの御味方か？」

それを聞いて、隣にいるファルが剣に手をかける。

「姫殿下、いや、我が姪クレリアよ。悲しいことを訊いてくれるな。我がルドヴィーク家は建国以来三百年、スターヴェーク王国ではなくスターヴァイン家に忠誠を捧げてきたことを誇りとしてきた家。少し言葉が過ぎますぞ」

「伯父上、動揺のあまり失言してしまった。どうか許して欲しい」

そうだ、敵味方を見誤るな。仮に敵だとしたら、このようなことを知らせるはずもない。

伯父上に詳細を聞いた。

事の発端は、二十日前、王が軍務大臣ロイス卿《きょう》を聞きたいことがあると召喚したところ、ロイス卿がこれを無視したことから始まった。

事情を聞こうと王宮に近しい軍の関係者に連絡を取るも、いずれも連絡が取れなくなっていた。召喚した二日後にはロイス卿は兵を挙げ、それに合わせるように貴族が謀反を起こしたようだ。

王都は封鎖され、軍に囲まれた王宮は三日で落ちてしまったとのことだった。

「父上は⁉　母上と兄上は⁉」

伯父上は首を振っている。

「王城前の広場にて斬首されました。罪状はアラム聖国への売国です」

「ばかなッ！　あり得ない！」

アラム聖国は、度々我が国の領土を脅かしてきた隣国だ。

「判っています。敵味方含めて、これを信じる者などいないでしょう」

「くッ！　直ぐにでも王都を奪還せねば！」

「姫殿下、今は東と北の貴族を姫の名においてまとめ上げ、迫りくる敵を迎え討つ準備をする時です」

確かに伯父上の言う通りだ。反乱の貴族共だけならばともかく、軍の半分までもが敵なのだ。生半可な勢力では太刀打ちできない。

「すまなかった、伯父上。頭に血が上っていた」

「なに、気持ちは一緒ですぞ、姫殿下。我が主と可愛い妹に汚名を着せ手に掛けたこと、必ずや奴らに後悔させてやる！」

殺気をみなぎらせた伯父上が言い放った。

私は朝から伯父上の参謀たる老家令に指示されるままに、王都での凶行を知らせ、召集を呼び掛ける何十通もの手紙を書いた。二百騎以上もの騎士が、その手紙を届けるべく東と北の貴族に向けて散っていく。

何かがおかしいと気づいたのは、使者を送ってから三日目の朝を迎えた時だった。

遅すぎる。辺境伯領に近い貴族領からは何らかの返事が来てもよい頃だし、届け終わった騎士が戻ってくる頃を過ぎている。いやな予感が脳裏をよぎる。

ようやく、軍を率いた貴族が姿を現したのは四日目の朝のことだった。旗を見ると伯父上が右腕と頼むアルセニー老男爵だ。

伯父上と一緒に男爵を出迎える。二騎の共をつれて男爵がこちらへやってきた。

私を見た瞬間、男爵は驚愕《きょうがく》の表情を浮かべた。

「これは姫殿下！　御無事でしたか！　女神ルミナス様へ感謝を！」

「久しいな、男爵。無事とはどういうことだ？」

意味が判らないと見回すと、伯父上と老家令の顔は、真っ青になっている。

「いえ、申し訳ありません。姫殿下がこちらにおいでとは知りませんでしたので」

「どういうことだ？　男爵は私の手紙を見て来てくれたのではないのか？」

「姫殿下の手紙ですと？　そのようなものは受け取っておりません。二日前に今回の王都でのことを知り、辺境伯閣下に御指示を仰ぎましたが、返事が来ないもので直接来てしまいました」

「くそッ！　やられた！　奴らめ！」

ようやく私にも何が起きているのか判ってきた。まさか私の手紙が届いていない⁉

「やられました、姫殿下。奴らは何年も前から今回のことを計画していたに違いありません」

「では、私の使者は？」

「恐らく全滅でしょう。奴らは主要な街道に少数の兵を潜ませているに違いありません。使者のような少人数の者だけを襲うようにしているのでしょう」

「逆にいえば、纏《まと》まった人数の者であれば、襲われない、いえ襲えないでしょうから、直ぐに纏まった人数の斥候隊《せっこうたい》を派遣します」

何てこと！　奴らがここまで用意周到であるとすると……。

直ぐにいくつもの斥候隊が出発していき、街道から兵を狩り出すための隊も出発していく。

一日、二日、三日と経つうちに隊が戻ってきては、また、出発していく。

少しずつ状況が判ってきた。

相手は軍を主力とした約四万の兵であること。

その軍に続々と南と西からの貴族軍が合流していること。

抵抗を見せる貴族家に対して、城を包囲するだけの軍勢を残して本隊はこちらに向けて進軍していること。

領民を人質として開城をせまり、降伏し家族を王都に住まわせること、引退し次代に貴族位を譲り渡すことを条件に、その貴族位を安堵すると交渉していること。

既に敵の主力は東と北の奥深くまで侵攻しており、迂闊《うかつ》に東と北の貴族が兵を挙げてこちらに合流しようとしても、各個撃破される危険があること。

どれもこれもが良くない知らせばかりであった。半ば呆然《ぼうぜん》としながら、それらの報告を受けた。

こちらの味方は全てを集めても、五千に満たない。

そんな中、伯父上に呼び出された。

「先ほど、抵抗を続けていたダヴィード伯爵の城が落とされたとの早馬が来ました。ここまで、最短で一日半程で敵の主力が来ます」

既に半ば覚悟はしていた。

「わかった。敵わぬまでも敵に一矢報いてみせる！」

「スターヴァインらしい、その御覚悟、見事です。しかし、姫殿下には落ち延びていただきたいと考えています」

「馬鹿な！　私に生き恥を晒せというのか⁉」

「生き恥ではございません。姫殿下にはベルタ王国へ向かっていただきます」

ベルタ王国？　隣国には違いないが、未開の地を挟んでいるため遠い国のような印象の地だ。

「ベルタ王国には余り知られてはいませんが、姫殿下の祖母エリカ様の妹君のイレナ様が正室として嫁いでいらっしゃいます。つまりベルタ王国の現国王アマド様はクレリア様のはとこに当たります」

「ベルタ王国に救援を求めよと？」

「そうです。しかし今回の戦いには到底間に合わないでしょう。それどころか、姫殿下が訴えてもベルタ王国が救援を出す確率は限りなく低いでしょう」

確かにベルタ王国が逆の立場で、スターヴェーク王国に救援を求めてきたとしても、父上が自国の臣民を、兵を犠牲にしてまで救援を出すかどうかは怪しい。

「それでも我らは希望を繋げたいのです。このまま敗れ朽ちていくとしても、いつか王朝の再興を、一族の再興の夢を見ながら朽ちていきたいのです」

「ならば伯父上も私の共をせよ。共に王国を再興しよう」

「いえ、私にもスターヴァイン家第一の家臣としての矜持《きょうじ》が、誇りがあります。何卒、このまま一矢報いさせていただきたい」

「降伏すれば」

素早く伯父上に遮られる。

「姫殿下、我家とスターヴァイン家との関係を考えれば、命が助かる訳もありません。いえ、他の家についても、降伏して仮に貴族位を安堵されたとしても、そのうちに何らかの罪を着せられて断罪されることは火を見るより明らかです」

このまま私がこの地に残ったとして近衛を勘定に入れたとしても、戦力としてはほぼ皆無だ。ならば、伯父上の言う通り、望みを繋いだほうがよいのだろうか。

伯父上が跪《ひざまず》く。

「重ねて姫殿下、いえ、我が主にお願いしたい儀があります」

「申せ」

「御身には、我がルドヴィーク家の血も濃く流れております。スターヴァイン家への三百年以上に渡る我が一族の忠誠の功として、いつの日にか我がルドヴィーク家の再興をお願いしたいのです」

「……判った。必ずや我が直系をもってルドヴィーク家の再興を成してみせる。女神ルミナスに誓う」

素早く魔力を込めて女神ルミナスに誓う。誓いが受け入れられた証として体が光った。

伯父上は私がルミナスに誓いを立てたことに驚愕の表情だ。

「ははッ！　有り難き幸せ！」


私は落ち延びることとなった。それからは出発の準備に明け暮れる。

「ここに八台の馬車を用意しました。この地から我が国の外に至る道は八通りあります。姫殿下には近衛を八つに分けて、それぞれの馬車の護衛の任に就け、同時に出発していただきます。勿論、兵にも近衛にも、どの馬車に姫殿下が乗車しているのかは知らせずにです。行き先はセシリオ王国とベルタ王国ですが、ベルタ王国へと至る道は地元の猟師しか知らぬほどの道です。大抵の者は間違いなく距離の近いセシリオ王国へ向かうものと思うはずです。これらの馬車にそれぞれ、斥候と後詰めの部隊を国を出るまで付けます。いかな反乱軍とはいえ、外国へと続く街道の奥深くまで兵は配置していないでしょう。我が領地に間者がいることは間違いないでしょうが、斥候と後詰めの部隊がいる以上、同時に八方向への追跡が行えるほどいるとは思えません」

なるほど、策は万全のようだ。

出発の時が来た。伯父上と老家令のみの見送りだ。

「姫殿下、こちらを。王城が落ちる寸前に私の手の者が陛下にお願いして書いていただいたものです。お渡しするのが遅れ、申し訳ありません」

見ると一枚の紙に三つの文が記されているものだ。

一番上には父上の字で「クレリア、すまない」

二番目には母上の字で「幸せになりなさいクレリア」

三番目には兄上の字で「スターヴァイン家を頼む」と書いてある。

いずれも慌ただしく書いたことが判るような筆跡だった。涙で目が霞む。

「では、さらばだ。伯父上」

「女神ルミナスよ！　クレリアに幸運を」

015. 探知魔法

クレリアの足が完全に治って七日が経った。

腕の方もほぼ治っていて、後は指先だけだ。明日には完治するだろう。

話し合った結果、明日、拠点を引き払って出発することにした。

そう、もうクレリアとは普通に会話できるほど言語の習得は進んだ。たまに判らない単語も出てくるが、日常会話レベルならば全く問題なくできる。クレリアに聞いても発音も全然おかしい所はないとの太鼓判を押してもらった程だ。

言語については問題なかったが、困ったのは物の名前だ。例えば、この惑星には故郷の惑星にもいたウサギによく似た動物がいるが、この動物に当たる言葉を深く考えずに言おうとすると、この言語の「ピリス」ではなく、使い慣れた帝国公用語のウサギという言葉を発してしまうことが多々あった。

この問題を改善すべくナノムに相談するとあっさりと解決した。脳の言語中枢にアクセスし、会話している言語に合った単語に差し替えて、受け答えできるようにしてくれるらしい。内部処理的に名詞の差し替えぐらいしかできないようだが非常に便利だ。

言語を学ぶにあたって、女のような話し方になるのは嫌だったので男の言葉遣いも教えてもらったが、この言語はシンプルなのになかなか良く出来た言語で、習得にさほど困ることはなかった。あとはクレリア以外の相手と会話して、もっとサンプルを集めたいところだが、それはもうしばらく待つ必要があるだろう。

会話できるようになって、クレリアに追われている理由と誰に追われているのかについて訊いてみた。クレリアは暫《しばら》く考えた後に、理由についてはもう少し待ってくれないか、近いうちに必ず話すと言った。

よほどの訳ありなんだろう。暫く一緒に暮らしてクレリアが悪人でないことは判っている。恐らくどんな罪も犯してはいないだろう。

そうであれば理由については話せるようになってからで別に構わない。

追手については、来るとしたら数人ではなく数十人、だが百人を超えることはないだろう。しかし、来ない可能性もあるとのことだ。

なんとも曖昧な話だよなぁ。大体、五十人ぐらいを想定しておけば良いのだろうか。ライフルがあればなんとかできるとは思うが、それなりに心構えが必要な人数だ。出会っていきなり問答無用で撃つのも躊躇《ためら》われる。未だどうするか決めかねている案件だ。

魔法を覚えて七日が経ったが、魔法の研究は全然進んでいない。いや、一部の分野については進んでいるのだが、火魔法や他の魔法についてはまったくだ。これには理由があって、俺がナノムにある依頼をしたためだ。

宙兵隊の装備にマルチセンサーというものがある。これは名前の通り、付近のあらゆるものを感知できるものだ。地形、建造物であればその内部の構造、生命体の有無など多岐にわたる。偽装でもしていなければ、マルチセンサーがあれば不意打ちを受けるなどあり得ない。

この惑星に来てから、まず欲しいと思ったのがマルチセンサーだった。

魔法の余りにも凄い万能ぶりに驚いた俺は、ナノムにマルチセンサーの代わりのものを実現できないかと相談をしたのだった。

それからというもの、ナノムの様々な実験に付き合わされて、時間も無駄な魔素を使う余裕も全然なかった。そのお陰で魔素については様々なことが判った。

あらゆる生命体は魔素を宿す性質がある。ビッグボアも小さな昆虫も、植物でさえも微量ではあるが魔素を宿している。勿論、ファイヤーボールを使用できる量とは比較にならないほどの微量な魔素ではあるが、驚愕《きょうがく》の事実だった。

生命体は魔素を宿し、魔素は魔素の集まっている所に引かれ集まる。しかし、無限に集まり続けるかというとそうではなく、体内にある魔素の集合体はある一定の量を集めると、集まってくる魔素を弾くようになる。これが何故《なぜ》かは判らない。

魔素が集まる一定の量とは、生命体の種毎に異なるようだ。逆に言うと同じ種であれば、持っている魔素の量は同じで、クレリアと俺の魔素の量は、全く同じだ。

クレリアとファイヤーボールが撃てる回数が違うのは、どうやら魔素の使い方に違いがあるようだ。クレリアによると、一般的に魔法が上達してくると撃てる回数も増えていくそうだ。俺はナノムに任せきりだからこれ以上は増えないかもしれない。

様々な生命体の魔素量を観測しデータベース化すれば、離れた距離からどのような生命体がいるのか判るようになるかも、ということで日々データを集めている。

魔素は光と同じように粒子のような性質と波のような性質をあわせ持つことも判った。粒子っぽいのは勿論だが、波のように反射や干渉、回折などの性質を持つことも判った。

これは魔法を放つのではなく、魔素のまま体外に放出することが可能だと判って発見した事実だ。

魔素は衝撃波のような形で体外に放出できる。弱い衝撃波を放出しても何も起こらないが、強く素早い衝撃波を放つと、放った魔素は他の魔素の塊に当たると反射するような挙動をみせる。

この特性を利用して、魔素を対象としたレーダーのような機能を曲がりなりにも実現することができた。

探知できる範囲は、出力する魔素の衝撃波の強さによる。強い衝撃波を出力すればそれだけ広い範囲の情報を取得できる。

ここで予想外だったのは、クレリアがこの魔素の衝撃波とも言うべきものを感知したことだ。ナノムの指示で衝撃波の放出実験をしていると、先程から魔力が感じられるが何をしているのかと聞いてきたのだ。

魔力。この惑星の人間は魔素の動きを魔力と呼んでいるらしい。魔法を使う時に魔力を感じるというが、俺にはさっぱり感じられなかった。そのうちに感じられるようになるのだろうか。

クレリアは魔力を感じる力が人より何倍も優れていると、魔法を習った人から言われたことがあるという。

このことが判ってから、クレリアにも実験を手伝ってもらうことにした。この探知魔法ともいうべきものを使った時に、相手にこちらの位置を知られてしまっては元も子もない。できればこちらが一方的に情報を取得できるようにしたい。

クレリアの魔力の感知能力は魔力の強さは勿論、魔力を発している所からの距離にも関係するということが判った。当たり前といえば当たり前のことか。

そうであれば、段階的に衝撃波を強くしていけば良いのでは？　ということに気づいた。

例えばクレリアが五十メートル離れたところから感知できないほどの魔力で探知し、探知範囲内になにもいなければ次は七十五メートルの強さで、次は百メートルの強さでという感じだ。

これであれば相手に察知されずに探知できるはず、というかそうだったらいいなぁ。

もし駄目だったら、改善していけばいい。

この探知魔法のいいところは、ナノムだけでも発動できることだ。恐らくあまりイメージを必要としないためだろう。

発動を命じるだけでナノムが実行し、その結果を仮想ウィンドウに表示してくれる。表示方法はマルチセンサーと同じにしてあるので非常に使いやすい。

探知魔法の消費コストは、百回実行してやっとファイヤーボール一発分くらいで非常にコストパフォーマンスに優れている。どんどん使っていこう。

››› 015. 探知魔法

結局、マルチセンサーと全く同じものはできなかったが、生命体を感知できるだけでも非常に有り難い。恐らく命の危険があるとすれば、それは魔素を持つ生命体によるものだろう。

協力してもらったクレリアに魔法完成の報告をすると、またポカンとした表情で固まっていたが、正気に戻るとその魔法を教えてくれとせがまれた。

はっきり言ってこの魔法は、魔素を感知するセンサーとナノムの情報処理能力がなければ不可能だ。クレリアには、魔法がもっと上達したらと誤魔化した。その話し合いの過程でなぜか、今日の狩りに連れて行くことになってしまった。なぜだろう?

探知魔法の最後の検証をしていたので、今はもう正午近くだ。昼飯を食べてから狩りに出掛けよう。昼飯のメニューは魚の塩焼きとビッグボアの肉野菜炒めだ。定番メニューだが美味《うま》い。

「そろそろ、狩りに出掛けようと思うんだけどいいかな?」

「勿論! 早く行きましょう、アラン」

クレリアは早く行きたくて仕方ないみたいだ。

クレリアは、アランと言う時に最初は恥ずかしそうにしていたが、随分慣れたようだ。話し方も最初に比べると、くだけた感じになっていると思う。

狩場はだいたい決まっていて、拠点から一時間くらい歩いた山だ。何故かその山は植物の食材が豊富で、それを目当てに動物も集まっているようだ。早速、探知魔法を使いながら山に向かって出発した。

狩場に着くまで手持ち無沙汰なので、クレリアに航宙軍学校で習う簡単なハンドサインを教えてみた。流石に実戦では通信するので今まで使ったことはないが、こういう環境であれば役に立つだろう。

三十分ぐらい歩いた所で探知魔法に反応があった。三時の方向、数は二体、二百メートルくらい先だ。ハンドサインでクレリアに情報を伝える。理解できたようで、真剣な顔で頷いた。

相手はこちらの方に向かって来てはいるが、真っ直ぐ向かって来ている訳ではない。まだこちらには気づいていないだろう。恐らくこの動きはグレイハウンドだ。

今まで狩りの途中にグレイハウンドと出くわすことは度々あった。大抵、一頭か二頭、多くても三頭で、その度に片付けてきた。当然、危険な害獣は駆除《くじょ》だ。

「たぶんグレイハウンドだ」

「アラン、一頭は私にやらせて欲しい」

おぉ、クレリアがやる気だ。ちゃんと鎧も着ているし腕前を見せてもらおう。ライフルもあるし危なかったら介入すればいい。

「判った、落ち着いていこう。あと三十秒くらいだ」

ちなみにこの惑星の一秒は大体人類世界と同じだ。一分は六十秒、一時間は六十分で、一日は二十四時間、一年は三百六十日だ。この時間の数え方はクレリアの知る限り万国共通らしい。

理由は判っていないが、ほとんど全ての人類惑星での時間の数え方は一致している。ほぼ確定の一番有力な説は、人類を惑星に連れてきた第三者が人類に時間の数え方を教えたという説だ。それ以外の説ではこれほどの一致の説明ができない。

しかも、不思議と人類惑星のほとんどの惑星の公転周期は、三百六十日前後となっている。この理由についてもやはり、第三者がそういった惑星を選んで人類を連れてきているというのが一番有力な説だ。

クレリアは剣を抜くと、剣をじっと見つめ始めた。細身の剣で装飾《そうしょく》の細かい格好いい片手剣だ。十秒くらい経つと剣が光り始めた。

おおッ、クレリアもファイナル・ブレードを使えるのか！　では、俺もだ。

同じく剣を抜くとファイナル・ブレードを発動させ、剣を光らせる。グレイハウンドは何かを察知したようだ。仮想ウィンドウ上の位置を表す光点がこちらに向かって急速に近づいてきた。

クレリアの前に出て片手を挙げ、五秒前からのカウントダウンを始める。…五、四、三、二、グレイハウンドと目が合う。一頭がそのまま止まらずに俺に向かって飛び掛かってきた。いつもの通り脇に飛び退いて剣を振り下ろす。何の抵抗もなくグレイハウンドの首をはねた。

それを見越していたようにクレリアが前に出る。二頭目のグレイハウンドは仲間がやられたのを見て躊躇したのか足を止めていたが、クレリアが前に出てきたのを見て与《くみ》し易《やす》いとみたのか、クレリアに向けて飛びかかった。

クレリアは落ち着いて脇に避けると剣を振り下ろした。浅い！　が、素早く剣を翻して斬り上げた。今度は致命傷だ、喉を切り裂かれグレイハウンドは弱々しく暴れていたが、クレリアに止めを刺された。

これはひょっとして俺が教えた基本コンボだろうか。なかなか上手くできていた。クレリアはとても嬉しそうだ。構えていたライフルを下ろす。

「アラン、どうだった？」

「なかなか良かったと思うよ。ただ、斬り上げた後に少し隙があったかな？　仕留めきれなかった場合を考えて、次の動作に入っていたほうが良かったかな」

コリント流剣術は手数で圧倒する流派だ。なるべく次を考える癖をつけたほうがいい、ってクレリアは別に俺の弟子でもなければ、コリント流剣術の剣士を目指している訳でもなかった。

クレリアは、なるほどといった感じで素振りをしている。

よし、害獣は駆除できたので出発だと歩き始めた。

「アラン、魔石は取らないの？」

ん？　魔石って何だ？　魔力と石の混成語だ。

「魔石ってなんだっけ？」

クレリアは俺が質問する時に度々見せる、またかという顔をする。

「魔石っていうのは魔物の体の中にある石のことよ」

「魔物って何？　動物は魔物？」

「魔石が体の中にある獣が魔物で、魔石がない獣が動物」

なんと！　ここにきて新発見だ。そういえば、いつかの緑色した奴らの体の中には丸い石のようなものがあった。

››› 015. 探知魔法

「魔石を取ってどうするんだい？」

「それは……街で＊＊ことができるわ。グレイハウンドだと価値が低くて余りたいした＊＊＊にはならないらしいけど」

お、久しぶりに不明な単語が出てきたな。言語をアップデートして、クレリアの発言をプレイバックしてみる。

『それは……街で売ることができるわ。グレイハウンドだと価値が低くて余りたいした金額にはならないらしいけど』

衝撃を受けた！　いや、売ることができるということにではなく、クレジットのことをすっかり忘れていたことにだ。

この惑星のクレジット、金は、きっとあれだ！　クレリア達が襲われた場所で荷物を整理していた時に見た小さい丸い金属の板だ！　くそッ！　特に意識していなかったため、気付かなかった。色々な荷物の中にあったので不思議には思っていたが。

帝国のクレジットは、もう何千年も前から個人毎に管理されているシステム上のただの数字だ。物質で存在する訳ではないので、物でクレジットを表すという概念がなかった。

（ナノム、お前も金を見逃したな！）

［特に必要を感じませんでした］

俺もだ。金属の素材として何枚か確保しただけだ。不味《まず》いぞ。クレリアの目的地であるゴタニアという街に着けば必ず金が必要になる。

馬車の所まで取りに戻るか？　いや、追手がくるかもしれないのに戻っている場合じゃないし、彼処《あそこ》にまだあるという確証もない。いや、クレリアが持ってきているかもしれないな。

「そういえば、クレリアは金って持ってる？」

なんとなく情けないので、さり気なく聞いてみた。

「いいえ、私は持っていないわ」

ダメだ、クレリアも結構抜けている。となれば稼ぐしかないだろう。魔石が金になるなら確保しなければならない。魔石って体内のどこにあるんだろう？

［ここです］

ウィンドウにグレイハウンドの透過図のイメージが表示された。胸部のあたりに魔石と思われるものがある。なるほど魔石には魔素が多く含まれているのか。

ファイナル・ブレードを発動し、魔石を切らないようにグレイハウンドの軀《からだ》を切断した。魔石を探して剣でグリグリしていると魔石が転がり出てきた。

三センチ弱くらいの白く濁った玉だ。当然、二つとも確保した。クレリアは金額を知らないようだけど、どのくらいの価値があるのだろうか。

よし、狩り再開だ。それから狩場の山に向かって二十分ほど歩いていくと探知魔法に反応があった。二時の方向、数は一体、二百メートルくらい先で動いていない。

ハンドサインでクレリアに情報を伝え、ゆっくりと音をたてずに近づいていく。動いていないということでなんとなく正体は判っている。

››› 015. 探知魔法

やっぱり黒鳥だ。この狩場でまったく動かないのは木に止まっている黒鳥ぐらいだ。

クレリアが自分にやらせろと身振りで伝えてくる。頷いて了承すると二人してゆっくりと近づいていく。なんとか四十メートル付近まで近づくことができた。

クレリアはもう目を閉じて魔法を発動する準備に入っている。

「フレイムアロー！」

クレリアが魔法を放った。三本の炎の矢が黒鳥に向かって飛んでいくが、クレリアが声を出したことによって気付かれてしまい、黒鳥は慌てて飛び立とうとしている。辛うじて三本のうち一本が羽に当たったようで、木からバサバサとやりながら落ちてきた。クレリアと一緒に走り出す。

やはり炎の矢は羽の先の方に当たったようで黒鳥はまだ普通に元気だ。飛べないようだが走って逃げ始めた。

「追いかけろ！」

クレリアと二人で追いかけ始めた。黒鳥の走るスピードは人間に比べると全然遅いが木の間を巧みに縫《ぬ》うように逃げるので、あと一歩というところでなかなか捉えることができない。

二手に分かれて追いかける。そのまま五分ほど黒鳥と追いかけっこをしていたが、クレリアの剣がついに黒鳥を捉えた。ふぅ、疲れた。

クレリアは追いかけっこが楽しかったらしくお腹を抱えて大笑いをしている。確かに大の大人が二人して大真面目に追いかけっこをしているのは、傍から見れば面白いかもしれない。釣られて笑ってしまった。

黒鳥の血抜きをして拠点に戻った。黒鳥のレバーは久しぶりの白レバーだったので、美味しく刺身でいただいた。

016. 再出発

ついに私の足と手が完全に治った！　左手をぐっと握りしめてみる。この感覚も久しぶりだ。なくなって初めて有り難みが判るとよく聞くが本当にそうだ。私は運良く取り戻すことができた。これからはこの体を大切にしていこう。

いよいよ今日、ベルタ王国のゴタニアに向けて出発だ。短い間だったが、この拠点を離れてしまうのが寂しい気もする。

朝食を作っているコリント卿《きょう》、いやアランを見ながら考える。

これまでの人生で、この数日間ほど自由な日々はなかった。

いや、今まで何かを強制されていたという訳ではないが、王女という立場上、振る舞わなければならない行動がある。

姿勢、歩き方、言葉遣い、考え方でさえも王族に相応しい行動を心掛けなければならない。

例えば言葉遣い一つとってみても、父上より年上の人に対してもさも自分のほうが上等な人間のような尊大な言葉遣いをしなければならない。

子供の時の教育係のテリス子爵夫人には、言葉遣いの重要性を嫌というほど教えられた。

王族が気安い言葉遣いをしていた為に馴れ合ってしまい、つい立場を忘れた召使いが、貴族がいる前で王族に対して無礼な態度をとって処刑された話。

貴族に対して王族が気安い言葉遣いをしていた為に馴れ合い、貴族にいつの間にか下に見られ謀反《むほん》を起こされかけた話などの王国初期の話や他国での話など散々聞かされた。

王族の言葉遣いというものは、お互い立場を判らせ自然と取るべき行動を相手に判らせる。臣下の者を守ることにもなると学んだ。

なるほどと思い今まで実践してきたが、この尊大な言葉遣いが殊の外、嫌いだった。

自分が優れた人物であればともかく、そうでないことはもう知っている。

しかも王宮に出入りする人物は優れた人物ばかりだ。臣下と会話しない訳にはいかないので、日々ストレスとなり、日常の家族との会話だけが大いに救いになっていた。

しかし、アランは違う。これまで私が聞いたことのないくらいの気安さで会話してくれる。自然と自分も同じような口調になる。この自由がたまらなく心地良かった。

数日前にアランから、追われている理由を訊かれた。理由を話すと自ずと身分も話さなくてはならなくなる。

アランも貴族だ。王族に、いや、たとえ元王族に対しても、今までのような気安い口調で話しかけてはくれないだろう。

もう少しだけでいいから、この自由を味わいたいが為に理由を話すのを待ってもらった。

本当はアランの国のことや身分のことも色々と訊いてみたいが、代わりに自分のことも話さなくてはならなくなる。故に今まで訊くことができなかった。

この旅の安全のためにも、近いうちに全てを話して明らかにしなければならない。

◆◆◆◆◆

よし、朝食も食べたし出発だ。持っていく荷物は相変わらず多いが、水魔法があるので水をあまり持たなくていいので荷物の重さは減っている。

三本あった水入りペットボトルも二本は畳《たた》んで仕舞った。そう、このペットボトルは、なにも入っていない状態で無理な外力をかけると、途端にふにゃふにゃの柔らかい素材になって畳めるのだ。液体を少しでも入れると途端に元の形状に戻る形状記憶素材でできていた。このペットボトルメーカーはこの特許で帝国一のペットボトルメーカーになったらしい。

空いたスペースには、サーモンモドキの干物が入っている。試しに作ってみたところ、なかなか美味《うま》いものができた。食料というより珍味の類《たぐ》いで酒のツマミにぴったりな品だ。ただし、馬鹿みたいに塩を使うので作ったのは二本だけだ。

ああ、そういえば酒も飲みたいなぁ。街に着けば飲むことができるだろうか?

街道に戻るため、以前歩いてきた河原を逆に辿る。たしか三時間くらいは歩いてきたような気がする。警戒はナノムが探知魔法で担当してくれるので、時間を有効活用するためにクレリアに色々なことを訊いてみた。

今までは言葉を覚えるのに必死で、基本的なことは全然訊くことができないでいたし、いきなりこの惑星や大陸の名前はなんていうんだ？　なんて質問をして頭がおかしいと思われるのも嫌だったので質問を控えていたというのもある。

変な質問は控えてきたつもりだったが、ここ数日クレリアは俺のことを記憶喪失者か、この大陸の出身ではない者と思っているような感じで質問に答えてくるようになった。聞いてもいない基本的なことまで教えてくれることが多くなったのだ。恐らく頓珍漢《とんちんかん》な質問をしていたのでそう思うようになったのだろう。

いい兆候だ。今まで疑問だったことをどんどん訊いてみよう。

クレリアは俺の出身や職業などの質問は一切してこない。勿論、訊かれても本当のことを答えることはできないが、俺も気になっているのだからクレリアも気になっているはずだ。訊いてこないということは恐らく訊くと自分のことも答えなければならなくなるので訊かないようにしているのだろう。

それが恐らく追われている理由とも関係しているのだろう。近々話してくれるというのであれば、その関連のことは訊かないようにしよう。

これから向かうのはベルタ王国というゴタニアという街らしい。そういえば街の名前は聞いていたが、国の名前は聞いていなかった。

親類を訪ねるために向かうとのことだった。なるほど、仕事で丁度行くことになったから、そのついでに親戚に会おうということだな。

ちなみに今歩いているこの土地はどの国にも属していない土地だという。豊かな土地で開拓すれば人が住めそうではあるが、平らな土地が全くない。そこら辺が開拓していない理由かもしれないな。

ベルタ王国で話されている言葉は、今、話している言葉と同じだ。というかクレリアの知る限りこの言葉で通じない国はないとのことだ。なるほど、クレリアが俺のことをこの大陸の出身ではない者と考えても不思議ではない理由が判った。

長さの単位は、基本単位が帝国でのメートルとほぼ同じだった。クレリアの剣の先から柄までの長さが丁度基本単位と同じ長さとのことだったので、判ったことだ。それを元にして色々な長さの単位を学ぶことができた。

通貨は各国共通で、銅貨、大銅貨、銀貨、大銀貨、金貨、白金貨の種類があり、銅貨十枚で大銅貨、大銅貨十枚で銀貨といった感じで銅、銀、金、白金貨の順で価値が上がっていく。ただし、白金貨は一枚で金貨百枚の価値だ。白金貨というのはどのような金属だろうか。通貨の単位はギニーというらしい。

ちなみに俺がいま所持しているのは大銅貨、銀貨、金貨が各五枚ずつだ。五万五百五十ギニーということになる。

ちなみにパン一個でいくらするのかと訊いてみたが、よく判らないとのことだった。パンを買ったことがないのだろう。買う金がなかったのか、買う機会がなかったということになる。どちらかというと買う機会がなかった方だろうな。

なるほどクレリアはお嬢様に見えなくもない。着ている服もあまりゴワゴワしていないようだし、剣も凝った装飾《そうしょく》がしてある。なぜ今まで気づかなかったのだろう。あぁ、最初の血塗れのイメージが強すぎて、何か可哀想な子というイメージで固定されてしまったのかもしれない。

今までは、クレリアは傭兵《ようへい》の類いで一番若手の下っ端の子というイメージだったが、ひょっとしたらお嬢様とその護衛だったというのが真相なのか？　しかし、お嬢様が鎧なんて着るのだろうか。いや未開のこの惑星であれば、それが常識ということも十分あり得る。いや、こんな不毛な想像をしていても仕方がないな。

そんなことを考えていたら街道が見えてきた。ここからは十分注意していこう。といっても探知魔法があるので特にすることはない。

今は小動物以上、例えば小さいビッグボア以上の反応のみを検出するような設定にしているが、半径七百メートル以内の反応はない。

この設定だと探知魔法の検出は七百メートル以上になると魔素同士の干渉が激しくなってかなり精度が落ちるので、有効探知範囲は七百メートルだ。

ちなみに探知対象を大きなものに設定すれば、もっと探知距離を広げることは可能だ。

街道は曲がりくねっているので見通しは悪く、半径七百メートルの情報が判れば危険を察知してからでも十分隠れる時間はあるはずだ。

街道に戻るにあたり、探知範囲を人間以上に設定し、探知範囲を広げて警戒しながら近づいていくが特に問題はないようだ。恐らく追手がいたとしても、もう先に進んでいるだろう。

よし、やっと街道に戻ることができた。クレリアと一緒に歩き始める。

「前から気になっていたのだけど、それは何？」

クレリアが俺のライフルを指差して訊いてきた。

「これは……武器だよ」

誤魔化してもしようがない。途端にクレリアが目を輝かせ始める。

「どんな武器なの⁉　どうやって使うの？」

「こうやって構えて、狙いをさだめてここを動かすと魔法の矢みたいなものが発射されるんだよ。矢は目には見えないけどね」

実際に構えて撃つ真似をしてみせる。

「すごい！　魔道具！」

魔道具とな⁉　魔力と道具という言葉の混成語だ。また興味深い単語が出てきた。

「触らせてもらってもいい？」

ライフルを肩から外してクレリアに持たせた。勿論、ライフルは登録した俺以外がトリガーを引いても動作はしない。

クレリアは見よう見まねで、ライフルを構えたりしている。

「これ、使ってみてもいい？」

「悪いけど、これは使用できる回数が決まっているんだ。俺の切り札だから無駄に使うことはできない」

（パルスライフルはあと何発撃てる？）

［通常出力で九百八十回です］

十分な残数に思えるが一生使える量じゃないな。年間百発で十年か。無駄撃ちはできないな。

「アランの切り札……では使えないわね」

クレリアにライフルを渡された。

早速、先程耳にした魔道具について訊いてみる。

魔道具とは、単体で魔法を行使できる道具で、様々な機能を持ったものがある。水を出す道具や、火をつける道具、明かりを灯す道具など色々だ。

必要な魔力は魔石を利用しているらしい。すると魔石とは、この惑星のエネルギーパックということか。なるほど、魔石の需要はありそうだ。

ただし、物にもよるがどれも非常に高額で、中には今では作ることができないアーティファクトと呼ばれる伝説級の道具も存在し、値段が付けられないようなものもあるとか。いつか見てみたいものだ。

おっと、もう正午だ。昼飯にしよう！　昼飯は、黒鳥肉たっぷりの肉野菜炒めと定番のサーモンの塩焼きだ。これは朝食と一緒に作っておいたものだ。植物の葉を編み込んだものに肉野菜炒めを詰めてある。うん、美味しいな！　食べながらこれからの食事のことを考えていた。

ここまで歩いてくる途中にも食用可能な野菜やハーブなど見つけたものはバッグに詰めてきている。

夕食は、黒鳥の肉が余っているのでそれを使おう。昨日、狩ったものだが、焼けば問題ないだろう。

手足が完治してクレリアの食欲も収まったかと思って、試しに朝食でいつもの量の朝食を出したらぺろっと食べていた。明日から肉なし野菜炒めじゃ満足しないだろうなぁ。機会があれば積極的に肉を狩るようにしよう。

昼食後、また歩き始めた。訊きたいことはまだまだ沢山あるので話題には事欠かない。

十六時になり今晩泊まるところを探さないとと考えていると脇道が現れた。脇道が始まる所には柱のような物が立ててあり、なにやら文字らしきものが書いてある。

「タラス村まで二キロと書いてあるのよ」

なんと、村があるのか！　是非行ってみたい。

「ここに村があるって知ってた？」

「知らなかった。でも仲間と旅をしていた時は、時々村に寄って泊まることもあったわ」

きっと道中は仲間に任せきりだったんだろうな。てっきり目的地まで、ずっと人の暮らす村なんてないのかと思っていた。

「寄ってみてもいいかな？」

「勿論、いいわ」

おお！　ついにクレリア以外の人間との接触だ。これは楽しみだ。

017. タラス村

村へと続く脇道は道幅二メートルから三メートルの狭い道で、結構な上り坂になっている。

十分くらい歩いた所で探知に反応があった。これは人間じゃないな。

「クレリア、この方角、五百メートル先に反応がある。たぶん人間じゃない」

「了解」

警戒しながら坂道を登っていく。村まであと三百メートルといった所で、百メートルぐらい先にビッグボアらしきものが道に飛び出して来た。

デカい！　今まで見てきた中で最大だ。六百キロから七百キロぐらいはありそうだ。こんなにでかくなる動物だったのか。

むこうもこちらに気づいたようだ。前足で地面をガリガリやっていて闘志満々だ。なんでそんなに好戦的なんだよ。まぁ、その方が助かるけど。

「私にやらせて！」

クレリアはそう言いながら剣を抜いた。大丈夫か？　これ程の大物は俺も初めてだ。まぁ、俺もサポートすればなんとかなるか。

「わかったよ。フレイムアローで確実に仕留めるんだ」

「了解！」

クレリアはすぐに目を瞑《つぶ》り集中に入った。俺達が足を止めているのを見て、ビッグボアはゆっくりとこちらに向かって歩き始めた。

段々と近づくにつれ少しずつ足を速めているようだ。間もなく五十メートルを切るというところでクレリアが目を開けた。

「フレイムアロー！」

クレリアの放った三本の炎の矢は、真っ直ぐビッグボアに向かって飛翔していく。三本の内、二本がビッグボアの顔面を直撃した。

ほう！　直撃しても向かってくるとは⁉　当たりどころが悪かったのか？

ビッグボアは雄叫《おたけ》びを上げると全力疾走に移った。

魔力も装填済みで、いつでも魔法を撃つ準備は整っている。フレイムアローにしよう。そういえば三本の矢じゃなくて、単発でしたことがなかったな。やってみよう。

フレイムアロー発射！

残り十五メートルぐらいの距離で、炎の矢は狙い通りビッグボアの脳天に突き立った。しかし、勢いがつき過ぎていてそのまま突っ込んでくる。もう一発だ！

発射！

矢は一発目と同じ脳天に突き立った。ビッグボアは崩れ落ち、転がるように向かってくる。

おっと危ない！　慌てて隣にいたクレリアの手を引くとビッグボアを躱した。こんな図体で突っ込まれたらただじゃ済まない。

「なんとかなったな」

フレイムアロー単発の実験は成功だ。魔力の消費量はファイヤーボールと大体同じくらいか、少し多いぐらいだ。これはいい。今度から単発を使うようにしよう。

「アラン、今の魔法って……」

「フレイムアローを単発で使ってみたんだ」

「使ってみたって……そんな簡単に使えるものなの？」

「クレリアも練習してみなよ。魔力の消費量は大体、ファイヤーボールと同じくらいだよ」

それを聞いたクレリアは、なにやら考え込んでしまった。

めでたく肉ゲットだ。お、そうだ。このビッグボアを村への手土産にすればいいんじゃないだろうか。きっと友好的な関係を築くきっかけになるだろう。

「先に村に行ってみよう」

クレリアはうわの空で頷く。

少し歩くと探知に反応があった。これは人間の反応だ！　結構な数がいるな。二百人近くはいそうだ。小さい反応もある。小さな子供か家畜かな。

そのまま歩いて行くと丸太で作った塀のようなもので囲まれた村が見えてきた。塀の高さは三メートルぐらいか。その塀の向こうに何軒かの木造の家が見える。出入り口と思われる門の上に二人の人影が見えた。

››› 017. タラス村

更に近づいていくと誰何《すいか》された。

「そこで止まれ！　何者だ！」

中年のオヤジの村人だ。

「旅の者だ！　少し休ませてもらえないかと思って寄ってみた！」

胡散臭《うさんくさ》そうに俺を見ている。今の俺は黒いツナギを着ている。確かにこの格好は、かなり怪しいだろう。俺の斜め後ろにいたクレリアの姿を見て少し怯んだように見えた。

「直ぐそこで馬鹿でっかいビッグボアを仕留めたんだ！　運ぶのを手伝ってくれないか？　山分けしよう！」

「馬鹿でっかいビッグボアだと!?　本当か!?」

「本当だとも！　一緒に見に行こう！」

オヤジが隣にいた若者に何か話している。若者は駆け出していった。

「今、人を呼んだ！　ちょっと待ってろ！」

了解だ。片手を挙げて答える。しかし、オヤジの話し方はちょっと変わっているな。訛《なま》っているように聞こえる。クレリアの話し方と発音が少し違うようだ。

少しして何人か村人が来たようだ。見ていると門が少しだけ開いて、オヤジと若者だけが出てきた。二人とも槍《やり》のようなものを持っている。

「行こう。こっちだ」

きた道を引き返し、先頭に立って案内する。直ぐにビッグボアを倒した所に着いた。

「間違いねぇ、こいつは黒斑《くろまだら》だ」

あれ？　名前が付いてるのか？　まさかペットじゃないだろうな⁉　ビッグボアはたしかに斑模様のような毛並みだ。

「知っているのか？」

「ああ、こいつには仲間が何人もやられているんだ」

良かった、ペットじゃないようだ。

「ベック、十人くらいの男手と台車持って来い」

若者に指示すると若者は走り去った。

「分けてくれるってのは、本当か？」

「本当さ、俺達は今日の夕食分と明日の分だけでいい。後はそっちで分けてくれ」

「それじゃ、ほとんど俺達がもらうことになるが、いいのか？」

「あぁ、なにか保存食でも少し分けてもらえると嬉しいな。あとは今晩どこか泊まるところを貸してもらえれば言うことなしだ」

「そんなのはお安い御用だ。俺はザックだ」

そこでクレリアが前に出た。

「私の名はリア、こちらはアラン。世話になる」

おお、確かに偽名を使ったほうがいいな。クレリアにしては上出来だ。

それを聞いてザックは明らかに怯んだ。

››› 017. タラス村

「宜しくお願いします」

ザックはやけに丁寧な口調で頭を下げている。

そこにさっきの若者が十人くらいの男達と台車を引いて戻ってきた。

村人たちはビッグボアを取り囲むと、驚きの声を上げ、歓声を上げ始めた。

「よし、村に運び込むぞ！　取りかかれ！」

ザックはリーダー格の人物のようだ。

村人はビッグボアにロープを掛け始め、手慣れた感じで作業に取り掛かる。しかし、大きすぎてなかなか台車に載せられなかった。俺も手伝って、やっとのことで台車に載せることができた。

みんなで台車を押して村に向かうが、急な坂道なので結構大変だ。

門は既に開かれていて、人だかりができていた。そのまま門をくぐり村の中へと進むと平らな広場のような所で台車は止まった。村人の視線が一斉にザックに集まる。

「この人達は村の客人だ！　黒斑を退治してくれたんだが、俺達にただで譲ってくれるらしい！　今日は宴会だ！」

途端に村人達から歓声が上がった。何人かは他に知らせに行くのか走り出している。

「そこに座って寛いでくれ、いま茶でも入れさせる」

広場にはテーブルとイスのセットが幾つか置かれていた。早速、クレリアと座って寛ぐ。

広場の反対側ではビッグボアの解体が始まっていた。手慣れた感じで作業が進められていく。

「ザックはここの村長なのか？」

「ああ、そうだ。ところで黒斑はどうやって退治したんだ？」

「魔法だよ、真っ直ぐ突っ込んできたんで頭に叩き込んだ」

「魔法が使えるのか⁉」

ん？　驚いている？　魔法を使えない者がいるのだろうか？

「この村じゃ魔法が使える者は？」

「いるはずないだろう？」

そうなのか！　魔法を使えない者がいるとは思わなかった。

解体作業を眺めているが、刃物が悪いみたいでなかなか進んでいない。もうすぐ日が暮れるというのに、これじゃ夕食が遅くなっちゃうじゃないか。

「ザック、これを貸してやるよ。これで解体してみてくれ」

鞘《さや》に入った電磁《でんじ》ブレードナイフをザックに差し出した。

「魔道具だから物凄く切れるぞ。骨だってサクサク切れる。危ないから十分気をつけてくれ」

「魔道具⁉」

「そうだ、怪我をしないようにしてくれ。あぁ、洗って返してくれよな」

電磁ブレードナイフを渡された解体チームから歓声が上がる。順調に進んでいるようだ。

しばらくしてお茶が出てきた。お、この惑星に来て初めての飲み物だ。

美味《うま》い！　地球の緑茶のような味だ。

「美味いな。なぁ、ザック、このお茶の葉を少し分けてもらうことはできないか？」

美味いと言われてザックの奥さんらしき人も喜んでいる。

「いいとも！　俺もこの茶は好きなんだよ。これ、街で売れると思うか？」

「売れるとも！　俺だったら迷わず買うな」

街のことは全く知らないが美味いことは美味い。クレリアにどうだ？　と視線を送る。

「うん、美味しい」

お墨付きがもらえた。お嬢様のクレリアが言うのだから売れるだろう。

「なぁ、アラン。お前さんのその格好ってなんなんだ？」

やっぱりそうくるよな。当然だ。俺だって訊くだろう。

「あぁ、これな。ちょっと訳ありでこれしか着る服がないんだよ。俺も困っているんだ」

他にも制服があるが、この格好をしている理由としては、これしか着る服がないと言っておくしかないだろう。

「そうか、お前さんは知らないだろうが、この村の特産は＊＊なんだよ。服も作ってる。良かったら明日にでも着る服を見繕ってやることはできると思うぞ」

判らない単語があったが、服を用意できるらしい。

「そうか！　助かるなぁ。勿論、金は払う。宜しく頼むよ」

服ってそんなに高くないよな？　あ、俺が持っている金はクレリアの金だった。どうしよう。

「まぁいい、服のことは明日だ」

村人達が食器を片手に集まり始めている。十二歳ぐらいの少年が一人近づいて来た。

「あ、あの、黒斑を退治してくれて有り難うございました！　あいつ、父ちゃんの仇《かたき》だったんです」

「そうか……父ちゃんのことは残念だったな。仕返しにヤツの肉を腹一杯食ってやれ」

「はい！」

少年は解体現場のほうに駆けていった。

「何人ぐらいやられたんだ？」

「全部で六人だ。今年に入ってから三人で、最近じゃおちおち村の外にも出られない状況だった。本当に助かったよ」

「そうか。役に立ったのなら、なによりだ」

解体の第一陣が終わったようだ。村の女達が広場の脇にある石を組み上げて作った竈《かまど》で料理を始めている。

クレリアがザックの奥さんになにか話した後、席を外した。トイレにでも行くのだろう。

それを見たザックが顔を寄せてきた。

「なぁ、あの騎士様は＊＊だろう？」

なんだろうか。言語をアップデートしてみるが単語の意味は判らない。それにしても騎士様って。騎士は身分が高いのだろうか？

「なんでそう思うんだ？」

「だって話し方が＊＊、そのものじゃないか？　アランは＊＊＊なのか？」

また判らない単語が増えた。

「＊＊＊ってなんだ？」

「知らないのか？　騎士様の身の回りの御世話をする人のことだよ」

言語アップデートだ。＊＊＊は従者か。うーん、確かに食事の世話はしているけどなぁ、従者なのかな？

「まぁ、従者みたいなものかな？　リアとは一月くらい前に会ったばかりで、よく判らないんだ」

「騎士様の剣の腕はどうなんだ？」

変なことを訊いてくるな。

「そうだなぁ、グレイハウンドだったら二頭ぐらい同時に相手できるんじゃないかな」

いや、少し厳しいかもしれないな？

「そりゃすごい！」

クレリアが戻ってきたので会話は中断となった。

村の女達が山盛りの料理を大皿で運んできた。パンもある。人が料理したものを食べるのは随分と久しぶりで楽しみだ。

ポトと見たことがない野菜と大量の肉を炒めたものだ。ザックが自分の木皿に、フォークとスプーンで料理を取り始めた。大盛りに盛っている。そういうシステムか。

俺とクレリアも自分の前にある木皿にとっていく。クレリアも大盛りだ。

美味い！　基本的には塩味だが、これはガーリックモドキを大量に利かせてある。それとなにやら不思議な香りがする。俺が知らないハーブを使っているのだろう。塩加減がちょっと薄いような気もするが十分に美味しい。

「美味いな！　これ」

クレリアも頬張りながら頷いている。

「村の宴会料理だ。美味いだろ？」

しばらく夢中で料理を堪能する。周りでも村人が料理を食べ始め騒がしくなってきた。

そうだ、さっき脇道に入る前に街道から少し入った所にサラダ野菜を見つけて採っておいたのがある。採取袋から取り出す。採れたてなのでまだシャキシャキだ。ああ、そういえば黒鳥の肉もあったんだよなぁ。誰かに食べてもらおう。

「何だ？　ああ、サッパの葉か」

サラダ野菜はサッパというのか。

「さっき見つけたんだ。良かったら食べてくれ」

空いた木皿にサッパをちぎって盛ると、皆が取れる場所に置いた。

サッパに肉料理を載せ、巻いて手摑みでいただく。うん、これも美味い。みんな真似してやり始めた。

「美味い！　こんな食べ方をしたことはなかったな」

「あと、これ昨日狩った鳥の肉なんだけど誰か食べるかな？」

肉は半身で五キロくらいはあるはずだ。

「おいおい！　これは黒鳥《ブラックバード》の肉じゃないか⁉　いいのか？」

やっぱりこの鳥の名前は黒鳥《ブラックバード》か。そのまんまだな。

「いいさ、早く食べないと悪くなっちゃうしな」

鳥肉は村人行きとなった。歓声が上がっている。

せっかくだからパンもいただくか。手のひらぐらいの大きさのパンを手にとってみると思ったより固くはない。焼き立てのようだ。

ナイフでパンを上下に半分に切ってサッパの葉を敷き、その上に肉料理を大量に載せて、またサッパを載せてパンで挟めば、具沢山肉サンドの完成だ。

クレリアに食べるか？　と振ってみせると、クレリアは料理を頬張りながら頷いた。クレリアに渡して自分の分を作り直す。

うん、これも美味い！　パンはパサパサしているのかと思ったが、予想以上にしっとりしていて柔らかく、バラ肉は肉汁たっぷりで滴り落ちてくるほどだ。

「それも美味そうだな」

ザックも自分の分を作り始めた。奥さんも真似をしている。

おっと、村の女達が今度は厚切りのステーキのようなものを持ってきた。小さめのやつをいただこう。ガーリック風味でこれも美味い！　クレリアは特大のステーキを取り夢中で食べている。

ふぅ、堪能した。もう食べられない。クレリアもザックも物凄い勢いで食べていたので、同じく満足したようだ。

「美味かった。こんなに肉を食ったのは生まれて初めてかもしれないな」

そこに奥さんが陶器でできた瓶《びん》のようなものを持ってきた。

「酒、飲むだろ？」

「有り難くいただくよ」

クレリアも頷いている。

赤ワインのようだ。うん、普通に美味い。少し酸味がきついが、これはこれでアリだ。

「それで、行き先はゴタニアか？　歩きで？」

飲みながらザックが訊いてきた。

「ああ、そうだよ」

しまった、安易に答えすぎたかもしれない。

「おーい！　ベック！　ちょっとこっち来い！」

ザックは先程の若者を呼んでいるようだ。

「こいつも相席していいか？　俺の息子のベックだ」

言われてみればザックに顔が似ているな。いや、ベックのほうが男前だ。

「勿論、いいよ」

「実は相談がある。半年に一回、村で収穫した物や作った物を持ってゴタニアに商売をしに行っているんだ。丁度そろそろゴタニアに行こうと思っていたところだ。いつもは魔物と盗賊の対策として十五人くらいの男衆で行くんだが、効率が悪くてあまり利益も出ない。荷物もあまり積めないしな。そこに凄い腕を持った騎士様と黒斑を魔法で倒すお前さんが来た。行き先もゴタニアで歩きだ。どうせ行き先が同じなら護衛してもらえないかと思ったのさ」

クレリアが、凄い腕を持った騎士というところに反応して照れている。

「ゴタニアまでは馬車か？」

「そうだ、このベックともう一人の若いのを護衛して行ってくれないか？」

ふむ、悪い話じゃないな。道案内もしてもらえるし、早く行けるし楽だ。ザックの言う通りついでだ。

「リア、どうする？　俺は問題ないと思っているけど」

「私も構わない」

「しかし、行きだけだぞ。帰りはどうするんだ？」

「帰りは冒険者を雇うから問題ない。どうせいつも帰りは念のため雇っているんだ」

冒険者？　冒険する者か。傭兵《ようへい》の類《たぐ》いだろうか？

「しかし、いいのか？　今日会ったばかりの人間に護衛なんか任せて？」

「俺はこれでも人を見る目はある。お前さんは信用できる」

何故《なぜ》かクレリアが頷いている。

「判った。ゴタニアまでの護衛を引き受けよう。間違いなくベックと馬車を守ってみせる」

「そうか、ありがたい！　しかし、今更だがあまり護衛の礼は出せないんだが」

「礼はいらないよ。こっちも馬車で行くことができて助かるんだ。お互い様さ」

「さっき言ってた服を一式っていうのはどうだ？　これでもウチの村で作る服は評判がいいんだぜ。結構高値で売れるしな」

「そうか、じゃあ、お言葉に甘えていただこうかな」

服はやっぱり欲しい。

「よし、話はまとまったな！　大いに飲もうぜ！」

そうだ！　酒といえばいいツマミがあったな。バックパックからサーモンモドキの干物を取り出すとナイフで薄く切っていった。皿に盛り付けてテーブルに置いた。

「魚の干物だ。俺が作ったんで味の保証はできないが、酒のツマミにはいいと思うぞ」

「これは珍しいな！　どれどれ……これは美味い！　塩を贅沢に使っていて確かにツマミには最高だ」

どうせならと村人用にも切って渡した。一層騒がしくなったので、結構評判はいいみたいだ。

篝火《かがりび》が焚かれ、宴会は夜遅くまで続いた。

018. 護衛1

［夜明けです。起きてください］

久しぶりの酒で少し飲み過ぎたのでナノムに起こしてくれるよう頼んでいた。ちなみに二日酔いにはなっていない。頼んでおけばナノムがアルコールを分解してくれるので非常に便利だ。

来客用の建物にクレリアと二人で泊まらせてもらった。旅人が一晩の宿を求めることは度々あるので、それ専用の建物を用意しているそうだ。

昨日は運良く村の人達と仲良くなることができて本当に良かった。やはり村の人達が困っていたビッグボアを駆除《くじょ》することができたのが大きいだろう。

最悪、クレリアの追手がこの村にいて、戦闘になるかもと考えてもいたが杞憂《きゆう》に終わったようだ。それどころかザックの対応を考えると追手はまだここには来ていないだろう。これは吉報といっていい。

クレリアはまだ寝ているので、そのまま寝かせておくことにした。疲れているんだろう。

建物を出て広場に向かってみる。既に何人かの村人は起きていて何か作業をしていた。

「おはようございます！　アランさん」

ザックの息子のベックだ。

››› 018. 護衛1

「おはよう、ベック」

ベックとは昨日一緒に飲んで結構仲良くなった。年は十九歳で、痩せてはいるがザックと同じでガッチリしている体型だ。茶髪に青い目の、なかなかの好青年といった感じだ。

ベックは剣士に憧れがあるみたいで、クレリアに遠慮がちに話しかけていたが、クレリアが俺のほうがもっと強いなどと言ってしまったため、今度は俺のほうに来て遠慮もなく色々と根掘り葉掘り剣術のことについて訊かれた。

剣術のことなんてなにも知らないので誤魔化していたが、何故《なぜ》か旅の間の空いた時間に稽古《けいこ》を付けることになってしまった。まぁ、休憩中に少し教えるぐらいは別に構わない。基本はクレリアに任せよう。

「早いな、ベック」

「なるべく早く出発したいですからね。荷物はある程度纏《まと》めてあったんですが、売り物の服がまだ集まっていないので集めているところです」

「いつ頃出発できそうだ?」

「そうですね、遅くとも昼前には出発したいです。そういえば父さんが顔を出してくれって言ってましたよ」

「わかった、捜してみる」

とそこにクレリアが何故か走ってきた。

「おはよう、リア」

「アラン！　起こしてくれればいいのに！」

なんか怒ってるのか？

「ちょっと、ザックが捜しているみたいだから行ってくるよ」

「私も行く！」

機嫌が悪いのは確かなようだ。

ザックの家は確かあれだって言ってたな。村の中でも一番大きな建物だ。さすが村長だな。

近づいていくと丁度ザックが家から出てきた。

「おはよう、ザック。捜してるって聞いたけど？」

「おう！　あれだ、礼の服の件だ。ちょっとこっちに来てくれ」

ザックの家の中に通されると、入り口の近くの部屋が倉庫みたいになっていて沢山の衣類が棚にしまわれていた。

「ここにあるのは売り物の服で、いま集めている最中なんだが、アランが着られそうなのは、だいたい集め終わった。この中から好きなものを一式選んでいいぞ」

「有り難くいただくよ。しかし結構あるんだな。さて、どれを選んだものか」

「私が選んであげる！」

クレリアは楽しそうな声をあげて、先程までの不機嫌な感じが嘘みたいだ。

「ま、ゆっくり選んでくれ」

ザックは出ていってしまった。

「じゃあ、リア頼むよ」

こんなデザインの服、着たことがないし、良いんだか悪いんだか全然判らない。

「任せて！」

クレリアは楽しそうに棚から服を出しては俺にあてて見ている。正直、何が違うのか判らない。サイズが合えばいいんじゃないのか？

合うサイズがあまりなかったのもあり、結構アッサリ決まった。クリーム色っぽいシャツと黒のズボンだ。

「街に行ったら、ちゃんと選んであげる」

クレリアは、なんだか少し不満そうだ。

「ありがとう、リア。助かったよ。また頼む」

そう言うと上機嫌に戻ったようだ。丁度、ザックが戻ってきた。

「ザック、これをもらうよ」

「そうか。下着も必要だろ。あいにく下着はこの一種類だけだ」

下着はフリーサイズらしい。

「着てみていいか？」

「もうお前さんの物だよ、好きにしな」

俺がツナギを脱ぎ始めるとクレリアは慌てて出ていった。

うん、ゴワゴワしているが、思ったより気にならない。サイズもピッタリだ。着終わってザックの家から出ていくとクレリアが走り寄ってきた。なにやらチェックしている。なんとか合格点をもらえたようだ。

「あとは、保存食が欲しいようなことを言っていたがどうする？　一応、四人分の食料は持たせるつもりだが」

「じゃあ、それで十分だよ。途中でも狩りをするつもりだしな。なんか手伝うことあるか？」

「じゃあ、荷物纏めるのを手伝ってくれ」

それから倉庫に戻って、大きなシーツのようなもので服を種類別に包む作業をクレリアと一緒に手伝った。嵩《かさ》張《ば》るので、できるだけ小さくなるようにするのが難しいな。三時間程でなんとか全て包むことができた。

「よし、朝飯にしよう！」

ザックが宣言して朝食だ。朝飯は当然のようにビッグボア料理だった。しかし宴会料理とはまた味付けが変わって美味しくいただけた。

二頭立ての馬車に荷物を積み込む。服以外の荷物も大量にあり、何かと訊くと綿だった。この村の名産とは綿のことだったらしい。これもぎゅっと圧縮されて積み込まれた。

幌なしの馬車だったので、雨が降ったらどうするのかと訊くと、その時はその時だとのこと。

確かにどうしようもないな。

一緒にいく若手の村人はトールという若者で、ベックと同い年の幼馴染《おさななじ》みとのことだ。こちらもなかなかの好青年だ。ベックと交代で御者《ぎょしゃ》を務めるらしい。

››› 018. 護衛1

荷物を馬車に山盛りに積み、出発だ。百人以上の村人が見送りに集まった。

「じゃあな、ベック。ドジ踏むなよ」

「判っているよ、父さん」

「アラン、ベック達を頼むぞ」

「任せておけ。間違いなくゴタニアまで届けてみせる」

村を出発したが、街道までは結構な下り坂なので、みんな徒歩でブレーキを掛けながらゆっくり進む。街道に出て、改めて出発だ。

昨日聞いた話だとゴタニアまでは馬車で二十日ほど掛かるらしい。意外に早い。

ベックとトールは御者台、俺とクレリアは、なんと山のように積んだ荷物の上に座っている。これでいいらしい。

歩きとは比べ物にならない速度で進んでいく。探知しながら進んでいるので特にすることはない。探知範囲は以前と同じ半径七百メートルだ。

「ベック！　今日はどこまで行く予定なんだ？」

「今日は出発した時間が遅かったので野宿になります。野宿にいい場所があるので、そこまでですね」

「了解した。何かあれば遠慮なく言ってくれ」

馬車は、ガラガラと音を立ててやかましいので、大きい声を出さないと御者台まで届かない。ベックはトールと何やら話をしているが、こちらまでは聞こえない。暇なので俺もクレリアと話をして過ごすことになり、基本的には村に寄る前と同じだった。

クレリアがフレイムアローの単発発射のコツを教えてくれというが、俺にコツなんてない。イメージだけだ。そこでイメージがなによりも大事だ、逆にイメージしか要らないと教えてみた。クレリアは考え込んでしまった。

おっと、お客さんだぞ。ナノムが魔力を検知した。

「リア、グレイハウンドだ。一頭、五百メートル、方向はあっちだ」

方向は馬車の進行方向とほぼ同じく十一時の方向だ。

「お願い、私にやらせて」

「だけど、まだこちらに来るか判らないよ」

動きからするとグレイハウンドは、まだこちらに気づいてはいないが、馬車のほうが近づいているので、そのうち気づくかもしれない。

馬車との距離が二百メートルを切った所でグレイハウンドの動きが明らかに変わった。こちらに近づいてくる。これだけ馬車がガラガラと音をさせていればそうなるか。

「ベック！　馬車を止めてくれ」

馬車が止まり、クレリアと一緒に馬車から飛び降りた。

「なんですか⁉」

「グレイハウンド、一頭だ。リアが仕留める」

一応、伝えておこう。

››› 018. 護衛1

クレリアは剣を抜き、剣を持ったまま両腕を胸の前に構える。

馬車から五十メートルくらい先の街道にグレイハウンドが姿を現した。警戒する様子もなく、そのまま走ってこちらに向かってくる。俺もライフルを腰だめに構えた。

「フレイムアロー！」

クレリアの前の空間に一本の炎の矢が現れ、グレイハウンドに飛んでいく。クレリアから十メートルくらいの所で、矢はグレイハウンドの胸を貫いた。

おおっ、今のは早かった！　構えてからだいたい十五秒くらいで魔法が発現した。以前、クレリアがフレイムアローを使った時はたしか三十秒くらい掛かっていたので、大幅な時間短縮だ。しかもクレリアは目を開けたまま魔法を使っていた。これは大きな進歩と言っていいだろう。

ベックとトールは、凄い凄いと大騒ぎだ。

いつもならクレリアも飛び上がって喜ぶはずなのに、今日は何故か澄ました顔をしていた。ベックとトールの手前、さも当然みたいな仕草をしたいのだろうが、口元のニマニマが隠しきれていない。まぁ凄腕の騎士っていう触れ込みなので気持ちはわからなくもない。

忘れずに魔石をとっておこう。剣を光らせてグレイハウンドを真っ二つにして魔石を取り出す。これにもベックとトールは大騒ぎだ。

グレイハウンドを谷側に転がして落とした。

「さて、出発しようか」

「凄いですね！　アランさん！　リア様は何時もこんな感じなんですか？」

今日はクレリアの顔を立ててやろう。

「そうだな、大体こんな感じだよ。出発するぞ」

「「はい！」」

馬車が動き出した後も前の二人は興奮冷めやらずといった感じでなにやら熱く話している。

「どうだった⁉　アラン」

もう喜びが抑えられないといった感じでクレリアが訊いてくる。

「良かったよ。考えている時間も短かったし。なによりも良かったのは目を開けたまま魔法が使えたことかな」

「えっ？　目を開けていた？」

自覚がないらしい。

「ちゃんと開けてたよ。あとの課題は、もっと時間短縮すること。長くても十秒だな。手を構えなくてもできること。発声しなくても撃てることだな。これができるようになれば、戦闘開始前から準備する時間さえあれば確実に相手を一体は倒せることになる。これは凄い強みになるぞ」

クレリアは、なるほどといった感じで聞いている。逆になんで今までできなかったのかが気になるな。

「リアは魔法をどうやって教わったんだ？」

「普通は魔法は魔導書を読んで覚えないといけないのよ。魔導書通りの工程を一つ一つ順番に確実に実行していかないと魔法は発動しないの」

「魔導書…なんか凄そうだな」

「例えばファイヤーボールでは十七、フレイムアローでは五十の工程があるの」

「じゃあ、リアはファイヤーボールを撃つまでの十秒の間に十七の工程を頭の中でやっているってことなのか？」

「その通り」

なんか偉そうにしているが、確かにそれは凄いな！　もう天才と言ってもいいレベルではないだろうか。そりゃ目も瞑《つぶ》りたくなるな。どんな工程だか知らないけど一秒間に二工程近くやっている計算だ。

「アランみたいに頭の中で考えるだけで魔法を使うなんて聞いたことがないわ」

ふーむ、確かに魔素を練り上げて魔法を放出できるまでにする工程というかイメージは誰かに教わらないと難しいかもしれないな。俺もゲームの中のＮＰＣの導師に何日間か教わっていた記憶があるし、魔法を発動した時もクレリアの魔力の動きをお手本にして試行錯誤してやっと使えるようになった。お手本のイメージ動画がない環境だったら、俺だって同じことを再現することはできなかっただろう。

仮に俺がやっていることをクレリアに伝えようとしても、口で説明できることじゃない。やはりイメージ動画でも見せないと教えられない。

そうか、同じイメージを作るための工程ということか。

「魔法を使えるようにするためには魔導書が必要っていうのは常識？」

「勿論！　魔法を使える人は残らず魔導書を学習して覚えたことは断言できるわ。……アラン以外は」

断言できてないじゃないか。

なるほどなぁ。これは想像だが、一番初めに魔法を使えるようになった人が、他の人も使えるようにするために考えたのが魔導書って可能性はあるな。複雑なイメージを伝えるにはそれしか手段がなく、魔法が使えるようになるには魔導書が必要な物だった。それでいつしか魔法は魔導書を覚えなくては使えないということが常識になったか。十分あり得そうだ。

「まぁ、リアもこれで判ったと思うけど、魔法に必要なのは想像だけだ。より速く、より鮮明に、どれだけの魔力を込めるかを想像する力、想像力ってやつだな」

「想像力……」

クレリアはまた考え込んでしまった。話し相手がいなくなり、暇なので荷物の上に寝っ転がった。あぁ、いい天気だ。このままずっと雨が降らなければいいなぁ。

おっと、いけない。危うく寝そうになった。時間を見ると一時間ぐらいは横になっていたようだ。警戒はナノムがしているのでたとえ寝たとしても起こしてくれるが、護衛としては失格だな。気をつけよう。

クレリアは目を瞑って座っている。瞑想《めいそう》しているようだ。……寝てないよな？

その時に探知に反応があった。感知できるギリギリの小さな反応で、また馬車の進行方向だ。あと四百メートル。危険なものじゃなさそうだ。

あと百メートルの所でズームして見た。ネズミウサギか、丸くて白い尻尾が見える。街道のすぐ脇にある茂みに隠れているが、この角度からは尻尾が丸見えだ。

ネズミウサギは危険なものから隠れてやり過ごす性質があるようだ。探知魔法がまだ使えなかった時に足元から突然飛び出してきてびっくりしたことが何回かある。あのまま逃げなかったら今晩の夕食用に狩ってみようか。

「リア、ウサギがいる」

クレリアが、パチッと目を開けた。やっぱり寝てなかったか。

「どこ？　私がやる！」

「あそこの茂みの中に隠れている」

「見えないわ」

「ここからじゃ見えないかもな。じゃあ、俺が石を投げるから飛び出してきたところをやってみるか？」

採取バッグの中に常備している投石用の石を取り出す。

「やってみる」

腕を上げて構え始めた。

ウサギはまだ逃げないな。このままやり過ごすつもりのようだ。一番近づいた時に仕掛けよう。

……あと三十メートル、……二十メートル、……十メートル、……そこだ！　ウサギが隠れている直ぐ近くに石を投げた。ウサギが慌てて飛び出してくる。

「フレイムアロー！」

ちょっとタイミングを外したか？　炎の矢が飛んでいくが惜しいところで外れそうだ。と思ったが、炎の矢がウサギの直前で軌道を変えウサギの首に突き立った！　凄いぞ！

クレリアの放ったフレイムアローはただのフレイムアローではなく、ホーミング機能を備えていたようだ。

とてもクレリアのやったこととは信じられない！　いや、これは失礼だな。きっとさっき瞑想していた時に考えていたんだろう。凄いな。その発想はなかった。俺もいつの間にか常識に囚われていたようだ。見習わないといけないな。

ベックがいきなり魔法を放ったクレリアに驚いて馬車を止めた。俺とクレリアは馬車から飛び降りてウサギを回収しに向かう。

丸々と太った大きなウサギだ。ウサギ肉は結構クセがあるから、すぐに血抜きをしよう。

ベックとトールはまた凄いと大騒ぎだ。クレリアは当然のことのように振る舞っているが、口元がニヤけるのを堪えてピクピクしている。とにかく、夕食用の肉をゲットだ。

そのまま夕方近くまで何事もなく馬車は進み、ベックは今日の宿泊場所と思われる場所で馬車を止めた。街道の直ぐ脇にできた広場のような場所だ。

岩肌から水が湧き出していて小さな泉ができている。魔法で水が出せない旅人にはいい宿泊場所だろう。

「今日はここに泊まりましょう。この先に行ってもいい場所はありません」

「判った。俺は薪《たきぎ》を拾って来る。リアは護衛を頼むぞ」

「了解」

周りは山なので薪集めは簡単だ。多めに集めておこう。十分と掛らずに集め終わった。

「ベック、食糧はどんな物があるんだ？」

一応、把握《はあく》しておこう。

「食料関係は全部この中に入っています」

結構大きな袋を渡された。何やら一杯詰まっている。干し肉、大量のパン、大量のポト、サラダ野菜サッパだっけ、葉物野菜、塩の袋、乾燥したハーブが入った袋などの調味料的な物もある。量的には全然問題なさそうだ。保存の利く物はできるだけ使わないようにしよう。

「アランさんが料理をしてくれるんですか？」

トールが近づいてきて言った。ベックは荷物を下ろしている。

「そうだな、料理するのは結構好きなんだよ。問題なければ俺がやるよ」

「じゃ、俺も手伝いますよ。ウサギでも捌《さば》きましょうか？　俺、けっこう捌くのが上手いって言われるんですよ」

「それは助かるな、頼むよ」

メニューは、ウサギ肉、ポト、薬物野菜の炒めもの、同じくウサギ肉の具沢山サンドでいいか。パンが固くなる前に味わっておきたい。

ウサギ肉は使い切ってしまおう。余ったら、明日の朝食にすればいい。

野菜を洗ってこよう。既にトールがウサギを捌き始めている。得意だと言うだけあって手馴れている。

「肉の切り方はどうしましょうか？」

「大体、ひと口大の大きさで薄めに切ってくれるか？　今日、全部食べちまおうぜ。余ったら明日の朝食だ」

ウサギ肉は基本赤身の肉だ。部位を分ける意味はあまりない。

「凄い、今日も御馳走だ！　こんなに肉が食えるなんて！」

俺も手伝って肉を切っていく。大きなウサギだったので結構な量になったな。まぁクレリアがいるから大丈夫か。

大きな鍋に肉を入れて下味を付ける。味付けは、たっぷりのガーリックモドキとハーブと塩胡椒《こしょう》だ。肉に結構癖があるので香り付けは濃い目だ。

「アランさん、ウサギの毛皮は何処《どこ》に置きます？」

「毛皮は捨てちゃっていいんじゃないか？」

「えッ、そんな勿体ないですよ。こんな立派なウサギの毛皮なら売れますよ。そりゃ大した金額にはならないかもですが」

››› 018. 護衛1

俺は要らないな。処理の仕方なんか知らないし。

「じゃあ、トールにやるよ」

「やった。有り難うございます！」

今日は早めの夕食にしようかと思っていたが、ベックが剣術の稽古をして欲しいと言い出した。勿論、トールも一緒だ。

「リア、二人に基本的なことを教えてやってくれないか？　頼むよ」

二人が歓声を上げる。どうやら今日の活躍で騎士リアの評価はうなぎ登りのようだ。

クレリアも満更でもないようで、判ったとカッコつけて言っている。

二人は木刀もわざわざ用意していたようだ。剣の握り方からクレリアが教えている。

それから一時間半くらいの間、剣の稽古は続いた。始めた当初より剣の振り方はマシになったような気がする。

少し暗くなってきたので夕食にしようか。いい感じで肉に下味が染みたかもしれない。

この広場に元々作ってあった竈《かまど》に薪を焚べて、リアが魔法ファイヤーで火をつけるとまた二人から歓声が上がる。

ベックが持ってきた大きなフライパンでまずはポトを炒めていく。ある程度火が通ったら肉を大量投入だ。豪快にいこう。

肉に火が通り始めたら、葉物野菜を投入する。やっぱり野菜の食感を大事にしたい。さっと炒めて完成だ。

これまたベックが持ってきた木の大皿に大量の料理を載せていく。大皿に大盛りになった。

これは予想以上に大量になったな。さあ召し上がれ。

みんな、競うように自分の木皿に料理を載せていく。俺は続けてフライパンで人数分の上下二つに切ったパンを温めていく。

みんな肉炒めを頬張りながら、その様子を見守っている。三人共なので可笑しくなってしまった。

パンにほんのり焦げ目が付いたら、すぐに取り出す。フライパンの脂を吸っていい感じだ。焼いたパンにサッパの葉を載せて、大量の肉炒めを載せ、またサッパの葉を載せてパンで挟んで具沢山サンドの完成だ。各人の皿にサンドを載せていく。

おっと、今のうちに鍋でお湯を沸かしておこう。

よし！　俺も食うぞ！　まずは肉炒めからだ。うん、美味《うま》いな。ウサギ肉は赤身肉なのでビッグボア料理が続いた後では、しつこくなくて美味く感じる。

多めにいれたガーリックモドキ、ハーブ、胡椒が肉の臭みを完全に消している。やっぱり少し時間を掛けて肉を漬けていたのが良かったのかもしれないな。

次は具沢山サンドだ。軽く焼いてフカフカ、表面がパリッとなったパン、パンがフライパンの脂を吸った感じ、サッパの葉のシャキシャキ感、濃い目の味付けの肉炒め、全てが一体になって絶妙な仕上がりになっている。これは美味い、そう言い切れる料理だ。

みんなも夢中になって食べているので、気に入ってくれたようだ。

››› 018. 護衛1

流石のクレリアといえども、これだけの量の料理を完食することは敵わなかったみたいだ。肉炒めは結構な量が残った。明日の朝食にしよう。

ザックに分けてもらったお茶の葉で食後の緑茶を入れた。

「ふぅ、アランさん！　めちゃくちゃ美味かった」

クレリアも頷いている。

「塩も胡椒も、たっぷり使っていましたよね？　こんな贅沢な料理は初めてです」

やはり塩と胡椒は貴重品なんだな。俺達は塩と胡椒は沢山持っていたので、気にしないで使っていた。そういえば村の料理には胡椒は使っていなかったし、塩加減も薄味だったな。

「そうか、気に入ってくれて嬉しいよ」

「いや、気に入ったなんてもんじゃないですよ。街に着いたらお店開いたらどうですか？　俺、通いますよ」

またクレリアが頷いている。

「料理は趣味だからな。職業にする気はないよ」

「でも、旅の間は料理してくれますか⁉」

「それは全然構わないよ。むしろやらせてくれ」

「やった！」

トールとベックが歓声を上げている。もう夜だ。明日も早いし寝ることにしようか。

「さて、そろそろ休むか。俺とクレリアが交代で見張るから、ゆっくり寝てくれ」

「でも……」

「いいんだよ。お前たちは御者、俺達は護衛なんだから、きちんと仕事をさせてくれ」

「判りました。宜しくお願いします」

クレリアには、探知すれば魔法で勝手に起きると予め言ってあるので、クレリアも遠慮なく寝てくれる。

こうして、護衛一日目は問題なく過ぎていった。

019. 護衛2

［夜明けです。起きてください］

よし、今日も一日頑張っていくか！

タラス村を出発して二十日が過ぎた。ここまでの旅は何の問題もなく順調だ。勿論、魔物には何回か襲われた。

グレイハウンドに二回、そしてあの緑色の背の低い人型の魔物にも一度襲われた。ゴブリンというらしい。奴らは六体で現れ、相変わらずグキャグキャ言いながら襲ってきたが、危険度としてはグレイハウンドよりも低い。まとめて俺のホーミングフレイムアローの練習台になってもらった。

途中、村にも二回ほど寄って泊めてもらった。ベックが顔見知りということもあり、それなりに歓迎された。村の規模としてはタラス村と同じようなものだ。

ここまで来ると幾つかの街道と交わり、他の旅人とすれ違ったり、追い抜くことも多くなった。相手は商人や冒険者だ。

クレリアとベックによると、冒険者というのは、護衛や、害獣の駆除《くじょ》、必要な物資の採取、傭兵《ようへい》などを行う職業とのことだ。冒険とはあまり関係がないのではと指摘すると、確かにそうだが何故《なぜ》か冒険者と言われているということだ。

なんでも冒険者にはランク制度があり、上級ランクの者はそれなりの尊敬を集める存在だとのこと。俺も食うのに困ったら冒険者になるのもいいかもしれないな。

ベック達も起きてきた。

「おはようございます。師匠、アランさん」

ベックとトールはクレリアのことを師匠と呼ぶようになっていた。クレリアもその呼び方に満更でもない感じだ。

「おはよう」

ベックとトールの剣の腕は日々上達している。といっても毎日二時間くらいの鍛錬なので、それなりではあるが、ゴブリンくらいであれば、一人二体ぐらいは同時に相手できるのではないだろうか。流石にグレイハウンドは厳しいだろう。

最近では実践編として、ビッグボア相手にどう戦うかというのをクレリアと一緒に教えている。

しかし、二人共自分の剣を持っていないので、街に着いたら何とかして二人の剣を手に入れられたらいいなと考えている。そう思えるくらいベックとトールとは仲良くなった。剣はどれくらいの金で買えるのだろうか。クレリアに訊いても知らなかった。

朝飯を食べ終われば出発だ。ベックによると、遅くとも今日の夕方にはゴタニアの街に到着するというので非常に楽しみだ。

››› 019. 護衛2

出発して五時間ほど経って、そろそろ昼食の時間かなと思っていた頃に探知に一つの反応があった。この反応は人間だ。旅人だろうか、動いてはいない。

二百メートルまで近づき、そろそろ見えるかなと思った所で、その人間は動き出し馬車からは離れる方向に移動していく。

なんだろう？　気になって探知対象を小動物以上から人間レベルに上げて探知してみる。探知対象をより大きなものに設定すると、感度は落ちるが探知範囲を広げることができた。

すると、千五百メートルほど先に十二人の人間の反応があった。先程の一人の人間はその十二人の方へ向かっている。

うーむ、これは怪しい。まるで十二人のほうへ報告に向かっているように思えた。これはひょっとしてザックが言っていた盗賊ではないだろうか。動いていた反応は十二人に合流した。

「リア、千メートル先に十三人。盗賊かもしれない」

「ええっ⁉　そんな先のことも判るの？」

そうか、探知魔法のことはあまり話していなかったな。

「判るよ。どうしようか？」

「今更、引き返す訳にはいかない。アランと私なら十三人くらい相手できる」

確かにそうだ。魔法を使っても問題ないだろうし、ライフルを使えば間違いなく勝てる。

「まだ盗賊と決まった訳じゃないけどな。そういえば、盗賊って問答無用で襲っても問題ないのかな？」

さすがに不味《まず》いような気がする。襲われたなら反撃しても問題ないと思うが、こちらから手を出すと、下手をするとこちらが盗賊になってしまうのではないだろうか。

「問題ないでしょう？　悪党だし」

うん、クレリアに訊いたのが間違いだった。

「ベック！　馬車を止めてくれ！」

ベック達にこの先に盗賊がいるかもしれないことを告げた。ベックとトールは大慌てだ。

「盗賊って問答無用で襲っても問題ないのか？」

「いやいやいやいや、アランさん！　十三人でしょ⁉　なんで人数が判ったか知りませんが、十三人相手に敵う訳ないじゃないですか！」

「いや、たぶん勝てると思うぞ。というか相手に俺かリア以上の魔法の使い手がいなければ間違いなく勝てる」

「そんなッ！　確かに僕も魔法が使える冒険者を見てきましたが、アランさんと師匠以上に魔法が凄い人は見たことがありません。それでも十三人ですよ？　本当に勝てるんですか？」

「勝てるな。それで盗賊って襲っても問題ないのか？」

「うーん、本当かなぁ。ちなみに証拠や証人がいれば、盗賊を殺しても罪に問われることはありません。ただ、盗賊を生きたまま守備隊に突き出せば報奨金《ほうしょうきん》をもらえるって聞いたことがあります」

「そうか、金になるのか」

金は必要だ。これは迂闊《うかつ》には殺せなくなったな。勿論、できれば殺したくはないが、戦いになれば何が起こるかは判らない。それにしても報奨金って一人当たりいくらになるんだろう？

俺が考え込んでいるのを見てベックが慌てだした。

「ちょっと、本当に戦うつもりですか？」

「大丈夫だよ、お前達の師匠を信じろ。報奨金で村のみんなにお土産でも買おうぜ」

「ベック、やってみようぜ！　師匠達なら大丈夫だ」

トールがお土産に釣られてこちら側に寝返った。

「うーん……判りました。やってみましょう」

「大丈夫だよ。俺はザックに約束した。お前達だけは間違いなく守る」

やってみることになった。そのまま馬車を走らせていく。まずは盗賊だということを確認しなければならない。盗賊ではない者に間違えて襲いかかる訳にはいかない。

「あと二百メートル」

みんなに距離を知らせていく。俺とクレリアは御者台《ぎょしゃだい》の直ぐ後ろの荷物に座っていた。

注意すべきは弓矢や槍《やり》、投げナイフなどの飛び道具、あとは魔法だ。弓矢などの飛び道具はライフルで確実に撃ち落とせるが、魔法はそうはいかない。

ズームしてみると、隠れているつもりだろうが木の上に二人いる。その他は街道の脇の林に隠れていて見えない。

「あと百メートル。木の上に二人いる」

「あと五十メートル。俺が攻撃するまで攻撃するな」

クレリアは既に腕を上げて、魔法を撃つ準備をしていた。

いきなり道を塞ぐようにバラバラと男達が街道に現れた。前に七人、後ろに四人だ。木の上の二人は弓を引いて構えているようだ。

「お前達は何者だ！」

荷物の上に立って誰何《すいか》した。もう流石に判っているが念の為だ。

「お頭《かしら》、あの女を見てください！　極上ですぜ！」

俺の質問に答えずに、なにやら仲間内の会話をしていることにイラッとする。

「そうだな、生娘《きむすめ》なら高く売れるだろう」

この会話を聞いてブチ切れそうになった。いや、奴らは金になる。堪えろ。

「お前達は何者だと訊いている！」

「見て判んねぇのか、馬鹿！　盗賊ってやつだよ！」

盗賊の下っ端が答えた。その瞬間、俺の周りに十三本の炎の矢が現れ、一斉に盗賊達に向かって飛翔していった。すかさず木の上の弓を構えた二人にライフルを向ける。そのうちの一人が慌てたように矢を放った。その瞬間、ライフルのトリガーを引いた。

既に矢はロックオンしてある。矢を放ったとしてもシステムによって照準は自動追尾される。

次の瞬間、ライフルの発射音が聞こえ矢は消し炭になった。

もう一人にライフルを向けるが、既に肩をフレイムアローに貫かれて木から落ちる途中だ。

矢を放った男も同様に木から落ち始めた。

他の盗賊達にライフルを向けるが、全員右肩をフレイムアローに貫かれて、のたうち回っているだけだ。

「リア！　奴らを武装解除しろ！」

馬車から飛び降りながらクレリアに叫んだ。

クレリアは呆然《ぼうぜん》としていたが、声を掛けられて慌てて馬車から飛び降りる。

武装解除は何の問題もなかった。奴らの剣や槍、弓矢を奪い一ヶ所に集めた後、奴らを蹴飛ばして道の中央に集めた。本気で蹴飛ばせば人間でも五メートルくらい飛ぶもんだ。奴らを蹴飛ばして少しだけ怒りが収まってきた。

「上手くいったな」

「アランさん！　凄い！　凄すぎるよ！」

御者台で呆然としていたベックがトールと一緒に騒ぎ始めた。

おぉ、そうだ！

「ベック、トール。そこにある剣、好きなやつ選んでいいぞ」

集めた盗賊達の武器の山を指差す。

「やった！　剣だ！　トール、急げ！」

御者台から飛び降りている。別に急がなくてもいいと思うけどな。

「アラン、その武器凄いわ！」

「まあな、俺の切り札だからな」

「魔法も凄かった。今度教えて」

うーん、クレリアにできるようになるかな。おっと、常識に囚われてはだめだ。為せば成るだ。

「判った、今度な」

付近に魔力探知の反応はない。ベックとトールは剣を振ったりして、剣を選ぶのに大忙しだ。盗賊のところに近づいていくと、盗賊達も痛みが治まってきたようで座って呆然としている奴もいる。炎の矢だから、あまり血は流れないだろう。

「よう、お前ら。気分はどうだ」

「くそッ！　お前、こんなことしてただじゃ済まないぞ！」

お頭と呼ばれていた髭面の大男が大声を出した。

「どう済まないっていうんだ？」

純粋な疑問だ。何か俺の知らない法律でもあるんだろうか。

「とッ、とにかくこのまま立ち去れば勘弁してやってもいいぞ！　武器はお前達にやってもいい！」

なんだ、ただの馬鹿か。

「お前ら金目の物を出せ。その金額によっては考えてやってもいいぞ。当然、金を出した奴だけだ」

勿論、考えるだけだけどな。手下達が一斉に自分のポケットを弄り始めた。

「おっ、俺はアジトに全部置いてきちまって、いま持ってないんだ！」

ほう、アジトがあるのか。これは興味深いな。

他の手下共が挙《こぞ》ってポケットに入っていた金を差し出しているが、銅貨や銀貨ばかりだ。

「おいおい、そんな端金《はしたがね》じゃ報奨金のほうが高いじゃないか。その金額じゃ見逃すことはできないな。判るだろ？」

報奨金の金額は知らないが、適当なことを言ってみた。それでも奴らは、やはりという納得顔だ。

「まぁ、俺もそこまでの悪党じゃない。アジトにあるものを見て考えてやるよ。総合的に見て得ならお前ら全員のこと、考えてやってもいい」

勿論、考えるだけだ。

「おい！　お前ら！　アッ」

お頭がなにか言い出したので頭を蹴って黙らせる。気絶したようだ。死んでないよな？　まあどっちだっていいか。

「それでアジトはどこにあるんだ？」

手下共が、一斉に指差して騒ぎ始めた。手を挙げて黙らせる。

「そこのお前、代表して答えろ」

「アジトはあっちの方向に五キロぐらい行った所にあるゴブリンの巣穴跡です！」

うへぇ、そんな所かよ。もっとマシな所はなかったのか？

「人数は？」

「留守番が二人。商人を一人、捕まえてあります」

「間違いないか？」

他の手下共に訊くが、全員が頷いて同意した。

「そうか、その商人もちゃんと査定に加えてやるから安心しろ」

なるべく望みがあるように思わせておこう。下手に暴れられると面倒だ。

「やった！　その商人は大店《おおだな》の店主らしいです。どうやって身代金をとるか考えていたところでした」

手下の一人が言った。また興味深い情報だ。

「そうか。じゃ期待できるな」

こいつらは俺をなんだと思っているんだ？　盗賊仲間にでも見えるのだろうか。

「リア、俺はちょっとアジトまで行ってくる」

クレリアは心配そうな顔をしていた。おいおい、俺の演技に騙されているんじゃないだろうな。

「大丈夫だ。すぐ帰ってくるよ。ベック、トール。こいつらの後ろに立って剣を構えるんだ。ピクリとでも動いたら叩き斬れ。剣の試し斬りをするいい機会だぞ」

「「はい！」」

二人は真剣に剣の素振りをし始めた。本当に斬りそうだな。

「リア、奴らが少しでも動いたら魔法で焼いてやれ。容赦するな。あとを頼むぞ」

「判った」

これだけ言っておけば盗賊達は大人しくしているだろう。急いで行ってこよう。

(長距離走行モードだ)

[了解]

山の中に入り、走り始めた。幸いゴブリンの巣穴跡はすぐに見つかった。探知魔法に人間の反応が三つ。間違いないだろう。気づかれないようにゆっくりと近づいていく。

洞窟のような穴の入り口に二人の男が立って何やら話をしている。これは都合がいい。どうやって人質を解放するか考えていたのが馬鹿らしくなった。

普通に歩いて近づいていくと向こうが気づいたようだ。

「よう！　お前ら盗賊か？」

近づきながら声を掛ける。奴らは持っていた槍を構えた。

「何者だ!?」

「だから、お前ら盗賊か？」

「そこで止まれ！」

あぁ、もう面倒だな。フレイムアローを放って二人の右肩を貫いた。のたうち回っているところをさっきと同じように頭を蹴って気を失わせた。放っておこう。

巣穴に入ってみると、なんの匂いもしないし思ったより不潔ではないようだ。探知の反応に向かって進んでいく。

巣穴は、洞窟のように奥に続いているのではなく、山の斜面を横に掘り進んだような構造で、所々に穴が空いていて日の光が入ってきている。ちゃんと採光を考えて作られているようだ。

いくつかの部屋のようなものがあるが、ほとんど空で、あってもガラクタのようなものがあるだけだ。

商人はすぐに見つかった。一番奥の部屋に手と足を縛られて横になっている。中年の男で五十歳くらいだろうか？　どことなく教養がありそうな顔をしている。話しかけてみよう。

「信じられないかもしれませんが、私は盗賊ではありません。盗賊共に貴方《あなた》のことを聞いて助けにきました」

「ああ、助かった！　……盗賊共の顔は一人残らず覚えているので、盗賊でないのは判りますよ。冒険者の方ですか？」

「いえ、冒険者ではありませんが、ある隊商の護衛をしています。そこを盗賊共に襲われましてね。撃退して捕まえたらアジトに貴方がいることを喋りだしたので助けにきました」

縛られているロープをナイフで切りながら伝えた。

「それはわざわざ有り難うございます！　このお礼は必ずします」

縛られていた手足を擦りながら商人が言う。

「いえ、助けにきたのは本当ですが、盗賊共の所持品に興味がありましてね。どちらかというとそちらが本当の理由です」

「あはは、正直な方だ。それはそうでしょう。私でもそう思いますよ。紹介が遅れました、私は雑貨商のタルスといいます」

「アランといいます。よろしく」

部屋を見回す。色々なものが乱雑に積まれている。馬車二台分くらいだろうか。ぱっと見て判るのは服、剣、槍などだ。もっとお宝的なものがあるものだと期待していただけに、正直がっかりだ。

「ここの荷物は貴方のものですか？」

「ほとんどがそうですね。私が運んでいたものです。あぁ、金目のものはそこの箱の中に入っていますよ」

タルスさんが小さめの箱を指差した。

「この箱も貴方のものですか？」

「その箱は違います。しかし私の持っていた金も入っていると思いますが」

なるほど貴重品入れということかな。金属で補強された頑丈そうな箱で、鍵が掛かっているようだ。

「あの、盗賊の持ち物は全て討伐した者のものですよ。法で決められた正当な報酬です」

なんと！　それは知らなかったな。

「開けてもいいですか？」

「貴方のものです。しかし、鍵の在り処は私にも判りません」

電磁《でんじ》ブレードナイフを取り出し、開けるのに邪魔になりそうな金属の部分を全て切っていった。

「凄い！　魔道具ですか⁉」

「そうですね」

箱を開けると大小の色々な金が沢山入っていた。ほとんどが銅貨や銀貨で金貨はまばらだ。あと宝石が沢山付いたナイフのようなものもある。やっとお宝っぽいものが出てきたな。

金の価値は判らないが、これだけあれば、暫《しばら》く暮らしていくのに問題はないだろう。

「この短剣は貴方の持ち物ですか？」

「違います。なかなか良さそうな品に見えます」

良かった。いくら今は俺のものだといっても元の持ち主だったら後味が悪い。

「この箱以外のここにある荷物は全て貴方にお返しします」

「いいのですか？　売れば結構な金になりますよ」

「構いません。私にはこの箱だけで十分です。売る伝手《つて》もないですからね」

「それではさっきも言った通り十分なお礼をさせていただきます」

「いいえ、お気になさらず。ところで貴方の共の者は？」

「従業員一人と冒険者五人だったのですが全員殺されました。古くから付き合いのあった人達だったのですが」

「盗賊共にはきっちり罪を償《つぐな》わせましょう。タルスさんの馬車は？」

「荷物だけ盗って打ち捨てられました。馬は既に金に変えたようです」

「困ったな。私達の馬車は荷で一杯なのです。これらの荷を運べそうにありません」

「それであれば後日、回収することにします。この山の中であれば恐らく問題ないでしょう」

「そうですか、判りました」

では撤収だ。こんなこともあろうかと採取バッグは持ってきてある。バッグの中に箱の中の金をぶちまけた。結構な重さだな。宝石つきのナイフもバッグに入れる。

おっと、大量のロープのようなものがタルスさんの荷の中にあるな。

「これで盗賊共を縛ろうと思うんですけど、使ってもいいですか？」

「勿論ですよ、遠慮なく使ってください。盗賊共は何人くらい生きているのですか？」

「えーと、たぶん十五人ですね」

「えッ、十五人全員を生け捕りにしたのですか⁉」

「一人か二人は死んでいるかもしれません。ところで報奨金が出ると聞いたのですが、どれくらい出るか知っていますか？」

「確か死体で二千ギニー、＊＊＊にできるくらい元気が良ければ五千ギニーだったはずです」

知らない単語が出てきた。言語アップデートしても判らない。元気な盗賊を何かにするらしい。まぁ、生かしたほうがいいと判れば十分だ。

死体で大銀貨二枚、生け捕りで大銀貨五枚か。相場が判らないのでなんとも言えないな。

「それでは私達の馬車に行きましょうか。仲間達が待っています。何か持っていくものはありますか？」

「それでは……」

そう言うと剣と幾つかの品物をバッグに入れて持っていくようだ。

巣穴から出ると盗賊二人はまだ気絶していた。結局、蹴ったりして目を覚まさせるのに十分ぐらい掛かった。盗賊二人に前を歩かせ、剣を抜いて後からついて行く。タルスさんが襲われた時の状況を教えてくれた。

三日前、休憩中にいきなり矢を射かけられ、あっという間に制圧されてしまったらしい。なんでも新たな販路の開拓で出かけていて、店があるゴタニアに戻る途中だったとのことだ。

やっと馬車の所まで戻ってくることができた。

「アラン！」

クレリアが駆け寄ってくる。

「何も問題はなかったかな？」

「大丈夫。この人は？」

「商人のタルスさんだ。捕まっていたのを助けてきた」

タルスさんはクレリアを見てびっくりしている。

「雑貨商のタルスと申します。お見知りおきを」

言ってからクレリアに一礼している。俺の時と随分態度が違うな。

盗賊のほうに向かうと、お頭はもう目を覚ましていた。斬られた者はいなかったので、ベックとトールは試し斬りすることはできなかったようだ。

「あー、諸君。残念ながらアジトでは大したものは見つけることはできなかった。諸君にはこれからゴタニアに行ってもらう」

「嘘だ！　あの商人から金をせしめる気だ！　汚ぇぞ！」

盗賊風情にそんなことを言われる筋合いはない。

「黙れ！　お前ら、俺の魔法の腕はよく知っているな。少しでも抵抗したら脳天に矢を突き立ててやる。死体でも報奨金は出るからな。俺はどちらでも構わない。ベック、トール。二人一組でこのロープで盗賊共を一人ずつ後ろ手に縛り上げろ。多少血が止まっても構わないからきつく縛るんだぞ」

「判りました！」

「あぁ、そうだ。金を巻き上げるのを忘れるなよ。リア、二人の警護をしてくれないか？」

「判った」

「すみません、タルスさん。少しお待ちいただけますか？」

「勿論です。こいつらが小突き回されるのを見るのは、なによりの光景ですよ。ところで盗賊は皆、肩を怪我しているようですが？」

「そうですね、私の魔法です」

››› 019. 護衛2

「全員、同じ場所を？」

「ええ、こう見えて私は魔法が結構得意なんですよ」

タルスさんはなんだか納得がいかないようだった。

「ところで、あの騎士様はいったい？」

「ああ、彼女ですか。私は彼女の従士みたいなもんでしてね」

タルスさんが俺を変な目で見てきた。うーん、確かに俺のほうがクレリアを使っているようだよな。ま、いいか。

「あの騎士様は＊＊ですよね？」

また意味不明の単語だ。これはザックが言っていた単語と同じだ。どういう意味だろう？

「まぁ、ちょっと訳ありでしてね」

俺もよく知らないが訳ありなのは事実だろう。そう言うとタルスさんはそれ以上なにも訊いてこなかった。

三十分程で全員を縛ることができた。馬車に繋いで引いていくため、七人と八人の二列になるようにロープで数珠繋ぎしてある。

「アランさん、巻き上げた金はどうしましょうか？」

ベックとトールが、盗賊達から巻き上げた金を、両手一杯に持っている。

「ああ、この中に入れてくれ。中を見てみろよ」

採取バッグを開いて見せた。

「凄い！　大金だ！」

「あとで山分けしようぜ」

「そんな！　アランさんが手に入れたものなのに！」

「いいんだよ。お前達だって一緒に命を張ったんだ。手に入れる権利はある」

「でも……」

「話は後だ。盗賊の持っていた武器は馬車に積んだよな？　よし、出発しようぜ」

改めてゴタニアに向かって出発した。

020. ゴタニア

ゴタニアに近づくにつれて、人の往来が多くなってきた。

一時間に一組か二組くらいの集団に出会うが、人間をぞろぞろと引き連れた俺達は、かなり目立っていた。中にはわざわざ声をかけてきて、引き連れているのが盗賊だと判るとよくやったと言ってくる人達もいる。

ベックとトールは御者台《ぎょしゃだい》、俺とクレリアとタルスさんは、荷物の上に座っていた。クレリアは一人、荷物の後ろに座って、馬車に引かれる盗賊達を監視していた。

暇なのでタルスさんと色々と話をしていた。

ゴタニアは人口二万人くらいの大きな街で、ベルタ王国の交易都市として栄えているという。

以前から気になっていたことを訊いてみた。

「街に入るのには何か許可が必要になるのですか？」

「アランさんは、どこのギルドにも入っていないのですか？」

ギルドというのはベック達から聞いて知っている。冒険者とか商人が登録する組織のことだ。冒険者ギルド、商業ギルド、他にも沢山のギルドがあるらしい。ベックとトールは商業ギルドに入っているらしい。

「入っていないですね」

「ギルドに入っていればギルド証が身分証明になるのですが、入っていないとなると保証金を払って仮の証書を発行してもらうことになると思います」

「保証金はいくらぐらい必要なのでしょうか？」

「なに、一人当たり銀貨一枚ですよ。それも後日、どこかのギルドに入ってギルド証を見せれば返ってきます」

なるほど、意外と親切なようだ。

「ギルドに入るには費用が掛かるのですか？」

「そうですね、アランさんなら冒険者ギルドでしょうか？　確か銀貨五枚と聞いたことがあります」

街に入るのは問題なさそうだ。

「街の宿で一泊すると、いくらぐらい掛かるのですか？」

「宿により全く金額が変わってきますね。安宿なら大銅貨四枚から、普通の宿で銀貨一枚から、高級な宿で銀貨五枚から、といったところでしょうか」

「風呂付きの宿はありますか？」

「風呂は高級な宿になら大抵付いていますが、普通の宿にはないでしょうね」

なんとなく相場が判ってきたな。風呂付きで銀貨五枚か。金貨一枚でも二十日は泊まれる計算だ。クレリアと二人でも、暫《しばら》くはなんとかなりそうだな。

「今日は是非、私の屋敷に来ていただけないでしょうか？　勿論、皆さん御一緒にです」

「ええっ？　でも……」

「お願いします。皆さんは私の命の恩人で、従業員と冒険者達の仇《かたき》をとってくれた方々です。せめて今日だけでも感謝の気持ちを伝えさせていただきたい」

ここまで言われたら断るのは失礼だ。

「判りました。お世話になります」

「有り難うございます。風呂もありますし、食事は期待していいですよ」

やった！　それは凄く嬉しい。

「ベック！　今晩はタルスさんの所に厄介になることになった。御馳走だってさ」

「やった！」

午後四時になろうかという頃、ゴタニアの街が見えてきた。街全体が七メートルぐらいの高さの壁に囲まれている。ズームしてみると赤茶色のレンガ状のものを積み上げて作った壁のようだ。大きな門が一つあり二台の馬車が門の中に入ろうと待機している。確かに大きな街だ。

二十分程で街へ入る門に着いた。並んでいた集団は片付いたようだ。革製の鎧のようなものを着て、槍《やり》を持った二人の男達が近づいてくる。これが街を守る守備隊だろう。荷物に座っていた俺達三人は馬車を降りて出迎えた。

「おいおい、凄い人数だな。こいつらは盗賊だろ？　お前達だけで捕まえたのか？」

随分フランクな感じだな。

「こんにちは、ローマン隊長」

「これはッ！　タルスさんじゃないですか!?　すみません、気づきませんで！　なんでこんな馬車に!?」

「私の隊商が後ろの盗賊共に襲われましてね。うちのティモと冒険者五人は殺されてしまいました。私はたぶん身代金目当てで生かされていた所を、この方々に助けていただいたのです」

「なんと！　それは災難でしたな。ささ、少し詰め所でお休みください。そうだ、タルスさんとこの若いのがこの三日間、毎日、門で待っていましたよ」

門に向かって歩いていくと、十四歳くらいの一人の少年が駆けてくる。

「旦那様！　旦那様！　御無事でしたか！　ああ、良かった！」

少年は感極まって泣きそうになっている。タルスさんは随分慕われているようだ。

「ウィリーか、心配掛けたようだな。店のほうは問題なかったか？」

「問題はなかったと思いますが、皆、心配しています」

「そうか、丁度いい。私の無事と、これからこの四人の私の恩人をウチにお招きするので、その準備をするよう伝えてくれるか」

「判りました！」

少年は全速力で駆けていった。守備隊の詰め所に着くと応接室のような所に案内され、直ぐにお茶が出てきた。うーん、ＶＩＰ待遇だな。

街に入るための手続きを進めると、ベックとトールは商業ギルド員なので何の問題もなかったが、俺とクレリアは何もなかったため保証金の銀貨二枚を払い、仮の証書を受け取った。証書といっても、なにやら書いてあるただの木札だ。

「それでは盗賊共の件ですが、一応調書を取りますので報奨金《ほうしょうきん》が確定するのは二日後になります。報奨金は二日後にまたここに来てもらえば受け取れるようにしておきます」

「判りました。よろしくお願いします」

よし、金も問題なく手に入りそうだ。

詰め所を後にしてタルスさんの屋敷に向かおうとすると、やけに立派な馬車が詰め所の前に止まっていて、執事のような人が立っていた。

「旦那様、お迎えにまいりました」

「おお、ヨーナスか。手間をかけたな。アランさん、リア様、この馬車で行きましょう。乗り心地は荷物の上よりいいですよ」

「判りました。ベック、この馬車について来てくれ」

ゴタニアの街並みは、街の外壁と同じ赤茶色のレンガでできているようだ。統一感があってとても綺麗な街並みだ。もうすぐ夕方になるからなのか、人でごった返している。買い物をしている主婦らしき女の人、露天の店で買い食いしている若い男などいろいろな人がいる。

皆、この馬車を見ると慌てて脇によって避けている。この馬車だから避けているのかもしれない。あの守備隊の態度からするとタルスさんは、この街ではかなりの有力者だ。こんな人に貸しを作ることができた幸運に感謝しなければならないな。

仮にこの街で困ったことになっても、タルスさんはきっと力を貸してくれるだろう。

しばらく走っていくと街の雰囲気がガラッと変わる。この辺は閑静な住宅街といった感じだ。

その中の一際大きな建物の前で馬車は止まった。

従業員と思われる人達がずらりと並んでいる。タルスさんが馬車から降りた。

「「おかえりなさいませ、旦那様！」」

「うむ、みんな、心配をかけたな」

従業員の中には涙ぐんでいる者もいる。やはり慕われているようだ。

俺達も馬車から降りた。場違い感が半端ない。

「皆の者、こちらが私の命の恩人の方々だ。アランさん、リア様、ベック君、トール君だ。しっかりお世話してくれよ」

「「はい！」」

「皆様、中へどうぞ」

執事っぽい人、ヨーナスさんが案内してくれる。

「皆さんにはまず風呂に入ってもらったらどうかな？」

「判りました。こちらへどうぞ」

ヨーナスさんが案内してくれる。

「じゃあ、リアが先に入ったらどうだ？」

「いえ、浴場は他にもありますので」

››› 020. ゴタニア

「リア様、こちらにどうぞ」

若い女の従業員が現れ、リアを案内していく。

タルスさんもどこかに行ったし、いったいいくつ風呂があるんだよ。凄いな。

「こちらが浴場になります。あの、失礼ですが入り方は？」

「体を綺麗に洗ってから入るんですよね？」

いつだったか「地球の温泉のすべて」というタイトルのドキュメンタリーをホロビットで見たことがある。風呂も同じようなものだろう。

「その通りです。失礼しました。ではごゆっくり」

中に入ると脱衣場があり、その奥には十人は入れそうな木でできた湯船と洗い場のようなものが見える。

「アランさん、俺達、風呂なんか入るの初めてです」

ベックとトールは緊張しているようだ。

「なに、体を洗って湯に浸かるだけさ」

あぁ、久しぶりにちゃんと体を洗えそうだな。

脱衣場で服を脱ぎ、浴場に行く。ベックとトールも慌てて服を脱いでついてくる。

「まず、お湯をこの桶で汲んで体にかける。そしてまた湯を汲んで、あぁ、これだ。この体を洗うための布で、おぉ、これは！」

これはボディソープの代わりになるものだ。名前は忘れたがドキュメンタリーで見た。

「この布を濡らしてこの石みたいなのをこすりつけて、よく泡立てるんだよ」

ベックとトールは慌てて、俺の動作を真似ている。

「泡立ったら、この布で体を綺麗に洗うだけだ。頭もこの石で泡立てて洗うんだぞ」

しばらく体を洗うのに夢中になった。ベックとトールも笑いながら楽しそうに洗っている。

あぁ、久しぶりに体が綺麗になった気がするな。

「洗い終わったら湯で全身の泡を落とすんだ。よく流すんだぞ」

桶で湯船からお湯を汲み、頭から被った。

「後は湯に浸かるだけさ」

ゆっくりと湯に浸かっていく。あぁ、ちょうどいい湯加減だ。ふぅー、これはいい。やっぱり水浴びじゃ、こうはいかないよな。

「アランさん、風呂っていいもんですね」

「ああ、最高だな」

ゆっくりと湯を堪能する。長く浸かりすぎてのぼせそうなので名残惜しいが出ることにした。

「汗をかいたから湯で流してから出よう」

また頭から湯を被った。ベックとトールも真似している。

脱衣場のほうにいくとヨーナスさんが待機していた。

「僭越《せんえつ》ながらお着替えを用意いたしました。宜しければこちらをお召しになってください。着ていたものは洗濯させますので」

至れり尽くせりだな。タオルのようなもので体と頭を拭き、用意されていた服を着ると、丁度いいサイズだった。従業員が着ているような服だが、それよりも高級感がある品のようだ。

「こちらにお食事を用意させております」

案内された部屋は、パーティーでもできるような広い部屋で長いテーブルがあり、食事の準備が進んでいる。タルスさんは既に席についていた。やはりタルスさんも風呂に入ったようだ。

「アランさん、風呂はどうでしたか？」

「最高でしたよ。久しぶりだったので、すっかり堪能しました」

案内された席に座った。

「もし宜しければ、食事は家族と従業員と一緒に宴会形式で行いたいと思っているのですが宜しいでしょうか？　心配をかけたので労ってやりたいのですよ」

「勿論ですとも！　あまり堅苦しいのは苦手でして、そちらのほうが助かります」

「そう言っていただけると思っておりました」

途端に従業員達用の食器などが置かれ準備が進められていく。

クレリアが入ってきた。やはり風呂に入っていたようだ。ワンピースとドレスの中間のような服を着ている。

「えぇっ!?　師匠!?」

ベックとトールが驚いている。そういえば、殆ど鎧姿しか見ていなかったかな？

「何だお前達、なにか変か？」

クレリアが自分の姿を見直している。

「いえ、ずいぶん綺麗なんで見違えました」

「失礼な奴だ」

案内されて俺の隣に座った。

「アラン、どう？　これ」

自慢したいようだ。どうせ借り物だろ、それ。勿論、紳士なので言うべきことは判っている。

「リアにとてもよく似合ってるよ」

「そうか」

褒めて欲しかったくせに、なんか照れているな。

タルスさんの家族と思われる人達が入ってきた。俺達の向かい側の席に案内されて座っている。

タルスさんの奥さんらしき人と二十歳ぐらいの息子、十四歳ぐらいの娘らしき人だ。

「私はタルスの妻のラナといいます。こちらは息子のカトルと娘のタラです」

「カトルです」

「タラです」

「アランです。こちらはリア、ベック、トールです」

リアは、なにやら上品な感じで会釈している。ベックとトールはそれを見て頭を下げた。

「この度は夫を救っていただきまして有り難うございました。アランさんに助けていただけなければ、きっと殺されていたでしょう」

「いえ、当然のことをしただけですので、お気になさらずに」

「よし、挨拶《あいさつ》は済んだな。では早速始めよう」

他の従業員も続々と席についている。まずは乾杯のようだ。ガラス製のグラスにワインが注がれていく。

「今日は無礼講で楽しくいこう！　では、アランさん達との奇跡的な出会いに乾杯！」

「「乾杯！」」

次々と色々な料理が運ばれてくる。みんな大皿料理だ。村と同じく好きなものを取るスタイルのようだ。

周りを見て作法を確認してから料理を取っていった。あぁ、皿が一杯あるとやっぱり便利だな。何種類かの肉料理、卵料理、サラダ、パン、何でもある。

ベックとトールは固まっていたが、俺達の真似をして、俺が取った料理を後から取っている。リアはいつものような食べ方ではなく、見事にナイフとフォークを使い、上品に取って食べているがスピードが速い。瞬く間に結構な量を食べている。

どの料理も美味しく絶品と言っていい味だった。時間をかけて作ったことが判る正統派の料理だな。塩胡椒《こしょう》の味付けの料理しか食べてなかった口にはとても美味しく感じられた。

明日、調味料についていろいろと聞いてみなければいけないな。

タルスさんもお腹が空いていたらしく、結構な量を食べている。確かに救出してから何も食べてなかったな。なにか出せば良かった。

ふぅ、俺はもう満足だ。クレリアとベック、トールはまだ食べているが気にしない。ワインでもゆっくりやろう。

「アランさん、料理の味はどうですか？」

「どれもこれも絶品ですね。すっかり堪能しました。私は料理が趣味なのですけど明日にでも調味料のことを少し教えていただいてもいいですか？」

「いいですとも！　うちは雑貨商ですからな。調味料は文字通り売るほどありますよ」

「よろしくお願いします」

「まぁ、男の人で料理が趣味なんて珍しいわ！　どのような料理をお作りになられるの？」

「なんでも作りますね。最近は調味料と食材が限られていたので肉料理くらいしか作れなかったのですが、国にいた時は、ええと、甘味？　なども作っていましたよ」

「まぁ！　甘味なんて素敵！　できましたら明日、何か作っていただけないでしょうか？」

「いいですとも！　といっても未熟な私が扱える食材があればですが」

砂糖ってあるのかな？　ミルクは？　バターは？　いやいや、これは不味《まず》いかもしれないぞ。

「ほう、それは楽しみですね」

「まぁ、食材を見てからということで」

安請け合いするんじゃなかったな。迂闊《うかつ》だった。

「そういえば、お父様。二日前にゴタニアに使徒様がいらっしゃったのよ」

「使徒様？」

「いやいや、タラ。まだ使徒様と決まった訳ではないよ」

「どういうことだ？　カトル」

「二日前の昼間、ゴタニアの上空に凄く大きな鳥が現れたんですよ、父さん」

「鳥？　大鷲《おおわし》じゃないのか？」

「いえ、大鷲なんかよりもっと大きくて多分ワイバーンぐらいの大きさはあったと思いますよ。それで街は大騒ぎになりました」

「なに？　そんなに大きいのか？　ワイバーンではなく？」

「いえ、飛び方が全然違いました。全然羽ばたかなくて、飛び方は大鷲のようでした」

「街になにも被害はなかったのか？」

「全くです。凄く高い上空を、円を描くように悠然と飛び、十分ぐらいでいつの間にか姿を消しました」

「ふむ。なんでそれが使徒様になるのだ？」

「それが、ヨハン商会の隊商が三日前、十頭くらいのグレイハウンドの群れに襲われたそうで、その時にその鳥が現れて救ってくれたそうです」

「どのようにして救ったのだ？」

「それが、かなり支離滅裂な話で、神の雷を天から放ったそうです。その後、悠然と隊商の上を暫く飛び、忽然と姿を消したそうです」

「それでゴタニアの上空に現れた時にヨハン商会の連中がそのことを大声で触れ回って、女神ルミナス様の肩に留まる使徒イザーク様だと言い張っているんです」

「今、ゴタニアはその噂で持ちきりなのよ」

「なるほど、そんなことがあったとはな」

いくらなんでも使徒はないだろうな。随分と嘘臭い話だ。恐らく未発見の魔物かなんかだろう。また現れたらライフルで撃ち落としてみようかな。それだけ珍しければ恐らく金になるだろう。肉も売れるかもしれないな。

「そういえば、ベック君とトール君はどこの商会に荷を卸すんだい？」

息子のカトルがベック達に訊いてきた。

「えーと、シーモン商会です」

ベックが答えると、カトルはタルスさんと素早く視線を交わした。気になるな。

「何かあるのですか？」

「シーモン商会は商人仲間ではあまり評判の良くない商会なのです。別に不正をしているという訳ではないのですが、一言で言うと仕入先を買い叩いて、客に高く売りつけるということです。勿論、商人は誰しもそうしているのですが、あまりにもそれが酷いという評判です」

「シーモン商会とは何か契約をしているのかな？」

「いえ、していません。ただうちの爺様の時からの付き合いで、ずっと卸しているって聞いたことがあります」

「ああ、なるほど。シーモン商会の先代の店主は私も知っていましたが立派な人で、至極真っ当な商売をしていました。先代が亡くなって今の店主に変わってから極端に評判が悪くなったのですよ」

「そうなんですか⁉　じゃあ、ここ数年、綿が値下がりしているっていうのは……」

「ああ、逆だよ。ここ数年、綿は値上がりしている。良かったら明日、荷を査定させてくれないか？」

「勿論、査定したからといって売らなければならないということはないぞ。金額に納得したら売ってくれればいい」

「よろしくお願いします。でも……シーモン商会に不義理になりませんか？」

「何も不義理なことはないよ。契約していないなら何処《どこ》に荷を持ち込んでも全然問題ないさ。それでも何か言ってくるようなら、うちが相手になってやる」

タルスさんが怖い商人の顔になっていた。

「さて、仕事の話はまた明日しよう。おい、みんな飲みが足りないぞ！」

タルスさんが上官みたいなことを言いだした。

その後みんな酒が進み、正に無礼講となった。結構早い時間にタルスさんと奥さんは引っ込んでしまったが、カトルとベックとトールは、年が同じということもあり意気投合してなにやら大騒ぎしているし、クレリアはタラちゃんと女の子の話をしているようだ。

俺も従業員達といろんな話をして、結構仲良くなることができた。

宴会は夜遅くまで続いた。

021. 冒険者ギルド1

［夜明けです。起きてください］

よし、朝だ。別にこんなに早く起きる特別な用があるわけじゃないが、風呂にはいつでも入れると聞いて、無性に朝風呂に入りたくなっただけだ。

なんでもこの屋敷の風呂は薪《たきぎ》ではなく魔石で水を温めているので、簡単な操作で風呂が沸かせるらしい。夜、掃除する時以外は何時でも湯が張ってあるとのことだった。

素晴らしい発想だ。俺も家を建てることがあったら是非、真似したい。同室のベックとトールは、まだ寝ているので放っておこう。

早速風呂に行ってみると、誰も入っていなかった。よし、皆で入る風呂もいいが、貸し切り状態の風呂も格別だ。

ゆっくりと風呂を堪能してから部屋に戻ると、ベックとトールは丁度起きたところのようだ。

「えーっ！　アランさん風呂入ってたんですか？　ずるい！　声掛けてくださいよ！」

「ぐーすか寝てるほうが悪い。お前達は朝から査定だろ。準備しておけよ」

「ちぇっ、そんなのまだ先ですよ。九時からって言われているんです」

「あ、そうだ。じゃあ、金勘定しようぜ」

三人の荷物は既に部屋に運び込まれている。当然採取バッグも運び込まれていた。この提案にベックとトールも乗り気だ。バッグに入っていた金を床にぶちまけて三人で金を数えていった。何故《なぜ》か金貨が取り合いだ。

全部で銅貨九十二枚、大銅貨七十五枚、銀貨四十一枚、大銀貨二十五枚、金貨十九枚があった。

「ひぇー！　こんな大金、見たの初めてです！」

「意外と金貨が多かったな。全部で二十一万九千九百四十二ギニーだな。えーと、お前達の取り分が……」

「アランさん！　俺達考えたんですけど、その金は受け取れません」

「……なんでだよ？」

「だってその金はアランさんが盗賊のアジトに乗り込んで稼いできた金じゃないですか」

「俺達、何にもしてないのに受け取る理由がありません」

「だってお前達も一緒に命を張って頑張ったじゃないか」

命を失うリスクはみんな同じだった。だったら、その報酬も分け合うべきだと思う。

「確かにそうかもしれませんが、盗賊達を倒したのもアランさん、アジトに乗り込んだのもアランさん、俺達なんて盗賊見張って縛っただけです。同じ訳ありません。それにアランさん達はこれからも旅を続けるんでしょう？　いくらだって金は必要なはずですよ」

「……そうか、判った。お前達の気持ちは嬉しい、有り難う。この金は有り難く受け取る。でも、最初の話の通り報奨金《ほうしょうきん》の分け前は受け取れよな。そこは譲れないぞ」

「……判りました。こちらこそ有り難うございます」

「えーと報奨金は……、そういえば生きている元気な盗賊って何に使うんだ？」

「捕まった盗賊の使い道ってことですか？　＊＊＊ですよ。鎖につないで死ぬまで鉱山で働かされるらしいですよ」

　言語アップデートする。奴隷ってことか。帝国倫理委員会に見つかったら大変なことになるぞ。まぁ、いいか。

「あいつらは十分働けそうだよな。すると盗賊一人、大銀貨五枚だ。十五人で七万五千ギニー、一人当たりの分け前は一万八千七百五十ギニーだな」

「「一万八千七百五十ギニーー！」」

「おいおい、まだ朝早いんだからそんな大声だすなよ」

「「すみません」」

「えーと、金貨が一枚と大銀貨が八枚、銀貨が七枚、大銅貨が五枚…大金じゃないですか！」

いきなりドアが開けられクレリアが入ってきた。昨日のドレスっぽいワンピースを着ている。

「お前達はなにを朝から騒いでいるのだ」

「だって師匠。アランさんが分けてくれるっていう報奨金の分け前が一人、一万八千七百五十ギニーもあるんですよ？」

「なるほど、そうか」

「そうかって……」

「そんなことよりアラン、今日は何をするつもり？」

「そうだな。冒険者ギルドに行って登録をしてこようかと思っているんだ。身分証はこれからも必要だろうからな」

「では私もそうする。その後でもいいから、アランの装備と服を買いにいこう。旅の間、ずっと気になってたの」

「服はともかく装備って、リアが着ているみたいな鎧ってことか？　俺はああいうのはあまり好きじゃないな。動きづらいんじゃないか？」

宙兵隊のパワードスーツなら喜んで着るんだけどなぁ。

「金属鎧が嫌なら革製のものもあるわ。革製のものは動きやすいって聞いたことがある」

「そうか、確かに興味はあるな。一度見てみるか」

「冒険者ギルドに行くなら、防具を買ってから行ったほうがいいかもしれないですよ。俺とトールで去年、登録しようとして行ったんですけど、剣も防具もないって判ったら門前払いでしたから。まぁ、その前に銀貨五枚っていうのも払えなかったんですけどね」

「なんでだろうな？　防具なんかなくても仕事はできるだろうに」

「なんでも実力を見るとかいって試合みたいなものがあるみたいですよ」

「試験があるってことか？」

「多分、そうだと思います」

「なるほどな。防具は購入したほうが良さそうだな。後で良さそうな店を訊いてみよう」

「それとアラン、帰ってから大事な話がある」

クレリアは真剣な表情だ。やっとかよ！　正直、もう俺のほうから訊こうかと思っていた所だ。

「判った。帰ってきてからな」

部屋のドアがノックされた。

「ヨーナスです。朝食の準備ができました」

案内された部屋は昨日宴会をやった部屋と同じで、俺達の食事しか用意されていない。やはり朝から騒ぎ過ぎたようだ。

食事は昨日と同じくいろんな種類があり、ボリュームもあってクレリア達も大満足だ。食べ終わり一息ついていると、ヨーナスさんがお茶を持ってきてくれた。

「ヨーナスさん、防具を売っている店で、どこかお勧めの店ってありますかね？」

「そうですね……宣伝のようになってしまいますが、やはりウチの系列の店がお勧めですね」

おお、防具店も経営しているのか、タルスさんの店なら安心だな。

「買いたいのですが、教えてもらえませんか？」

「少しお待ちいただければ、紹介状を書きましょう」

「有り難うございます。お願いします」

お茶を飲んでいる間に書いてきてくれた。流石に仕事が早い。

「カトル防具店という名前です。店主にこれを渡してください。案内にはこのウィリーを付けましょう」

カトルの店なのか。ウィリーは昨日、門で会った少年だった。

「有り難うございます。店は何時からやっているのですか？」

「もう開いている頃ですよ。冒険者は朝が早いですからね」

「では、これから行ってきます」

「それからアランさん。昨日の甘味の件、宜しくお願いしますね。奥様とタラ様がとても楽しみにしているので」

あぁ、忘れてた！　本当に余計なこと言ったな。

「勿論です。午前中には戻ると思いますので」


クレリアが鎧に着替えるのを待って店を出た。今日もいい天気だな。

店は屋敷から十五分ほど歩いた所にあった。周りの店よりも小さいが清潔感のある店構えだ。既に開店している。

「ウィリー、もう帰っていいぞ。仕事があるだろ？」

「いえ、アランさん達を案内するのが私の仕事ですから」

「そうか、悪いな」

››› 021. 冒険者ギルド1

店に入ると防具店らしくズラリと鎧が並んでいる。どちらかというと金属製が多いようだ。整理整頓されていて気持ちがいい。

「いらっしゃい」

奥のカウンターらしき所に中年の男がいるので行ってみる。

「防具を買いたいんだが、ああそうだ、これを見てくれ」

紹介状を渡す。店員は素早く目を通した。

「大旦那様の恩人とあっちゃ気合いいれなきゃな。それでどんな防具が欲しいんだ？」

「それが具体的には決まってないんだよ。とにかく動きが遮られるのは困るな。だから金属製の鎧じゃないほうがいい気がするんだが」

「そうだな、確かに金属製の鎧は重いし、構造上どうしても動きは制限されるところがある。となると革鎧ってことになるな、あっちにあるのが一般的な奴だな」

幾つかの革鎧が展示してある一角に行ってみる。

「結構いろんな種類があるんだな」

値札がついていて三千ギニーから三万ギニー以上と幅広い。

同じようなデザインの鎧なのに金額にかなりの幅があるな。

「これは何が違うんだ？」

「それは勿論、素材だな。安いのはオークの革だし、高いのはワイバーンの革を使っているんだ」

「やっぱり高い方がお勧めなんだろ？」

「そりゃそうだ、モノが全然違う。オーク素材の物はただ革を固く仕上げて鎧の形にしているだけだ。しかし例えばこのワイバーン素材の最高級品はある意味、魔道具だよ」

一番奥に展示されている黒い鎧のほうに近づく。

「ほう、魔道具？」

「そうだ、これは一般的にはあまり知られていないが、ワイバーンとかドラゴンっていうのは魔力を使って空を飛んでいるらしい。詳しい話は俺もよく判らないんだが、要するにワイバーンは魔力を利用して生きているってことだな。最近、ワイバーンは打撃を受けた時に魔力で皮を固くして防御しているっていうことが判ったんだよ」

ほう、魔力を使ってそんなことができるのか？　色々な魔物がいるんだな。

「その性質を利用して作ったのがこの鎧だ。この胸の所に魔石が付いているだろ？　この魔石の魔力を鎧全体に流しているんだ。今、この腕の部分は結構柔らかい状態だろ？」

触ってみると確かに柔らかい。

「でもこうやって打撃を加えると」

と言いながら、近くにあった木刀を手に取ると腕の部分を叩く。コンという硬い音が聞こえた。

これは凄い！　瞬間的に革を固くしているのか！　触ってみるともう柔らかくなっていた。

「どれくらいの時間、固くなっているんだ？」

››› 021. 冒険者ギルド1

「大体一秒か二秒くらいだな」

「凄いな、どれくらいの強度があるんだ？」

「木刀で殴っても全く問題ないし、矢で射られても先端くらいしか刺さらない。槍《やり》も大して刺さらないな。グレイハウンドに噛まれても問題ないな。要するにワイバーンに通じない攻撃は問題ないってことだな」

　ワイバーンという魔物は見たことがないが、話からするとかなり上位の魔物らしい。

「完璧に思えるな」

「いや、そうでもない。コイツは斬撃に弱いんだよ。流石に他の革鎧よりは強度はあるが、金属鎧に比べるとかなり落ちる。斬撃以外にもバリスタなんかの攻撃は当然無理だ。要はワイバーンに効果がある攻撃はダメージを受けるということだな」

「なるほどな、他に欠点は？」

「魔力を使うので魔石を消費するってとこだ。こういう待機状態だと殆ど魔力は使わないが、攻撃を受ける度に魔力は消費され、消費される魔力の量は攻撃の強さに比例する。例えば、付けているのはグレイハウンドの魔石だが、このレベルの魔石だと、この木刀で本気で百回も殴れば魔力はなくなるな」

「結構な消費量だな」

　木刀で百回殴られて使えなくなる鎧か。確かにかなりの欠点だ。

「そうなんだよ、そこさえ改善できればもっと売れそうなんだけどな」

「魔石の交換は直ぐにできるのか？」

「それは大丈夫だ。この魔石を横にずらせば直ぐに取れる。はめるのも同じだな。やろうと思えば戦闘中に換えられなくもない」

「魔力の残量とかは判るのか？」

「それは魔石の色を見て判断するしかないな」

「魔石は魔力がなくなると透明になるのよ」

クレリアが教えてくれた。

「幾らだ？」

値札には三万五千ギニーとある。

「うーん、ギリギリの特別価格で二割引きの二万八千ギニーだな」

「よし、買った」

金には余裕があるし、装備をケチっても良いことなさそうだしな。

「すぐ着て行きたいんだけど、できるか？」

「おいおい、このレベルの鎧だとサイズとか色々と調整しなきゃダメだ。最低でも二日は掛かるぞ」

「そういうもんか、参ったな」

それじゃ冒険者ギルドに行けないじゃないか。

「なにかあるのか？」

››› 021. 冒険者ギルド1

「冒険者ギルドに行って登録しようと思ってたんだよ」

「お前！　まだ冒険者じゃないってのか⁉」

「あぁ、でも腕のほうは、そこそこあるつもりだから心配するな」

「まぁそうだよな。びっくりさせるなよ。そうか、ランク評価試験のための鎧だな？」

「ランク評価試験？」

「知らないのか？　お前のように腕のある奴を一番下のランクから始めさせても無駄だろうって考えで、実力を見てランクを決めようって感じだな。まあ、最高評価でもCランクからだけどな」

「なるほど、そういう意味の試験か」

「中古の革鎧であれば貸し出せるぞ。修理に時間が掛かる時とかに貸し出している鎧だ。まぁ余り良い奴じゃないけどな」

「それでいいよ、幾らだ」

「貸し出すのはおまけしてやるよ」

「そうか、悪いな。じゃあ金だな」

一応金は全部持ってきている。採取バッグから金貨二枚と大銀貨八枚を取り出して渡した。

「おお、金持ちだな。毎度あり。そういえば名乗ってなかったな。俺はザルクだ」

「俺はアラン、こっちはリアだ」

「さっきから気になっていたんだが、その嬢ちゃんが着ているのはミスリルの鎧のように見えて仕方がないんだが、違うよな？」

「この鎧はミスリルで出来ているわ」

「なにッ⁉」

慌ててクレリアの周りを回って鎧をチェックし始めた。クレリアはキョトンとしている。

「ああ、済まなかった。つい良い防具を見ると我を忘れちまうんだよ。確かにミスリル製だ。それを作った奴は凄い腕をもった奴だな。しかし……ちょっとこっち来てくれ」

ザルクは俺の腕を掴んで隅の方へ連れていく。

「おい、あの嬢ちゃんは＊＊なのか？」

またその単語か。さすがにもう大体の意味は推測できている。

「そうかもな。俺もよく判らないんだよ」

「そうか、訳ありだな。しかしあの格好で街をうろつくと不味《まず》いぞ。見る奴が見れば直ぐにミスリル製だってことは判る。護衛のお供が沢山いれば問題はないだろうが、一人で歩かせたらすぐに襲われちまうぞ」

「そんなに貴重な鎧なのか？」

「当たり前だろう！　そうだな、俺の店で売るなら四十万ギニーはくだらないな」

「そんなにするのか⁉」

「しかもあの意匠だ。騎士も冒険者も金属鎧を使うが意匠が全然違う。あの嬢ちゃんのは正統派の騎士の意匠だ。見る奴が見れば、＊＊のお嬢様っていうのはバレバレだ」

››› 021. 冒険者ギルド1

店に置いてある金属鎧と見比べてみる。

「俺には同じにしか見えないけどな」

「全然違うだろうが！」

「リア、ちょっとこっち来てくれ」

クレリアを店の金属鎧の横に立たせてみるが、やはりよく判らない。

「同じだろ？　これ」

「全っ然違う！　ほら、ここの曲線とか、こっちにはこれがないだろ？　あとここだな、ここが決定的に違う。ここもだ。ああ、ここらへんも違う……」

確かに言われれば違っているのは判るが、微々たる違いにしか思えない。

「なぁ、この鎧をミスリルに見えなくすることってできるか？」

「ん？　ああ、そりゃな、色をくすませれば見分けるのは難しくなるだろうな」

「意匠を冒険者っぽくできるか？」

「そりゃできるが、この鎧は芸術品って言ってもいいぐらいだぞ。そんな勿体ないこと、やるべきじゃない」

「別にいいよな？　リア」

「構わない」

「材質をミスリルに見えなくすること。意匠を冒険者仕様にすること。これは徹底的にやってくれ。どれくらいの費用と日数が掛かる？」

「あぁ、なんて勿体ないことを……そうだな、三日間で五千ギニーだな」

鎧の価値の割に安いな。採取バッグから大銀貨五枚を取り出して渡した。

「じゃあ冒険者ギルドの帰りにリアの鎧を置いていく。俺の鎧も三日後でいいや」

「わかった。お前さんの寸法を測るからこっちに来てくれ」

色々と体の寸法を取るのと、貸してもらった鎧を着るのに結局一時間ぐらい掛かった。

「冒険者ギルドってもう開いてるよな?」

「あそこは夜明け前からやってるよ」

俺とクレリアとウィリーは冒険者ギルドに向かった。

022. 冒険者ギルド2

「ウィリー、冒険者ギルドまでどれくらい歩くんだ？」

「直ぐそこです。あの大きな建物です」

ウィリーの指差した建物は大きな三階建ての建物だ。周りの建物の五倍くらいの敷地面積はありそうだ。

入り口付近には結構な人数の冒険者がいて、何かを待っているように見えた。待ち合わせをしているのかもしれないな。早速、ギルドの中に入ってみた。

「あそこが受付です」

確かに受付のようなものが二ヶ所あり、一つの受付では職員と冒険者がカウンター越しに何か話している。空いている方の窓口に向かった。受付には若い女性の職員が座っている。

「すみません、冒険者の登録をしたいのですが、こちらでいいでしょうか？」

「はい、登録するのはお二人ですか？」

「そうです。私と彼女です」

「では、こちらの用紙に記入をお願いします」

しまったな。俺はまだ数字とか自分とクレリアの名前くらいしか書けないし読めない。

「アランの分は私が書く」

「そうか、頼むよ」

クレリアが二人分の用紙にサラサラと記入していく。偽名で書いているが問題ないのだろうか？　まぁ、ＩＤのないこの国では本当かどうか判るはずもないな。問題ないだろう。

俺も文字くらい覚えなきゃな。本を何冊か目の前で誰かに読んでもらえればナノムが覚えてくれるはずだ。本はどこで売っているのだろう。

クレリアは、二人分の用紙を書き終わると受付職員に渡した。

職員は用紙に目を通している。そして驚いた顔をした後に、俺とクレリアのことをジロジロと見始めた。

「あの、ここの項目は間違いないですか？」

職員が用紙の項目を指差してクレリアに訊いている。

「間違いない」

なにか書類に不備があったのだろうか？

「判りました。それではギルドの登録手数料として一人銀貨五枚が必要になります」

俺は二人分の大銀貨一枚を職員に渡した。

「確かに。それではお二人にはこの後、ランク評価試験を受けていただきます。ランク評価試験はお二人の冒険者としての能力を評価するためのものです。試験の内容によってお二人のランクが決められます。ランクについて説明が必要ですか？」

››› 022. 冒険者ギルド2

俺とクレリアは頷く。

「冒険者ギルドには様々な依頼が来ます。護衛や、魔物の討伐、素材の入手など多種多様です。ギルドでは依頼の内容を審査し、その難易度によって依頼にランクを付けています。これらの依頼を効率よく達成するために冒険者の方々にもランクを付けさせていただき、冒険者ランクに応じた依頼を受けていただくようにしています。依頼は冒険者ランクの一つ上の依頼ランクまで受けることができます。ランクは依頼ランクも冒険者ランクも、下の方からF、E、D、C、B、A、Sの六段階に分かれています。つまり一番下のランクのFランクの冒険者の方はEランクまでの依頼しか受けることができないようになっています。ここまでは宜しいでしょうか?」

凄いな、一気に言ってのけた。今までに何十回、何百回も言ってきているのだろう。

「問題ありません」

「では次に依頼についてです。通常の依頼はあちらの壁に張り出されています」

職員が指差すほうを見ると壁一面に依頼のようなものが張り出され、大勢の冒険者が熱心に内容を確認している。

「あちらの依頼の中から希望する依頼をこちらに伝えていただき、問題なければ依頼を受けることができます。依頼は早い者順です。依頼を受けたら指定の期日までに達成していただきます。依頼を期日までに達成できない場合には罰則があります。罰則の内容については、こちらで審査し決定します。通常の依頼とは別に指名依頼というものがあります。これは依頼人が冒険者を指名した依頼です。受けるか受けないかは冒険者の自由です。次に強制依頼というものもあります。これは災害時などにギルドにより依頼されるものです。これは基本的に断ることはできません。断ることは重大なギルド規約違反となり、重い罰則が課せられます。また冒険者には二ヶ月に一度は依頼を受けていただきます。これに違反した場合、冒険者ランクが一つ下がります。Fランク冒険者がこれに違反した場合には除名処分になります。ここまでは宜しいでしょうか？」

「問題ありません」

「ではランク評価試験の準備をしてきますので、あちらの壁にあるギルド規約を読んでいてください。重要な規約はお話ししましたが、その他の細かい規約があちらに書いてあります」

「判りました」

クレリアと一緒に規約のある壁に向かった。壁一面にビッシリと文字が書いてある。なんとか読める文字の大きさだ。これはいい、クレリアに読んでもらおう。

「クレリア、小さな声でいいからこの規約を声に出して読んでくれないか？」

「なんのために？」

「文字を覚えようと思ってさ。頼むよ」

「そんなことで覚えられるの!?」

「覚えられる。早口で読んでくれていいよ」

「判った」

クレリアは、ギルドの規約を最初から小さな声で読み始めてくれた。

◇◇◇◇◇

受付職員アミィは同僚に受付を代わってもらうとギルド職員室へと向かった。

ギルド職員室には、まだ朝早いこともあって五人の男性職員がいた。

「みなさーん、久しぶりの大型新人さん達が来ましたよー！　って言っても自称ですけどね」

「またかよ、アミィ。そういう勘違い野郎に限ってえらく弱いんだよなー」

「いえ、一人はとびきり可愛い女の子ですよ」

「なに？　それは珍しいな。じゃあ俺はその女の子を担当しよう」

「女の子って言ってもまるで騎士様みたいな立派な鎧を着てますけどね」

「それでどんな大型新人なんだ？」

「えーと、女の子のほうが剣術が十段階中の六、なんと！　火魔法が十段階中の八です」

「おい、いくら自己申告といったって盛りすぎだろ、それは」

「いえ、もう一人の男の人はもっと凄い人なんですよ！　なんと、剣術が十段階中の十、火魔法も十なんです！」

「あはは！　凄いなそれは！　そこまでの勘違い野郎は何年ぶりだ？」

「二人共、魔法が使えるってのか？　試験をやるってちゃんと伝えたんだろうな？」

「失礼な！　ちゃんと伝えましたよ！」

「じゃあ、曲がりなりにも魔法は使えそうだな。その半分でも事実だったら本当に大型新人なんだけどな。まぁ、そうはいかないだろう」

「字が読めなかったんじゃないのか？」

「いいえ、女の子のほうが代表して書いたんですけど、凄く達筆ですし物凄く速く書いていました。あれで字が読めない訳ないです」

「よし、話のネタに全員で見に行くか」

「俺が女の子を担当するぞ！」

◆◆◆◆◆

クレリアがもうすぐ規約を読み終わるかという時に職員が戻ってきた。

「お待たせしました。ランク評価試験の準備ができました。こちらにどうぞ」

「ふぅ、疲れた」

「ありがとう、助かったよ」

アップデートして規約を見ると、ちゃんと読むことができた。よし、あとはもっと本を増やすだけだな。

「ああ、ウィリー。悪いけど待っててくれるか？」

››› 022. 冒険者ギルド2

「判りました」

案内されたのはギルドの隣にある、これまた大きな建物で縦三十メートル、横二十メートル、高さ十メートルの広い部屋だった。部屋というより運動場だろうか。部屋の奥には的のようなものが沢山並べられている。

そこに五人の職員と思われる男達がいた。

「俺達はお前達の評価試験を行う試験官だ。えー、お前達の得意技能は剣術だな。剣術の評価では俺達を相手に木刀で模擬戦をしてもらう。いいか、これは勝ち負けではない。別に負けたからといって評価には関係ない。試験への対応を見て評価するので、持っている全てを出すように。まずは、リア！　前に出てこい！」

「がんばれよ、リア」

「判った」

リアが対戦相手と思われる試験官から木刀を渡されている。相手は三十代ぐらいの男だ。適当な距離を取って始めるようだ。

「用意……始め！」

両者、木刀を構えたまま動かない。リアは相手の隙を窺っているようだ。

試験官が誘うように一歩踏み込んだりフェイントをかけたりしているが、リアはピクリとも動かなかった。

試験官は余裕なのかジリジリとリアに近づいていく。そして近づいたところで誘うつもりなのか木刀を大きく振りかぶった。

あぁ、その距離でリアにそんなものを見せたら……と思った瞬間、リアが突っ込んでいった。

試験官は振り下ろすしかない。だが、リアはそれを当然予想していて素早く横に避け、連撃が始まった。

試験官は大振りをして体勢を崩した上に止むことのない連続コンボを受け、どんどん体勢を悪くしていく。ついには小手に木刀を喰らい、持っていた木刀を落としてしまった。

リアが木刀を首に突きつけて連撃は止まった。

「そッ、そこまで！」

クレリアは、旅の間にベックとトールに剣を教えていたが、付きっきりだった訳ではない。ベックとトールに剣の素振りをさせている間などの空いた時間に、俺と剣の鍛錬をしていた。

俺が知っている剣術は連撃とコンボだけだ。相手にひたすら剣を速く打ち込むことだけだ。これは仕方がない。俺のクラスではそういう戦い方が流行っていたのだ。こういう戦い方をしなければ友達との会話に入れなかった。

仕方なくクレリアには連撃を教えた。俺がわざと隙を見せ、クレリアはその隙を見逃さずに攻撃を仕掛け、ひたすら連撃とコンボを加えるという練習を延々とやった。お陰で俺も防御がかなり上手くなったと思う。

あの試験官の動きは、俺もクレリア相手によくやった動きだ。あれを見てクレリアが動かない訳がない。あの試験官は少しクレリアを舐めすぎていたのかもしれないな。

「よし、よくやった！　次は魔法の技能を見る」

先程から仕切っている試験官が宣言した。

部屋の奥にある的の所まで移動する。的から十五メートルくらい離れた位置から魔法を撃つようだ。

「あそこにある五つの的を狙って魔法を放ってもらう。得意技能は火魔法だったな。自分の一番得意な火魔法で構わない。評価内容は五つの的を撃ち終わるまでの時間と、それぞれの的の中心からの距離だ。時間は始めと言ってから計測する。……始め！」

クレリアが両腕を上げると腕の先の空間にすぐに三本の炎の矢が現れ、三つの的に飛んでいき、それぞれ的の中心に突き立った。

開始の合図よりも前に発動の準備をしていたようだ。これは違反にならないのだろうか？

最初の魔法を放ってから八秒くらい経った頃、二本の炎の矢が現れ、残り二つの的に飛んでいく。それぞれ中心に当たっていた。五本同時には撃てなかったみたいだな。

終わりの掛け声がない。クレリアが試験官を振り返ると慌てて「そこまで！」と言った。

「凄い！」

「なんだあれは！」

「そんな馬鹿な⁉」

試験官は皆驚いていて、評判がいいようだ。

たしかにクレリアは最初の頃に比べて見違えるように魔法が上達した。魔法はイメージが全てと判ってからは、馬車での移動中は荷物の上に寝転がり、暇さえあれば空に向かって魔法を放っていた。その成果が出たのだろう。

試験官が集まり何やら相談している。やはり先程の違反を審議しているのだろう。

「よし、リアの魔法評価は終わりだ。よくやった。続けてアラン！　お前の魔法評価もやってしまおう」

フライングは問題ないと見做《みな》されたようだ。そうかアリなのか。

クレリアと同じように的の前に立った。

「始め！」

言い終わるか終わらないぐらいに、五本の炎の矢が俺の前の空間に現れ、的に向かって飛んでいく。しかも普通のフレイムアローよりも数段速いスピードをイメージしたので、見たことのないスピードで矢が的に的中した。魔法が発動してから的に届くまで二秒かかっていない。

どうだ！　これはどう見ても最速だろう。

あれ？　そこまで！　の声が掛からない？　少し矢が現れるのが早すぎたか？

試験官を見ると驚きの表情で固まっていた。

「あの？」

「あぁ……そこまで」

ちゃんと測っていなかったが大丈夫だろうか。

「次はアランの剣術の評価をおこなう！」

››› 022. 冒険者ギルド2

また試験官が集まり何やら協議している。誰が俺の相手をするのかで揉めているようだ。

やっと相手が決まったようで一人の試験官が進み出てきた。

「用意……始め！」

試験官は動かない。最初は様子を見ようと思いこちらも動かないでいた。

まだ動かない。埒《らち》が明かないので一歩前に出てみた。相手は一歩下がる。もう一歩前に出てみる。相手は一歩下がった。まさかビビっているわけじゃないよな？

もう一歩前に出てみる。また、相手は一歩下がった。なんか面倒くさくなってきたな。

突進系の基本コンボの一つを試してみるか。相手に突進して三連撃を加える技だが、突進する割にはあまり隙ができない技だ。その代わりに決定力に欠ける所もある。

先程と同じように一歩を踏み出すと見せかけてコンボを発動した。

相手に突っ込んでいき、勢いを利用して構えている木刀を思い切り斬り上げる。二撃目を繰り出そうとして気づいたが、一撃目で相手の木刀を弾き飛ばしていた。仕方がないので木刀を相手の首に添えた。

「そこまで！」

「えー、これで評価試験を終える。審査結果は後ほど伝える。ギルド受付の近くで待っていてくれ」

意外とあっさり終わったな。クレリアと一緒にギルドに戻った。

「試験ってあれで良かったんだよな？」

「私は全力を出したわ。他にやりようがないと思う」

「だよな」

◇◇◇◇◇

試験官達はギルド職員室に全員で戻った。

「おい、あいつら何だよ！　何者だよ」

「てか、お前ビビりすぎだよ！　何だよ、あの最後の試合は⁉」

「いや、ケニーは確かにビビっていたが、あの男の踏み込みと剣の振りは本物だぞ」

「それよりも魔法だよ！　凄いなんてもんじゃないぞ、あれ」

「俺の知り合いに魔術ギルドのAランクにいる奴がいるが、そいつのフレイムアローより数十倍凄いぞ」

「結局、あの自己申告は正しかったってことか」

「いや、少なくとも魔法についてはそれ以上の実力だろう。正直、あいつら以上の人間がいるとは思えないくらいだ」

「確かに。それでどうするんだ、ランク評価の方は」

「元Bランクの俺達がこてんぱんにやられたんだ。認めない訳にはいかないだろう」

「じゃあ全員一致でいいな？　あいつらはCランクだ」

「「異議なし」」

◆◆◆◆◆

クレリアとギルドで待って二十分くらい経った頃、先程の受付職員がやってきた。

「アランさんとリアさんはCランク冒険者として認められました。こちらがギルド証になります。肌身離さず持ち歩いてください。ギルド証を紛失すると罰則として再発行に三千ギニーが課せられますので十分に注意してください」

横五センチ、縦十センチくらいの銅製のプレートを渡された。冒険者ギルドのマークと登録番号と名前、日付、Cランクと刻印されている。

「以上で登録は終了ですが、なにか質問はありますか？」

「Cランクってことは七ヶ月くらい仕事を受けなくても問題ないってことですよね？」

「ええっ⁉　まぁ、確かにそうですがランクがどんどん下がってしまいますよ？」

「ランクとかってあまり気にしないので大丈夫です」

「気にしないって……しかしアランさん達ほどの実力者には、是非依頼を受けていただきたいとギルドとしては期待しています」

「わかりました。有り難うございました」

「ええーっ？　……」


「行こうか、リア、ウィリー」

冒険者ギルドを出るところで女の冒険者とすれ違い様に目が合った。なかなか鋭い目をしている。その女冒険者がクレリアに視線を移した瞬間、驚愕《きょうがく》の表情になった。

「ひッ、クレリア様！」

クレリアは暫《しばら》くポカンとした顔をしていたが、その顔もまた驚愕の表情に変わる。

「エルナではないか！　どうしてこんなところに！」

「クレリア様、よくぞ御無事で！」

「……リア、どうでもいいが、物凄く目立っているぞ」

なにか盛り上がっているので、気付かせるためにクレリアの肩を叩いた。周りにいる冒険者達が、こちらを見て何事かと注目している。

「貴様！　何者だ!?　気安く触れるな！」

女冒険者が俺に向かって言い、剣に手をかけている。

「エルナ！　よい。場所を変えよう」

「とりあえずカトル防具店に行こうか」

この鎧返さなきゃならないし、クレリアの鎧も渡さなきゃいけないしな。

このエルナという女が何者かというのは、今の会話から大体想像がついた。とてもじゃない

が「それじゃまた」なんて関係ではないだろうし、クレリアとは積もる話もあるだろう。多分、俺に聞かせたくないこともあるに違いない。二人にはどこかでゆっくり話し合ってもらったほうがいいと思う。

カトル防具店はすぐ近くなので無言のまま四人で歩いた。

店に入りカウンターまで行くとザルクが声を掛けてきた。

「よう、早かったな。試験はどうだった？」

「ああ、Cランクになったよ」

「そりゃ凄い！　さすがだな」

「まあな、この鎧脱ぐの手伝ってもらっていいか？　まだよく判らないんだよ。リアも、そっちのエルナ？　に手伝ってもらって脱いだらどうだ？」

「判った」

「なぁ、ザルク、俺の鎧もこんな風に着たり脱いだりが面倒なのか？」

「いや、こんな鎧とあの鎧を一緒にしないでくれ。あっちは最高級の革鎧だからな。もっとちゃんとしているよ。一人で簡単に着られるし、脱ぐのも簡単だ」

「そうか、それを聞いて安心したよ。リア、この後どうする？　俺はタルスさんの屋敷に戻るけど、リアはその人と話があるんだろ？　どっか寄っていくなら金を渡しておくよ」

「私も一緒に戻る」

「そうか？　まぁ、ちょっと部屋を借りればいいか」

そういえば、俺は甘味も作らなきゃいけないし、さすがにタルスさんの家にもう一泊はできないから宿もどこか確保しなきゃいけない。結構忙しい一日になりそうだな。

「ザルク、じゃあ鎧のことは頼むよ。三日後に取りにくる」

「判った。任せておけ」

店を出てそのままタルスさんの屋敷に向かった。クレリアとエルナは、俺とウィリーから少し遅れて歩き、なにやらヒソヒソと話をしている。聴覚を強化すれば聞こえるだろうが、そんな野暮なことはしたくない。やがてタルスさんの屋敷に着いた。

「ウィリー、悪いんだけどヨーナスさんの手が空いていたら呼んできてもらえないか?」

「判りました」

ヨーナスさんはすぐに来てくれた。

「すみません、お呼び立てして。実はリアが冒険者ギルドで知り合いにばったり会いまして。積もる話もあるようなので、もし問題なければ、彼女をリアが借りている部屋に入れてもいいでしょうか?」

「勿論です。お客様のお客様は私共のお客様です。今、お茶を用意させましょう」

「すみません、お手間かけます。じゃあ、リアとエルナは部屋で話でもしてこいよ」

「わかった。アラン……有り難う」

「いいさ」

「アランさん、冒険者ギルドに行ったということは登録をなさりに?」

「ああ、そういえば伝えてなかったですね。そうです。今、リアと登録をしてきたところです」

「ちなみにランクは何になったのでしょう？」

「二人共、Cランクと言われました」

「ほぅ！　いきなりCランクとは素晴らしいですね。さすがです」

「いえ、大したことはありません。それよりもいいお店を紹介していただいて有り難うございました。おかげで最高の品を格安で手に入れることができました」

「いえ、こちらこそお買い上げいただき有り難うございます。……つきましてはアランさんに御相談があるのですが？」

「なんでしょう？」

「アランさんが旦那様に返却くださった隊商の荷の件なのですが、回収したくとも旦那様とアランさん以外は盗賊のアジトの正確な場所を知らないとのことで困っていたのです。もし可能であればアランさんに指名依頼という形で回収のお手伝いをしていただけないかと考えているのですが如何でしょうか？」

「ああ、そういえばそうですね。勿論、お引き受けします。しかし結構な量の荷物があったので回収の手段が……」

「いえ、回収はこちらの手の者が行いますので、アランさんには場所の案内と護衛をお引き受けいただけたらと考えております」

「なるほど、それであれば何の問題もありません。お引き受けします」

「では依頼のほうは、こちらで明日にはギルドの方に出しておきますので宜しくお願いします」

「了解しました。それで例の甘味の件なんですけど、もし問題なければ今から取り掛かろうと思うんですけど如何でしょうか？」

「勿論、問題ありませんとも。厨房に御案内します」

ああ、どんな食材があるのか凄く気になる。

甘味を作らせようというのだから砂糖の類《たぐ》いはあるだろうけど、砂糖と小麦粉しかなかったらどうしよう。それじゃできるものは、たかが知れている。料理が趣味と言った手前、変なものは作れない。ああ、本当に余計なことを言ったなぁ。

023. クレリアの話1

　案内された厨房は広くはないが、設備はなかなか整っているようだった。

「ここは奥様とタラ様が料理を行う際に使用される厨房です」

　なんと、この屋敷には厨房も複数あるようだ。羨ましい環境だな。

「食材や調理器具はすべて料理人が使う厨房と同じものを揃えてあります」

「素晴らしい環境ですね。さて、なにを作りましょうか。この国の甘味はどういったものが一般的なのでしょうか？　同じものを作ってもつまらないですし、教えていただけると助かります」

「そうですね、この国で甘味というとこういうものが一般的です。味の違いはありますが大体似たようなものです」

　ヨーナスさんは籠を渡してきた。中にはクッキーのようなものが入っている。

「一つ頂いても？」

「勿論です。どうぞ」

　食べてみると、やはりクッキーだった。ほんのり甘く食感はサクッとして美味しい。

「これは美味しいですね。しかし、甘味が全てこのような形ということはありませんよね？」

››› 023. クレリアの話1

「いえ、甘味といえばこれです。小麦粉を主体とした、甘く焼き上げたものです」

なんと甘味とはクッキーのことなのか？　甘くて美味しい物はいくらでもあるだろうに。

「なるほど。では食材を確認させていただきます」

陶器の壺のようなものに入った調味料らしきものを確認していく。これは砂糖か？　おお、砂糖だ。白くはなく少し茶色いが甘い。甘みは俺が知っている砂糖よりは少ないようだが問題ない。塩、蜂蜜、各種ハーブ、小麦粉も何種類かあるな。うーん、なにを作ろうか。

「こちらに冷やしているものもあります」

ヨーナスさんは、扉が付いた大きな棚のような物の扉を開けた。中には卵や様々な包み、陶器でできた入れ物などが入っている。棚の中から冷気が伝わってきた。

「おお！　これは⁉」

「これは物を冷やす魔道具です。傷みやすい物はこの棚の中に入っています」

「素晴らしい！　このようなものまであったとは」

棚の中には肉、魚の干物、卵、バター、ミルク、チーズなどが入っていた。よし、卵とバターとミルクが加わるだけで大いに幅がひろがるな。

確かにこの食材ではクッキーを作りたくなる気持ちは判る。だが、ここは敢えて別のものを作ろうと思う。失敗する訳にはいかないので簡単なものを作ろう。

地球の蒸しプリンを作ろう。俺は焼きプリンのほうが好きなのだが、オーブンの使い方が判らない。変に無理して失敗するよりはいいだろう。

他の人類惑星にも同じようなレシピはあるが、ここにある食材ではやはり何回か作ったことのある地球のプリンがベストだろうな。必要な食材はミルク、卵、砂糖、これだけだ。

あとは容器だな。厨房を見回すと食器を入れる棚があった。プリンに良さそうな小さな器が沢山ある。おお、漉《こ》し器《き》もあるな。目は少し粗いがなんとかなるだろう。

容器ごと蒸すことができる蓋付きの大きな鍋も見つかった。あとは鍋の中に敷く底上げできるようなものがあれば、と探していると丁度いい他の鍋の蓋があった。サイズも大きな鍋にピッタリだ。このセットを蒸し器にしよう。

「何人分くらい作りましょうか？」

「そうですね、アランさん達五人に加えて五人分でしょうか」

さり気なくエルナの分が追加されている。ヨーナスさんはいい人だな。

「判りました。少し多めに作りましょうか」

頭の中にあるレシピの分量と人数を考える。大丈夫だ。ここにある食材で足りるし、器の数も足りる。

「ちなみにこれはいくらくらいするものなのですか？」

「ああ、砂糖ですか。大体この壺で銀貨二枚程ですね」

意外と高いな。いや、この星の状況からすれば安いのか？　一般的な宿二泊分だ。

料理を始める前に調理器具の確認だ。厨房に鍋を温めるような台が二つある。

「あの、これは？」

「これは火を出す魔道具ですね。このようにして使います」

ヨーナスさんは台についているレバーを動かした。すると台の鍋を置く所から火が吹き出す。レバーの位置で火力を調節できるようだ。

「これも素晴らしいですね。私も欲しいくらいです」

「宜しければ、ウチの系列店で扱っていますよ」

タルスさんは何にでも手を出しているな。まずはカラメルソースを作っていこう。

小さめの鍋にレシピ通りの量の砂糖を入れ、少量の水を加えて弱火にかける。

砂糖が次第に泡立ち、そのまま加熱していくといい感じの茶色になってくる。少量の水を加えていき、丁度いい粘度になったら完成だ。

プリン用の容器に少しずつカラメルソースを入れていく。今回作るのは十五個だ。

次はプリン液だ。大きな鍋に分量の砂糖、ミルクを入れ火の魔道具で温めていく。

温まる間に卵を混ぜておこう。鉄製のボウルのようなものに分量の卵を割ってよく撹拌《かくはん》していく。ここで少し塩を入れるのがポイントだ。

おっと、蒸し器も用意しておこう。先程見つけた大きな鍋に少量の水を入れて、底上げ用の鍋の蓋を入れ、火にかけておく。

ミルクが温まってきたようだ。砂糖をよく混ぜて溶かした後に火を消し、撹拌した卵液に加える。ここでヨーナスさんに手伝ってもらって液を漉し器で漉した。

完成したプリン液を、カラメルソースを敷いたプリン容器に静かに入れていく。丁度十五個分になった。計算は完璧だな。あとはこれを蒸せば完成だ。

丁度、蒸し器も温まったようだ。半分のプリン容器を揺らさないように蒸し器の中に入れ、弱火で蒸していく。蒸し時間は大体十分ぐらいだ。

十分経ち、蒸しあがったようだ。熱に気をつけて取り出した。

一つ味見してみようかな。水を張った鍋に一つ入れて冷ましておく。

残りは粗熱が取れたら、冷蔵の魔道具に入れよう。

「これで大体、完成です。あとはあの物を冷やす魔道具に入れて完成ですね」

「これで完成ですか。なんとも不思議な調理方法ですね。見たことも聞いたこともありません」

「プリンという甘味です。一つ味見してみませんか？」

「いいですね！　私には全く味の予想がつきません」

水に漬けて冷やしておいたプリンを取り出す。

「こうやって容器からプリンを剝がしていきます」

指で容器とプリンがくっついている縁の部分を剝がしていく。

「あとは皿に容器をあててひっくり返し軽く揺すると、ほらプリンが容器から出てきた」

「おぉ、これがプリン！」

結構いい感じの見た目だ。クリーム色のプリンに焦げ茶色のカラメルソースが載っている。

半分に切って別の皿に分けて、ヨーナスさんと味見してみた。

うん、美味しい。まだ冷やしてはいないが、控えめな甘さで、上に載ったカラメルソースの甘く少しほろ苦い感じとマッチしている。本当は地球産のバニラビーンズも入れたかったが、手に入る訳もない。冷やせばもっと美味しくなるだろう。

ヨーナスさんを見ると目を丸くして固まっていた。

「アランさん！　私はこんな美味しい甘味は食べたことがありません。素晴らしい、最高です！」

好みがあると思うが、ヨーナスさんは気に入ってくれたようだ。

「冷やせばもっと美味しくなりますよ。これ、奥様のお気に召すでしょうか？」

「勿論ですとも！　今から奥様とタラ様がお喜びになる顔が目に浮かぶようです」

「そうなれば嬉しいですね。こちらはいつ召し上がっていただきますか？　少し冷やす時間が必要なので、お昼には間に合わないと思います」

もうすぐ正午だ。冷やす魔道具のスペックは知らないが間に合わないだろう。

「ああ、それと今晩の宿を取りに行かなくてはいけないので、午後は外出したいのです」

「なるほど、判りました。旦那様に確認しておきますが、旦那様はいま所用で外出しているのです。もうすぐ戻るのでそれまでお待ちいただけますか？」

「判りました」

全てのプリンを冷蔵魔道具に収めて、部屋に戻る。部屋にはベックとトールがいた。

「アランさん！　聞いてください！　荷の査定が終わったんですけど、なんと、前回の二倍近い金額になったんですよ！」

「ほう！　それは凄いな。今までよっぽど買い叩かれていたんだな」

「まぁ、それはそうなんですけど、カトルさんが言うには、ウチの綿はなかなか見ないくらいの品質のいい綿らしくて、それで高値がついたっていうのもあるみたいです」

「そうか、それは良かったな」

「はい！　これもアランさんのお陰です。アランさんがいなかったら、こんなことにはならなかったんですから」

「俺は何もしちゃいないよ。まあ、人の縁ってやつだな。この縁を大事にするんだな」

「はい」

部屋のドアがノックされた。

「ヨーナスです。昼食の準備ができました」

食堂にはタルスさん、カトル、クレリア、エルナが席に着いていた。案内されて席に着く。

「アランさん、ヨーナスから聞きましたぞ。見事な甘味を作っていただいたようで」

「いえ、口に合えばいいのですが、今からドキドキしています」

「今、あいにくとラナとタラは近所の奥様連中に呼ばれておりましてな。夕食に出そうと思います」

「そうですか。私達は宿を取りますので、後日にでも感想を聞かせていただけたらと思います」

〉〉〉 023. クレリアの話1

「いえ、アランさん達には今日も是非、我が家に泊まっていただきたいと考えているのですよ。勿論、そちらのエルナさんも」

「ええっ？　でも、いくらなんでもご迷惑では？」

「とんでもない！　アランさん達には返せない恩があるのです。何日でも泊まっていただいて結構ですよ」

「判りました。ではもう一泊だけお世話になろうかと思います。有り難うございます」

タルスさんはいい人だ。ベックとトールは密かに喜び合っている。

昼食に出された料理は、またしてもどれも絶品で美味しくいただいた。料理がこのレベルなのに甘味のレベルがそれに伴っていないのは何故《なぜ》だろう？

ああ、そうだ。調味料のことを確認しなければならないな。塩以外の調味料を是非入手しておきたい。

食事が終わろうという頃、クレリアが話しかけてきた。

「アラン、食事のあと時間をもらえる？　話がある」

「判った」

やっと事情を話してくれるようだ。

食事が終わり、ベックとトールは買い物に出掛けるようだ。元々、村の交易は、塩などの村の必需品を得るための手段で、荷を売却した金で色々なものを買い付けに行くらしい。

話は俺が借りている部屋ですることになった。エルナも同席している。

「アラン、今まで事情を隠していたこと、すまなかった」

「いいさ、色々と訳ありなんだろう？」

「私の名前がクレリア・スターヴァインというのはもう言ったと思うが、私の出身は隣国のスターヴェーク王国だ」

隣国はスターヴェーク王国というのか。ん？　クレリアの名前とよく似た国名だな。クレリアはなにか重要なことを言った、みたいな顔をしているが、なんのことやら判らない。

「それで？」

「あぁ、つまり私は、スターヴェーク王国の＊＊＊なのだ。いや、＊＊＊だった」

単語が判らない。

「＊＊＊ってなんだ？」

「クレリア様、この男、大丈夫なのですか？」

「言うな。アラン、いや、コリント殿は一ヶ月ほど前まで、こちらの言葉を知らなかったのだ。知らない単語があっても不思議ではない」

「この男が＊＊!?」

またあの単語が出てきた。出会った全ての人がクレリアは＊＊だと言う単語だ。俺の想像が合っていれば、俺は＊＊じゃない。

それにしても、クレリアの言葉使いが、やけに気取った感じになっているのが気になる。

「＊＊＊というのは王の娘という意味だ」

››› 023. クレリアの話1

王の娘！　つまり王女ということだ。俺はクレリアがある種の特権階級の出身、つまり物語などに出てくる貴族というものだろうと思っていたが、その予想の上をいったな。

「そうか。なんで王女があんな所にいたんだ？」

「それには深い事情がある」

それからクレリアは長い話を始めた。

自国にクーデターが起きたこと。

自分は視察に出ていて王都にいなかったこと。

家族はみんな殺されてしまったこと。

視察先の親類の勧めでこの国に救援を頼みにきたこと。

その親類は恐らく戦いに敗れ、滅んでしまったこと。

追手を振り切るため、護衛に付いていた者を八台の馬車に分けて一斉に国を出たこと。

なるほど、分散して逃げている最中に俺と出会ったという訳か。エルナは分散した他の馬車の護衛の一人らしい。

話しているうちに当時のことを思い出したのか、クレリアは涙ぐんでいた。

「そうか、大変だったんだな」

家族を殺され、国を追われるなんて大変な苦労だ。クレリアの頭をなでてやる。クレリアは頭を垂れ、コクリと頷いた。本格的に泣き出してしまった。

「……コリント殿、気安くクレリア様に触れないでいただきたい」

クレリアは顔を上げて泣き止んだ。

「エルナ、よい。……コリント殿、このベルタ王国の王は私の親類だ。私はこの国の王に救援を求めるつもりでいた。しかし、エルナに会ってそうする訳にもいかないことが判った」

詳しい話を聞くと、エルナ達の護衛の一隊は、出発したあと馬車にクレリアが乗っていないことに落胆したが、来《き》る追手を引きつけるため、予定通りセシリオ王国に向かった。

セシリオ王国に着き、騎士であることを隠すために冒険者を装いながら、クレリアを求めていくつかの街を捜したが見つからなかった。ただ、他の馬車の護衛だった二つのグループと会ったらしいが、あまり大勢の集団で行動すると目立つため行動を別にした。

エルナ達のグループは一縷《いちる》の望みをかけて、このベルタ王国に来たらしい。ベルタ王国の王がクレリアの親類であることを知っていたため、この地方の貴族に捜索《そうさく》の助力を願い出た。

エルナは万が一、クレリアがこの街に現れた場合に備えて一人行動を別にしていた。貴族は王にお伺いを立てるため早馬を走らせたが、早馬が戻ってくるとグループは捕らえられ、馬車でどこかに連れていかれてしまった。行き先は、恐らくスターヴェーク王国で、これが行われたのは十日前のことだ。

「つまり、この国の王は、逆賊共の側についたということだ。恐らく逆賊共に恩を売ろうとでもしているのだろう。エルナ、本当に苦労をかけたな」

「いいえ、私の苦労など何ということもありません。クレリア様さえ御無事であれば捕まった者達も浮かばれるでしょう」

「捕まった者達を、できれば助け出してやりたいが……」

「十日前のことですし、移送の馬車の護衛には三十人近くの騎士がいました。行き先も定かではなく追いつくのも難しいですし、追いついたとしても奪還するのは無理でしょう」

「そうか……。私はこれからどうすればよいのか判らなくなってしまった。コリント殿、そなたならどうするだろうか？　知恵を貸していただけると助かる」

俺はさっきから気になっていることを訊いてみる。

「クレリア、さっきから何堅苦しい言葉遣いをしているんだ？　それに俺のことはアランと呼べと言ったはずだろう？」

「そっ、それは、私は王女で、いや元王女でアランは＊＊なのだから、そう思って……」

「言っておくけど俺は貴族じゃないぞ？」
＊＊という単語が貴族という意味だと信じて言ってみる。
「ええっ!?　だって……アランは家名を持っているでしょう？」

「そうだけど？」

クレリアが何に驚いているのか判らない。

「家名を持っているのに貴族ではない？」

「そうだな、俺の国ではほとんどの者が家名を持っているけど貴族ではないな。この大陸では家名を持っていると貴族なのか？」

人類惑星の中には姓を使わない星もいくつかあった。それにしても、まさかクレリアが俺のことを貴族だと考えていたとは知らなかった。「コリント殿」の殿だと思っていた言葉は、貴族に対する敬称だったようだ。訳すとすれば「コリント卿《きょう》」かな。

「そんなことがあるなんて……そう、この大陸では家名を持っているのは貴族だけ」

クレリアは何故か俺が貴族ではないことにショックを受けている。エルナはやはりという納得顔をしていた。

「それで、俺ならどうするかって話に戻ると、俺ならまず情報を集めるな。情報がなければ正しい判断が下せないからな。具体的にはタルスさんに色々と訊いてみるのが一番だと思う。できれば、クレリアが何者であるかを明かしてな。タルスさんは恐らくこの街でも一、二を争う情報通だ。タルスさんは信用できると思う」

宴会の時にヨーナスさんは、商人にとって一番大事なのは情報だ、情報を得るためにかなりの金を使っていると言っていた。

「クレリア様の身分を明かすなんて、そんなこと、できる訳ない！　万が一のことがあったらどうするつもりだ」

「もし俺が間違っていたら、クレリアを抱えて一目散に逃げてやるさ」

「お前一人の力で逃げ切れるものか！　いい加減なことを言うな！」

「いや、アランが本気になれば、騎士団でもこの街の冒険者が束になっても敵わない。それだけは間違いない」

「そんな！　そんなことがあり得るのですか？」

「自信を持って言いきれる。それとエルナ。アランに対する口の利き方に気をつけてくれ」

「判りました。申し訳ありません」

「私もタルス殿は信じられると思う。アラン、すまないけどタルス殿との面会に同席してくれない？」

「判った」

俺達はタルスさんに会うために部屋を出た。

024. クレリアの話2

いつも食事をとっている部屋に三人で行ってみると、ヨーナスさんが従業員と話していた。

「アランさん、なんでしょう?」

「タルスさんがもしお手隙であれば、折り入ってお話ししたいことがあるのです。リアとエルナも同席で」

「判りました。旦那様の御都合を聞いてまいります」

ヨーナスさんがタルスさんを連れて直ぐに戻ってきた。

「あちらの商談室で話しましょう」

商談室は十人ぐらいが座れそうな、この屋敷では小さな部屋だった。すかさず従業員がお茶を持ってくる。

「ヨーナスも同席して宜しいですかな?」

クレリアに目で確認する。

「構いません」

クレリアが答えた。確かにヨーナスさんも信頼できると思う。

「早速ですが、私は今まで偽名を使っていました。そのことをまずはお詫《わ》びしたい。私の名前はクレリア・スターヴァインといいます」

タルスさんとヨーナスさんの顔が驚愕《きょうがく》の表情に変わる。他国の商人にまで名前を知られているなんて、クレリアは有名人なんだな。あぁ、タルスさんだから知っていたのかもしれない。

「コッ、これは、殿下《でんか》。詫びなどと、とんでもございません。殿下の御立場であれば当然のことでしょう」

タルスさんは相当慌てている。

「タルス殿、私のことを殿下などと呼ぶ必要はありません。タルス殿は、スターヴェークの人間ではないし、私はもうその立場にはないのですから」

「……判りました。クレリア様。して、話とはどのようなことでしょうか？」

「スターヴェークの情報を何かお持ちでしたら、お聞きしたいのです」

「なるほど、そういうことですか……。私は街を離れていて、まだ把握《はあく》していない部分もあるので、ヨーナスに説明させましょう」

「クレリア様、どこからお話ししたらよいでしょうか？」

「ルドヴィークで戦いがあったと思いますが、御存知であればその辺りからお願いしたい」

「まず、私の知っていることは商人の噂などが多分に含まれているので確実な情報ではないことを御了承ください」

ここでヨーナスさんは内ポケットからメモ帳のようなものを取り出して中身を確認している。

「まずルドヴィークでの戦いですが、守備側のルドヴィーク辺境伯の軍勢は六千名、対する南部と西部の貴族連合軍は四万の軍勢だったといわれています。戦いの内容までは判りませんが、貴族連合軍が数に物を言わせて辺境伯軍を城に押し込み、戦いは籠城戦になりました。再三に渡る降伏勧告にも辺境伯軍は応じず、二週間の後、辺境伯の城は制圧されました。この戦いを遠くから見ていた村人と会話した者によると、辺境伯軍は何か時間稼ぎをしているようにも見えたと言っていたそうです」

「恐らく伯父は私が逃げる時間を稼ごうとしていたのでしょう。辺境伯がどうなったか御存知でしょうか？」

「辺境伯は城が制圧された際の戦闘で戦死したとのことです。これは後に遺体が目撃されているので間違いないでしょう」

「……やはりそうですか」

「このような噂もあります。辺境伯軍が籠城戦に移る前に、少なくない人数の辺境伯軍の兵士と思われる者達が密かに領地より出ていくのを見たという、複数の証言があります」

「伯父上の軍の者が脱走するとは思えない。恐らく望みのない戦いを前に希望者を逃したのでしょう」

「辺境伯領が落ちると北部と東部の貴族は次々と降伏していきました。今から三十五日前、全ての貴族が降伏したとのことです。そして昨日、最新の情報が入りました。今から二十日前、南部の侯爵アゴスティーニ侯を王とし、新たな王国を築いていくとの宣言がありました。国名もアロイス王国と改名したそうです」

「……アゴスティーニ侯、ロートリゲンか、一度だけ面識はある。アロイス王国。国名を元に戻したということか。タルス殿、ヨーナス殿、貴重な情報を教えていただき感謝します。今は何もできませんが、いつかこの恩を返したいと思います」

「とんでもありません！　クレリア様。これしきの情報で恩に着る必要はございません。今後はもっと力を入れて情報を集めるようにしましょう」

「……タルス殿にそこまでしていただく訳にはまいりません」

「いえ、何《いず》れにせよ常に情報は集めているのです。商人の鉄則ですから。それに少し力を入れるだけのことです。……私の父はスターヴェークの商人でした。母に一目惚れしたとかで、この街に落ち着くことになったのです。ですから、私は言ってみれば半分スターヴェークの人間なのですよ。父は四年前になくなりましたが、生前は望郷の思いからなのか、いかにスターヴェークが良い所か、優れているかというのを散々聞かされて育ちました。ですから父の愛した国の王女殿下が困っているならば、手助けするのは私にとってごく自然なことなのですよ」

「タルス殿……有り難うございます。しかし、タルス殿には話しておかなければならないことがあります。このベルタ王国の国王アマド陛下は、私のはとこに当たる方です。私はアマド陛下に救援を乞うためにこの国に来ました」

その後、クレリアはエルナの正体と、その仲間がどのような顛末になったかをタルスさんに話した。

「つまり、アマド陛下は、逆賊、いえアロイス王国の側についたということです。私を助けるということは、この国の王の意に逆らうということになるのです」

「なるほど…血の縁《えにし》より利を取るとは国王陛下らしい。しかし、国から正式にクレリア様を捕らえよと通達があった訳でもないのですし、なんの問題もありません。それに今後通達が出るとも思えません。なにしろ、自分のはとこを捕らえよなどと通達を出せば、王の威信に大きな傷がつくのですから。ですからクレリア様は、お気になさらなくても大丈夫です」

「……判りました。重ねて有り難うございます」

「さて、そうと判れば私は商人仲間に会って少し情報を仕入れてこようかと思います」

「よろしくお願い致します」

クレリアとエルナと俺は部屋に戻って話をすることにした。

「情報は手に入ったが、直ぐに何か行動に繋がるような情報はなかったな」

「確かに。しかし、タルス殿のようなこの国に明るい人が手助けしてくれるのは大きい。これもアランの勧めのおかげだ」

「俺は何もしていないよ。タルスさんの人柄のおかげだな。クレリアはこれからどうするつもりだ？」

「判らない……私は何をすべきなのか。理想を言えば国を取り戻したい。しかし何のためにという思いもある。反乱を起こされるような治世を行ってきた家の者が再び国を取り戻したとして何になるのだろう。王国の民にとっては、スターヴァインが国を治めようとロートリゲンが治めようと何の違いもないに違いない」

「そのようなことはありません！　スターヴァイン王家は民に慕われていました！　大半の貴族の臣下にも慕われていました！　この反乱は何かがおかしいのです。何がおかしいのか判りませんが、おかしいことだけは判ります。私はクレリア様付きの近衛騎士です。いつまでもクレリア様についていきます」

「有り難う、エルナ。でも、王家も滅び国もなくなった。もう故郷《こきょう》に帰ったほうがよいのではないか？」

「スターヴァイン王家にはまだ、クレリア様がいらっしゃいます！　それに私は女神ルミナス様に、命を懸けてクレリア様をお守りすると誓ったのです」

「ああっ、エルナ！　なんということを！」

ん？　なんか今の会話についていけなかったな。神に守ると誓うと不味《まず》いことがあるのだろうか？　しかし、これは宗教絡みだ。迂闊《うかつ》に訊くことは、今は止めておいたほうがいい。

仮に俺が女神ルミナスなんて知らないなんて言えば、二人がどんな反応をするか判らない。

「……そうか、よく判った。エルナの気持ちは純粋に嬉しい。もう故郷に帰れなどとは言わない。共に生きていこう！」

「はい！　クレリア様」

よく判らないが、上手くまとまったようだ。

「アラン！　私には急ぎ、やらなければならないことができた！」

「な、なんだ!?」

「まだ私を捜している者が他にもいるかもしれない。その者達に私の居所を知らせ、故郷に帰れる者は返さなければならない」

「確かにそうだな。いつまでも捜させていたら気の毒だ」

「しかし、どのようにすればよいのか。エルナ、セシリオ王国で会った二つの班は今後の行動などは言っていなかったか？」

「いいえ、もう少し捜索《そうさく》範囲を広げてみるとしか聞いていません。しかし、私の班がベルタ王国に向かう予定であることは伝えました」

「我々が動いても行き違いになる可能性があるか」

「その連中はエルナと同じように冒険者に扮しているんだろ？　だったら冒険者ギルドに行くかもしれない。ギルドに伝言か掲示してもらえば伝わるかもしれないな」

「アラン、それは名案だ！　それでいこう！」

「しかし、それでは追手の目にも留まるかもしれません。この国ではまだ見ていませんが、私がセシリオ王国にいた時には、追手かもしれない怪しい冒険者の一団を幾つも見ました」

「なるほど、追手は冒険者か。確かに他国に軍を送り込む訳にはいかないよな。本物の冒険者か、冒険者に扮しているだけか。どちらもあり得るな」

「エルナ、近衛にだけ判る符号のようなものはないだろうか？」

「それはいいかもしれません。…………例えば王宮のクレリア様の御部屋は、近衛の間では『Cの三の十二』と呼ぶこともありました」

››› 024. クレリアの話2

「どういう意味なんだ？」

「C棟の三階の左から十二番目の部屋という意味です」

「なるほど……Cの三の十二の住人からの伝言とすれば、近衛以外はクレリアからの伝言だとは思わないだろうな」

「素晴らしい！　しかし、なんと伝言すればいいのだろう？」

「Cの三の十二の住人がゴタニアで待っている、でいいんじゃないか？」

「では、それでいこう」


俺達は特にすることもなかったので、早速、冒険者ギルドに行って依頼してみることにした。

ギルドに着くとちょうど先程の受付職員がいたので頼んでみる。

「あの、依頼したいのですけど、受付はここでよろしいですか？」

「ああ！　アランさん、やはり依頼を受けてくれるのですね！　ありがとうございます」

「いえ、依頼を受けるのではなく、ギルドに依頼したいのです」

「あぁ、そういうことですか。判りました。どのような依頼でしょう？」

「ギルドでは、他の冒険者ギルド内にメッセージを掲示するような依頼はできますか？　どこにいるか判らない知り合いの冒険者と連絡を取りたいのです」

「はい、連絡する冒険者の名前とメッセージをいただければ、メッセージをお預かりしてその冒険者が受付に現れればメッセージを渡すことはできますよ」

「それが冒険者の名前が判らないのです」

「知り合いなのに判らないのですか？」

「ちょっと訳ありでして……」

「それではお受けすることはできませんね」

「ギルド内に掲示するようなことはできないのですか？」

「できません。ギルド内に掲示できるのは依頼のみです」

「では、メッセージが依頼の形を取っていれば掲示できますか？」

「まぁ、それであれば……。でも内容によります」

「判りました。内容を考えてまた来ます。ああ、依頼主は匿名《とくめい》にできますか？」

「それは可能ですよ」


三人で通常依頼が張り出されている壁に行ってみた。

「ここに張り出してあるような内容にすればいいってことだな」

そこには色々な依頼が貼り出してあった。護衛や害獣の駆除《くじょ》依頼、素材の入手依頼など正に多種多様だ。

「内容なんて適当でいいだろ。『ワイバーンの魔石を求む。個数：一。ゴタニアの冒険者ギルドに納品すること。報酬：大銀貨一枚。期日：本日より半年間。依頼主：Cの三の十二の住人』なんていうのはどうだ？」

››› 024. クレリアの話2

「ワイバーンの魔石が大銀貨一枚の訳がないわ、金貨十枚はするはずよ」

「あの……リア様。最低でも金貨二十枚はすると思います」

そんなにするのか！　じゃあ、ワイバーンを見かけたら是非とも狩らないといけないな。皮も肉も売れそうだ。

「じゃあ、報酬は金貨五枚にしよう。無関係の冒険者が万が一にでも取ってきたら困るからな」

受付にその旨を伝えにいった。

「ええっ！　ワイバーンの魔石の報酬が金貨五枚⁉　しかも持ち込みで？」

「不味いですか？」

「うーん、これだと冷やかしの案件だと看做《みな》され、受理されないかもしれません。最低でも金貨十枚はないと」

「判りました。では金貨十枚でお願いします」

「では、何処《どこ》のギルドに依頼を出したらよいのですか？」

「ええと、スターヴェークに近いセシリオ王国とベルタ王国の全てのギルドです」

「そんなにですか⁉　ええと、全部で……二十一ヶ所もありますよ？」

「お願いします」

「遠隔地での依頼は、別途手数料がかかりますよ？」

「幾らでしょう？」

「一ヶ所につき千ギニーです」

うーん、結構するな。魔石をもっと安いのに替えるか？　でも簡単に依頼を達成できたら意味ないしなぁ。まあいい、金はあるんだし頼むとしよう。

「判りました。お願いします」

「それに保証金として報酬額と同じ金額、これは仮に依頼が達成されなかった場合には返金されます。また、依頼が達成された場合にはギルドに手数料として報酬額の二割を別途納めてもらいます。よろしいですか？」

保証金も必要なのか。まぁ、仕方がないな。

「判りました」

「では、依頼料として……十二万一千ギニーをお預かりします」

有り金全部を持ってきて良かった。しかしこれで盗賊から分捕った金は六万ギニーと少しになってしまった。まぁ、依頼をキャンセルすれば十万ギニーは返ってくるんだ。なんとかなる。

「依頼はいつ頃、掲示されるのですか？」

「明日には掲示されますよ」

「ええと？　全てのギルドに？」

「そうです」

「どうやって連絡を取るんですか？」

「詳しくは言えませんが、冒険者ギルドには遠隔地のギルドと連絡をとるアーティファクトがあるのです」

おお！　アーティファクトとは、いつかクレリアに聞いた伝説級の魔道具！

「そのアーティファクトを見ることはできますか？」

「勿論、できません。置いてある場所も秘密です」

「そうですか、残念です。では、依頼はお願いします」

「そういえばアランさんに指名依頼が入っていますよ。あの大店のタルス商会からです。依頼内容はこちらです。依頼を受けるのであれば、タルス商会を訪ねてください」

そういえばそんな話もあったな。ヨーナスさんは仕事が早いな。受付職員から依頼内容を書いた紙を渡され、直ぐに目を通した。クレリアも横から覗き込んでくる。報酬は大銀貨五枚か。日帰りでできる仕事には破格ではないだろうか。

「了解しました。訪ねてみます」

俺達はギルドを後にした。

「アラン、随分と金を使わせてしまったようだ。すまない」

「いいさ、ベックとトールが受け取らないって言うから、この金は俺とクレリアの金だ。好きに使おうぜ」

「判った。アラン、有り難う。それではアランの服を買いに行こう。そうだ、エルナも必要だな。私も、もう一着くらい欲しい」

まだ普段着が一着しかないので、確かに服は必要だ。

「よし、買いに行くか」

しかし、どこの店に売っているのかよく判らない。丁度、ザルクの防具店の前なので訊いてみよう。

店に入ると、ザルクが俺の買った防具を運ぼうとしていた。

「ザルク、度々すまない。ここら辺で服を売っているいい店を知らないか？」

「服か、そりゃウチの系列の店がお勧めだな。そこの角を左に曲がって少し行った所のタラ服飾店って店だ」

服も扱っているらしい。全部で何店舗あるのだろうか。

「判った。有り難う」

その店は直ぐに見つかった。これまた大きくはないが小奇麗な店だ。中に入ると女の店員が二人いた。

「いらっしゃいませ。何をお探しでしょうか？」

「アランの服は私が選ぶ」

クレリアが宣言して色々と選びだした。俺はこの惑星のファッションがイマイチ判らないのでお任せだ。

「そうか、頼むよ。二着ぐらいは欲しいな」

「判った。任せておいて」

それから実に一時間近くも掛けてクレリアは俺の服を選んだ。正直、精神的にもうクタクタだ。それからさらにクレリアとエルナは自分達の服を選びだした。

結局、店には二時間半近くはいたんじゃないだろうか。

俺の服が二着、クレリアの服を一着、エルナの服を二着、その他の細々としたものを買って、トータルで二千ギニー近くになった。服って結構高いんだな。

まぁ、クレリアとエルナが楽しそうにしていたので、よしとしよう。

俺達は荷物を抱えてタルスさんの屋敷に戻った。

025. 助ける理由とプリン

屋敷に戻ったが、クレリアが先程聞いた依頼について訊きたいというのでクレリアの部屋で話をすることになった。

「別にたいした話じゃないよ。午前中にヨーナスさんに頼まれたんだ。タルスさんが盗賊共に奪われた荷を回収するために、案内と護衛をして欲しいってね。盗賊のアジトの正確な場所を知っているのは俺とタルスさんだけだからな」

「依頼を受けるつもり？」

「勿論だよ。世話になっているし、日帰りでできる仕事に大銀貨五枚なんて破格の報酬だしな。回収の人達の都合もあるけど、できれば明日か明後日には行っておきたいところだな」

「アランの革鎧の準備ができるのは三日後でしょう？」

「別に必要ないだろう？　近場だし、今まで鎧なんて着たことないけど問題なかったしな」

「そう。では私も行こう」

「では当然、私も同行します」

「いや、はっきり言って俺だけで十分だよ。それにクレリアこそ、鎧の準備ができるのは三日後だろう？」

››› 025. 助ける理由とプリン

「私だってタルス殿には世話になっているし、アランとエルナがいて私に危険が及ぶとでも？」

「……判ったよ。三人で行こう」

「それで、あの、アラン。前から訊きたかったことがあるのだけど……」

やっぱり来たか。多分、俺の出身とかそういうことだろうな。

「なんで、アランは私を助けてくれるの？」

おっと、そうきたか。ふむ、助ける理由か……特に理由は考えたことなかったな。

最初は死にそうな女の子を助けるのに必死だった。命の心配がなくなってからは、そう、手のかかる妹ができたような感覚だったかもしれない。俺は一人っ子だったから子供の頃はずっと弟か妹が欲しかった。

「クレリアを助けるのに特に理由なんかなかったな。当然のことをしてきただけだし。俺にもよく判らないけど、クレリアは妹みたいな存在になっているのかもしれないな」

「ええっ！　妹!?」

クレリアはひどく驚いたようなリアクションをとっていた。そんなにおかしいことだろうか？　まぁ、年頃の女の子にとっては、気持ち悪いと思われてもしようがないか。でも、それが俺の正直な気持ちだ。その横でエルナは何故《なぜ》か一人頷いていていた。

「そう、妹……」

今度はなんか落ち込んでいるようだ。

「ま、変なことを言ったかもしれないけど、それがクレリアを助ける理由かな」

「そう……判った。アランには今まで色々と助けてもらって感謝している」

「なんだよ、今更。俺だってクレリアには助けてもらっているよ」

「アランはこれから何をしたいの？」

やりたいことか。クレリアは多分、俺が何か目的を持ってこの大陸に来たと思っているんだろう。しかし、今のところ目的なんかない。やりたいことも特にないな。今を精一杯生きるだけだ。

「クレリア、俺が何処《どこ》から来たのか不思議に思っているんだろう？」

「そ、それは……。確かにずっと聞きたいと思っていた」

「もう判っているだろうけど、俺はこの大陸の出身じゃない。船でこの大陸に来たんだけど、その船は仲間と共に沈んでしまった。生き残ったのは俺一人だけだ。あの船でないと国には帰れない。だから俺はこの大陸で生きていくしかないのさ。この大陸には来たばかりで、今はまだ何をしたいっていう目的はないかな。強いて言えば、もっと魔法を学んでみたい」

「大きくて頑丈な船を作れば、なんとか国に帰れるのでは？」

「いや、それは無理だ。説明するのは難しいけど、俺はもう絶対に国には帰れない」

「そう……アランも私と同じように国には帰れないのね」

少し意味は違うが、確かにクレリアと同じ境遇かもしれない。

「判った！　アランが私に協力してくれるように、私もアランのやりたいことに協力する。でも魔法を学ぶといっても……アランはもう凄い魔法を使えるのに」

「確かに火魔法は使えるようになったかもしれないけど、他にも色々あるんだろ？　えーと、風魔法、土魔法、光魔法とか？　やっと少しは落ち着けそうな感じだから、是非覚えてみたいな」

「風魔法ならこのエルナは近衛騎士団でも指折りの風魔法の使い手だ。そういえばエルナのことをちゃんと紹介していなかった。アラン、こちらはエルナ・ノリアン。私付きの近衛騎士だ。いや、だった。エルナ、こちらはアラン・コリント。私の命の恩人だ」

「アラン殿、私はエルナ・ノリアン。クレリア様付きの近衛騎士です。よろしくお願いします」

改めてエルナを観察してみる。年は俺と同じくらいだろうか。背が高く赤毛でなかなかの美人だ。

「アラン・コリントだ。よろしく。それから、その殿っていうのは止めて、アランって呼んでもらっていいかな？　俺達はもう仲間だろう？」

エルナは何故か恥ずかしそうにしている。

「……判りました。アラン」

「姓があるってことはエルナも貴族なのかな？」

「そうです。ノリアン子爵家の者です」

「ひょっとして、近衛騎士って全員貴族なのか？」

「全員ではないが、ほとんどが貴族だな」

「ふーん、そうなのか。では、エルナ。護衛依頼の時にでも風魔法を見せてもらえると嬉しいな」

「了解です。でも私は魔導書を持っていません。……アランは？」

「持っていないけど、とりあえず魔法を見せてくれるだけで十分だよ」

「アランに魔導書は必要ないからな」

「クレリア様、それはどういう意味なのですか？」

「それは後のお楽しみだ。実際に見てみないと、とてもではないが信じられないと思う」

「判りました」

「アラン、私もアランと共に魔法の鍛錬に励もうと思う。私は魔法ぐらいしか能がないし、冒険者として生計を立てていくのも悪くないと思う」

「クレリア様！　魔法しか能がないなどと、おっしゃらないでください。クレリア様は素晴らしい資質を沢山お持ちです。それに冒険者などする必要もありません。私がずっとクレリア様のお世話をさせていただきます」

「エルナ、その気持ちは嬉しいが、私も何か目標を持って生きてみたいのだ。私は冒険者として頑張ってみようと思う。アラン、冒険者にはあまり興味がないようだけど、これからも私の仲間でいてくれる？」

「あぁ、もちろんだよ。俺も冒険者をやるのもいいかも、と思っていたところさ」

俺も戦うぐらいしか能がない。まぁ、前職が兵士だからそれも当然だ。ナノムがいれば大抵の職業は務まるとは思うが、俺の性分に合っているのは、やはり冒険者だろう。

「そういうことであれば、もちろん私もクレリア様のお側で冒険者として活躍してみせましょう」

「有り難う、エルナ」

「今回のことが全部片付いたら、冒険者として色々な国を旅して回る、なんていうのも良さそうだな」

「あぁ、アラン！　なんて素晴らしい考えなの！　是非、そうしましょう！」

「そうですね！　そういった暮らしも良いものかもしれません」

おぉ、クレリアもエルナも乗り気だ。とりあえずの目標が決まったな。

少ししてドアがノックされた。

「ヨーナスです。夕食の準備ができました」

いつもの食堂にいくとタルスさん一家と、ベックとトールは、既に席についていた。

「アランさん、なにか素敵な甘味を作っていただいたようで有り難うございます。ヨーナスに訊いてもどんなものか教えてくれないのよ」

「私の国で流行っている甘味です。作るのが簡単な割に、なかなか美味しいですよ」

「まぁ、本当に楽しみ！」

夕食に出された料理はいつもと同じく量もたっぷりでとても美味しかった。さて、いよいよデザートの時間だ。

「ヨーナスさん、準備を手伝いましょうか？」

陶器からプリンを出すのには少しコツがいるのだ。

「いえ、既に私の指示で準備できていますよ」

確かにプリンが運ばれてくるところだった。ヨーナスさんは優秀だな。皆の前にプリンが並べられていく。

「これが甘味？」

「そうです。プリンという料理名ですね。上に載っている茶色の部分と一緒に食べてみてください」

お手本に一口食べてみせる。うん、美味しい。冷やすことによって試食した時よりもプリンらしくなっている。

「つ、冷たい⁉」

「これは⁉」

「めちゃくちゃ美味《うま》い！」

評価は上々のようだ。少し大きめに作ったので満足できるだろう。

「さすがだ、アラン。これほど美味しい甘味を食べたのは初めてだ」

クレリアはいち早く完食していた。

「そうか、気に入ってくれて嬉しいよ」

「アランさん！　素晴らしい甘味です！　私もこれほど美味しい甘味を食べたのは初めてです」

　良かった。奥さんも気に入ってくれたようだ。

「この甘味が、本当に作るのが簡単なのですか？」

「そうですね、コツさえ摑めば凄く簡単ですよ。ですよね？　ヨーナスさん」

「はい、私はアランさんが実際に作るところを拝見させていただきました。なんとも不思議な調理方法ではありましたが、驚くほど簡単です」

「アランさん、この甘味は素晴らしい！　私も堪能しました。宜しければ料理法を買い取らせていただけないでしょうか？」

　タルスさんが商人の顔になっている。プリンのレシピくらいで大げさではないだろうか。

「いえ、買い取りなんて大げさな。お世話になったお礼に喜んでお教えしますよ」

「そうはいきません。これほどの料理のためなら、この街には喜んで大金を出す商人が沢山いますよ。是非ウチの系列店の食事処で使ってみたいのです。この料理ならば直ぐに資金は回収できるので遠慮せずに買い取らせてください」

　凄いな、レストランまで経営しているのか。こう言われたら断るのもおかしいな。

「判りました。では明日にでも料理法をまとめましょう。料理人の方と一緒に作ってみるのもいいかもしれないですね。そのほうがコツも伝えられますし」

「素晴らしいわ！　これが明日も、いえ明日からずっと食べられるのね！」

タラちゃんは毎日食べるつもりのようだ。流石に毎日プリンだと飽きると思うけど。

「私はアランさんが他にどんな料理法をお持ちなのか凄く気になるわ！」

レシピは確かに多く知っている。帝国で二年前に発売された「地球の料理大全集」も購入している。えらく高くてローンの三十六回払いだった。そういえば、あの支払いってどうなるんだろうか？　まぁ、いいか。

レシピはあるけど、使える食材や調味料が少なすぎる。もっと充実しないと、ほとんどのレシピは使えないだろう。

「国では色々と調味料が充実していましてね。あの調味料がないと私が作れるものは限られているのです。何か思いついたら教えて差し上げますよ」

「楽しみにしていますわ」

そういえば、誰も俺の出身を訊いてこないな。きっとタルスさんが訳ありだと察して口止めしてくれているのだろう。好評のうちに食事は終わった。

ヨーナスさんに指名依頼のことを訊いてみると、明後日には運ぶ人員や馬車は用意できるようだ。明後日の朝に出発することになった。

部屋に戻ると、ベックとトールが今日の買い出しのことを話していた。

村での必需品は大体購入することができたようだ。明日の午前中に残りの買い物をして、遅くとも昼には村に向けて出発するらしい。

護衛の冒険者も既に手配済みで、資金に余裕があったので少し依頼料を奮発したら直ぐに決まったらしい。依頼したことのある冒険者達で、実績のあるパーティーだということだ。

パーティーというのは冒険者が仲間と作るグループのようなもので、依頼は通常、パーティー単位で受けるらしい。そういうことであれば俺達もパーティーを作ったほうがいいだろう。

「そういえば報奨金《ほうしょうきん》は明日受け取ることができるんだよな。明日の朝、受け取りに行ってみないか？　お前達もお土産を買う金がいるだろ？」

「それ、いいですね！　そうしましょう」

その後は三人で風呂に入った。朝から色々とあって結構疲れていたのですぐに寝てしまった。

026. 別れ

［夜明けです。起きてください］

朝か。今日もやることが盛り沢山だ。頑張っていこう。ベックとトールは、まだぐーすか寝ていたので起こしてやろう。

「ベック、トール。朝風呂に入ろうぜ。お前達は当分、風呂に入れないだろう？」

「うーん……そうだ！　タダで風呂に入れるなんてこれから一生ないんだった！」

三人で風呂に入って、ゆっくりと堪能した。朝から長風呂しすぎたかもしれない。風呂から戻るとちょうど朝食で、まだ朝早いからか俺達三人とクレリア達だけだった。

「アラン、今日は何をする予定？」

「予定は色々あるな。報奨金《ほうしょうきん》の受け取りに、プリンの料理法、宿も決めなきゃいけないな。あとは調味料の調達もだ。時間があったら冒険者ギルドにパーティーの登録もしてこようと思う」

「では私もそれに付き合おう」

「別にいいよ。皆で行くこともないだろう。俺とベック、トールでこの後、報奨金を受け取りに行ってくるよ」

››› 026. 別れ

「私にも関係あることだから付き合う」

「そうか？　ゆっくりしていればいいのに。あ、そうだ、この金をクレリアに返そうと思っていたのをすっかり忘れていたよ」

俺はクレリアの馬車から持ってきた金、五万五百五十ギニーをポケットから出して渡そうとした。

「それはアランがそのまま持っていていい」

「いや、俺の金じゃないし、何か欲しいものができた時にないと困るだろ？」

「だから、アランがそのまま持っていていいと言っているのに」

「じゃあ、エルナ。これ預かってもらっていいか？　クレリア個人の金だ。何か二人に必要なものができたら使ってくれ」

「……判りました。預かります」

そこにヨーナスさんが来たので、料理のレクチャーの予定を訊いてみると、料理人の予定を空けているのでいつでもいいとのことだった。

報奨金を受け取った後に取り掛かりたいと伝えると、守備隊の詰め所まで馬車を出してくれるとのことで遠慮なくお願いした。

守備隊の詰め所に着き、用件を伝えると、見たことのある守備隊の隊長が出てきた。

「ああ、あんた達か。報奨金の準備はできてるぜ。しかもあんた達には朗報だ。盗賊の首領に懸賞金が掛かっていたんだよ。金貨三枚だ。金額を確認してここに署名してくれ」

内容を確認すると盗賊十五人で報奨金が一人五千ギニーで、報奨金の合計七万五千ギニー。報奨金とは別に懸賞金が三万ギニーで合計十万五千ギニーとのことだった。文句があるはずもなくサインする。

ついでに俺とクレリアの木札を返却して保証金の銀貨二枚も返してもらい、詰め所を後にした。

あの髭面のオヤジがこんないい金になるとはなぁ。盗賊を狩って暮らしていくのも良いかもしれないな。

「予想外にいい金になったな。全部で十万五千ギニーだ。四人で割って一人、二万六千二百五十ギニーだな」

「「二万六千二百五十ギニー！」」

ベックとトールは大騒ぎだ。詰め所でもらった金は金貨と大銀貨だけだったが、俺の持っていた金で数えてみると丁度あったので二人に渡した。

「二人とも落とさないようにしろよ。大金だからな」

「「判りました！」」

「クレリアの分け前はどうする？　渡しておこうか？」

「私の分はアランが持っていていい」

「判った。必要になったら言ってくれ」

ベックとトールは、買い物があるというので途中で下ろし、タルスさんの屋敷に戻った。

ヨーナスさんに紙と書くものを借りて、プリンのレシピを書いていく。所々、判らない文字があったのでクレリアやエルナに聞きながら、なんとか書き上げることができた。

料理人を呼んでもらって作り方を教えたいと伝えると、昨日プリンを作った厨房に通された。料理人がレシピ通りにプリンを作っていくのを横に立って監督する。所々、コツや作業の理由などを教えていくと流石に腕のいい料理人らしく直ぐに理解してくれた。

これであれば俺がいなくても全く問題ないだろう。依頼達成だ。

部屋に戻るとベックとトールが買い物から戻っていた。荷物を積み込み、これから出発するというので、馬車への積み込みを手伝った。

「そういえば、この盗賊から巻き上げた武器ってどうしましょう」

馬車には剣や槍《やり》、弓などが積みっぱなしだった。そういえば忘れてたな。

「それはベックとトールにやるよ。いいよな？　クレリア」

「勿論、構わない」

「ええっ！　だってこれ、売れば結構な金額になると思いますよ」

「別にいいさ。初めてベックに会った時、お前、ボロボロの槍持っていたじゃないか。村への土産にしたらどうだ？」

「判りました、そうします。アランさん、師匠、本当に有り難うございます」

「気にすんなよ、それくらい」

馬車に積んだ荷物はかなりの量になった。いつもの帰りの荷物の倍以上だという。

冒険者ギルドで護衛達と合流して出発するというので、見送りにいくことにした。

ギルドの前には中々強そうな五人の男達が待っていた。

「この人達が護衛してもらう『鉄の斧』の皆さんです」

なるほど、これがパーティー名というやつか。なんか妙に恥ずかしくなってしまうのは俺だけだろうか？　……俺だけのようだ。冒険者達はみんな斧をメインの武器にしているようだ。

「そうか。ベックとトールは俺の友達なんだ。村までの護衛、よろしく頼む」

リーダーらしい男に言ってみた。

「任せておけ！　タラス村までならもう何回も行っている。無事送り届けてやるよ」

「あの……アランさん、師匠、これ、俺達からの感謝の気持ちです。全然たいした物じゃないけど受け取ってください」

ベックとトールがなにか渡してきた。

俺には革の鞘《さや》に入ったナイフ三本。これはきっと投擲《とうてきよう》用のナイフだろう。なかなか格好いい作りだし、バランスも良さそうだ。

クレリアには何か白い材質の櫛《くし》だ。不思議とキラキラ光っていて良さそうな物に見える。

「いいのか？　……お前達の気持ちっていうなら有り難く受け取っておく。別に感謝する必要なんてないけどな」

「私も有り難く受け取ろう。こんなに嬉しい贈り物をもらったのは初めてだ」

「アランさんと師匠は村の恩人です。黒斑《くろまだら》を退治してくれて、その肉までくれて、護衛してくれて、盗賊から守ってくれて、報奨金まで分けてくれて、いい商売までできるようになりました。この恩は一生、忘れません」

「大げさな奴だな。ほとんど成り行きじゃないか。お前達だって頑張ったさ」

「俺達なんて全然です。でも剣の稽古《けいこ》を続けて少しでもアランさんと師匠に近づけるように頑張ります」

「そうか、良い心がけだ。いつかまた会うことがあったら、また稽古を付けてやろう」

「アランさん、師匠、近くまで来ることがあったら絶対、村に寄ってくださいね。約束ですよ」

「判った。約束だ。じゃあな、またいつか会おう」

「ベック、トール、さらばだ」

ベックとトールは出発し、俺達は見えなくなるまで見送り続けた。

「せっかく冒険者ギルドまで来たんだから、パーティーの登録をやってしまおう。あれ？　今更だけど、エルナは冒険者の登録はしているよな？」

「しています。Cランクの冒険者です」

「そうか、じゃあ俺とリアと同じだから丁度いいな」

「ええッ!?　リア様がCランクなのですか!?」

「そうだな、昨日登録したばかりだけど、二人共Cランクって言われたよ」

「それでアラン。パーティー名は何にするの？」

「そうだな……。余り変な名前じゃなきゃ何でもいいよ。リア達で決めてくれ」

「確かに変なものにはできない。エルナ、これは慎重に決める必要があるぞ」

それからクレリアとエルナは、ギルドの片隅で長々と考えこんでいた。もう二十分以上は経っただろうか。

「あぁ！　輝く星《シャイニングスター》というのはどうでしょうか？」

「なるほどそうか、輝く星《シャイニングスター》か…悪くない！」

何処《どこ》らへんが「なるほど」なのか判らなかったので訊いてみると、エルナが小声で教えてくれた。

クレリアの姓、スターヴァインというのは輝く星という意味を持つらしい。少し恥ずかしい気もするが、クレリア達が候補に挙げていた他のものよりマシな気がする。

「いいじゃないか。輝く星《シャイニングスター》」

「では、これで決まりだ」

受付には昨日の職員がいたので、パーティーの登録を頼んだ。他に輝く星《シャイニングスター》というパーティーは存在していないので登録は可能だった。ちなみにパーティー登録の費用は発生しないらしい。

「では、アランさん、リアさん、エルナさんでパーティー輝く星《シャイニングスター》の登録をします。リーダーはどなたですか？」

「リアでいいだろ？　輝く星《シャイニングスター》だし」

››› 026. 別れ

「私もリア様がなるべきだと思います」

「いや、アランがなるべきだ。リーダーは一番の強者がなるものだぞ。それに私はあまり目立ちたくない」

そう言われると確かにそうだ。クレリアが目立つのは不味《まず》いだろう。エルナも諦めたようだ。

「では、私、アランでお願いします」

「判りました。ギルド証を書き換えるので提出してください」

ほう、わざわざギルド証にパーティー名を記載するのか。身分証の代わりにもなる物だから当然のことかもしれない。二人のギルド証を渡してもらい職員に提出した。

二十分ほどギルド内で待っていると受付に呼ばれ、ギルド証を渡された。ギルド証の一番上の空いていたスペースに輝く星《シャイニングスター》の刻印が追加されている。おぉ、なかなか格好いいな。

クレリアもギルド証の輝く星《シャイニングスター》の文字を見て嬉しさを隠しきれないのかニマニマとしている。

エルナもそんなクレリアを見て嬉しそうにしていた。

「よし、まだ時間も早いが、パーティー結成を記念して祝杯をあげないか？」

「アラン、それは良い考えだ。是非そうしよう」

エルナも異論はなさそうだ。確かギルドの隣は酒場のように見えた。早速いってみよう。

初めての飲食店だ。どういうシステムなのだろうか。時間が早いからか店内には客がカウンターに一人いるだけだった。

一番奥のテーブルに着くと早速店員がオーダーを取りにきた。やはりシステムはどこの世界も同じか。テーブルにメニューはなく壁に木札のようなものが掛かっている。参ったな。読めない文字ばかりだ。

「私は冷えたエールで」

同じく壁の木札を見ていたエルナが注文した。エールというのはタルスさんの屋敷でも飲んだな。少し気の抜けたビールのような酒だ。

「俺も冷えたエールだな。それと軽く何かツマミを頼む。リアはどうする?」

「私も皆と同じものを」

すぐにエールとツマミが運ばれてきた。ツマミは木皿に何種類かのナッツのような実と、チーズが数切れ載ったものだった。

「四十ギニーです」

おっと、この場で支払うのか。パーティーの金から四十ギニーを支払う。

二人はジョッキを片手に俺に注目していた。あぁ、そうか。俺がリーダーなんだから祝杯の音頭をとるべきなんだろうな。

「では、来《きた》るべき冒険の旅と、俺達のパーティー輝《シャイニングスター》く星に!」

「輝《シャイニングスター》く星に!」

クレリアの大きな声が酒場に響く。クレリアは冒険者として生きていくと決めてから、実に生き生きとしているような気がする。何か吹っ切れたのかな?

「今はたった三人のパーティーだが、ゆくゆくは優秀な仲間を大勢集めて、民の暮らしを助け

ることのできるパーティーにしよう」

「リア様、もし近衛の者達と合流できたとしたら、きっと、……いえ、何でもありません」

エルナが何か言いかけてやめた。ひょっとしたら、近衛の人達が仲間になってくれると言いかけたのだろうか。

「そうだな。やっぱり三人じゃ少し寂しいか。まぁ、急ぐこともないな」

お、エールはよく冷えていてなかなか美味《うま》いな。

クレリアは、色々な国を旅するという計画がよほど楽しみのようで、どの順番で国を周るかの検討をエルナと始めた。俺にはよく判らないので全部お任せだ。

しかし、少し前までは考えられない状況だな。

五十日前、俺は人類銀河帝国の航宙戦艦に乗って銀河を旅していた。それが今は、御伽噺《おとぎばなし》に出てくるような剣と魔法の世界で、新たな仲間と新たな旅に出ようとしている。

人類とバグスとの戦争はどうなるのだろうか。宙軍基地を出発した時の噂では、戦況はほぼ互角と言われていた。何としても人類には勝って欲しい。

いや！　他人事《ひとごと》じゃないぞ。バグスのことがすっかり頭から抜けていたが、この惑星にだってバグスが来る可能性も皆無じゃない。そう考えると背筋が凍るような悪寒《おかん》が走った。

バグスがやってきたら、この惑星はひとたまりもない。人々は為す術もなく蹂躙《じゅうりん》されるだろう。俺だってパルスライフル一挺じゃ何もできやしない。

いや、少なくとも数万年以上の間、この惑星にはバグスは来ていないんだ。これからも来ないと考えるほうが自然だ。無理やりそう考えることにした。

「……アラン、聞いているの？」

「あぁ、ごめん。ちょっと考え事をしていた。何の話だっけ？」

「セシリオ王国から、海側に行くか、山側に行くかという話よ。アラン、今は、とても重要な会議の途中なのだから、しっかりと集中してもらわないと困る！」

「か、会議……そうだな、悪かったよ」

エルナを見ると、やはり肩を震わせて、笑うのを懸命に我慢している。

俺は、もう我慢できずに笑いだした。

設定資料

/// Data Page \\\

アラン・コリント

トレーダー星系 第四惑星ランセル
首都タスニア 出身

人類銀河帝国
赤色艦隊《レッドフリート》准将

25歳

宙兵隊員だった父に憧れ、航宙軍学校 宙兵科に進学。

戦闘能力《コンバットレベル》八十五。この数値は宙兵隊の中でも上位二割に入り、特にパワードスーツの扱いにかけてはトップレベル。

宙兵隊在籍中は、情報士官として索敵などの任に就く。バグスとの戦闘経験は一回のみだが、その際に単身で装甲虫兵《アーマーバグス》二十四体を撃破し表彰される。

コリント流剣術の創始者としての顔も持ち、剣術では比類なき強さを誇る。

趣味は料理で、独学で帝国調理師免許二級の資格を取得。

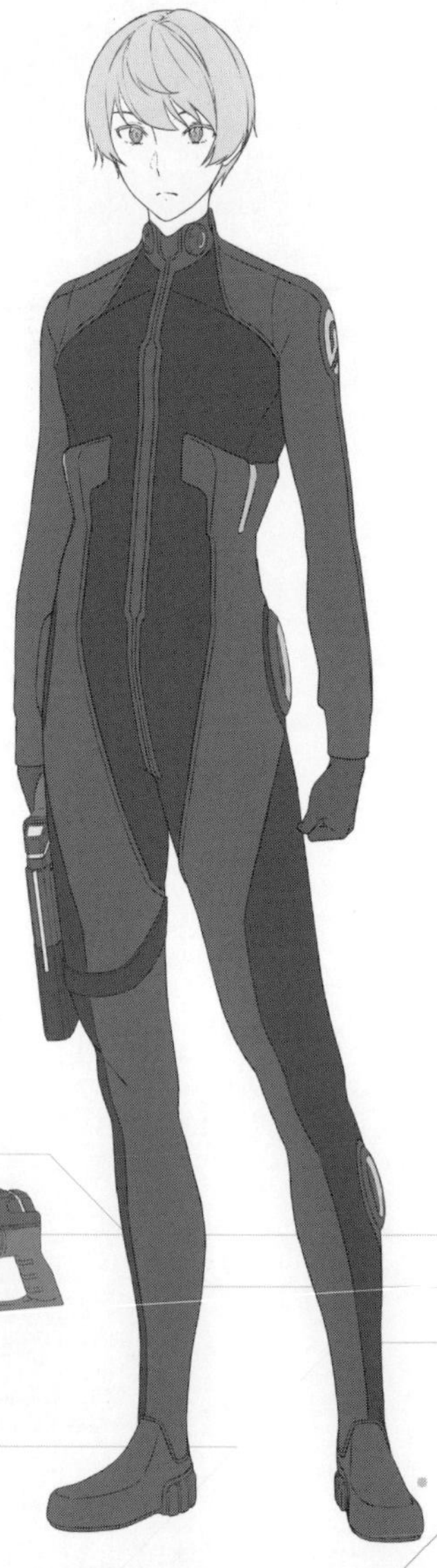

equipment

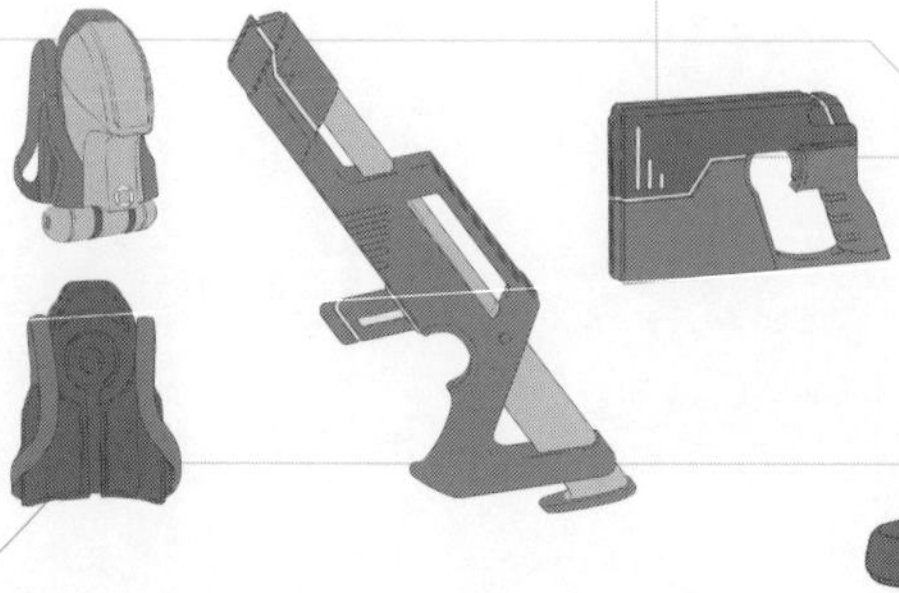

クレリア・スターヴァイン

スターヴェーク王国 第一王女

16歳

騎士に憧れ、幼い頃より剣術の鍛錬に励む。神剣流剣術 第六階位。

成人してからは魔法の鍛錬に励み、王国筆頭宮廷魔術師をして火魔法と魔力感知能力に限っていえば千人に一人の逸材と言わしめた才能を持つ。

剣術以外の趣味は読書。英雄譚や冒険活劇などが好み。

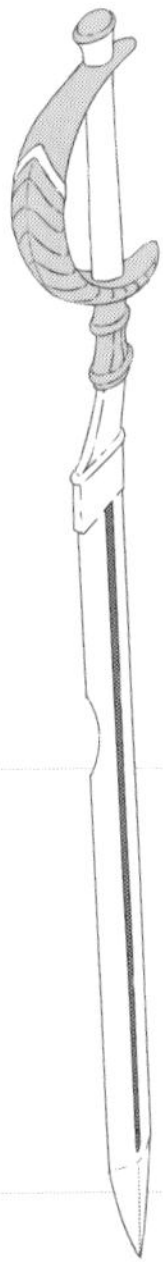

エルナ・ノリアン

スターヴェーク王国
ノリアン子爵家 次女

近衛騎士団
第一中隊 第二小隊所属

24歳

風魔法では近衛騎士団の中でも五指に入る使い手。神剣流剣術 第二階位。

護衛術に優れ、若くしてクレリア付きの近衛騎士に抜擢される。

趣味は裁縫。一人でドレスを作れる程の腕前で、宮廷人より騎士団在籍を惜しまれるほどのデザインセンスを持つ。

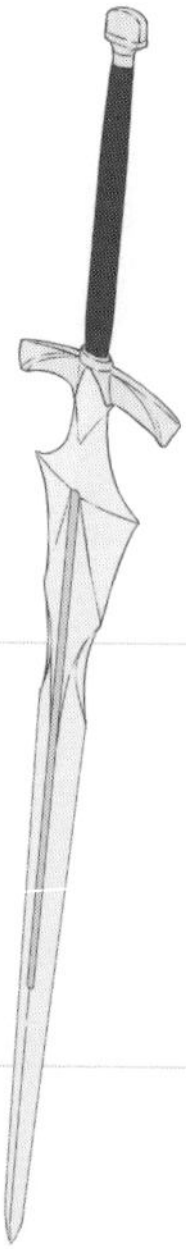

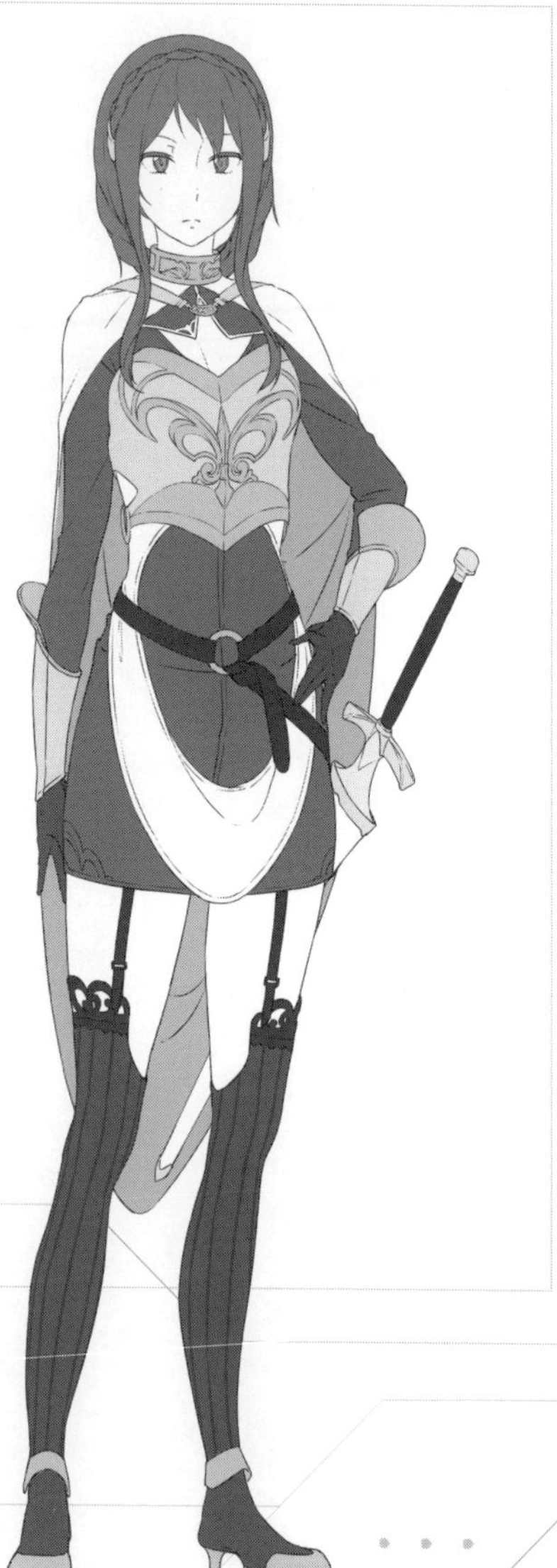

イーリス・コンラート

航宙艦 イーリス・コンラート
メインシステムAI

人類銀河帝国
帝国航宙軍 名誉大尉

帝国航宙軍の英雄イーリス・コンラート准将の名を付けられたAIで、そのアバターは、イーリス・コンラート准将の生前の姿を模している。

公開されているコンラート准将のあらゆるデータから、その人格をエミュレーションしたインターフェイスを持つ。即ち名前が同じというだけではなく、表面的な行動原理もコンラート准将と同じものとなっている。

戦艦イーリス

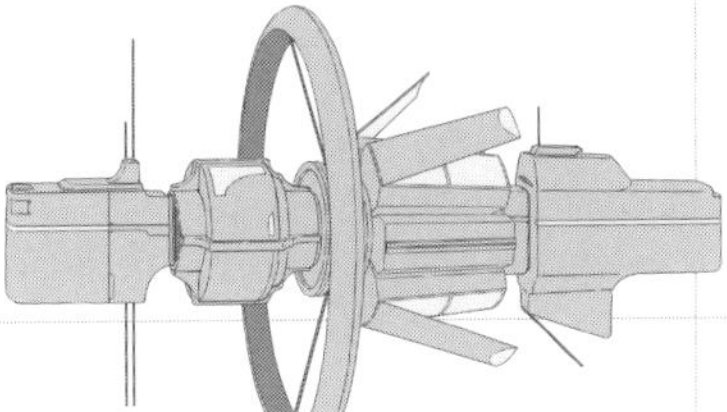

レーザーガン

レーザーを照射する兵器。照準システムと連携することはできない。

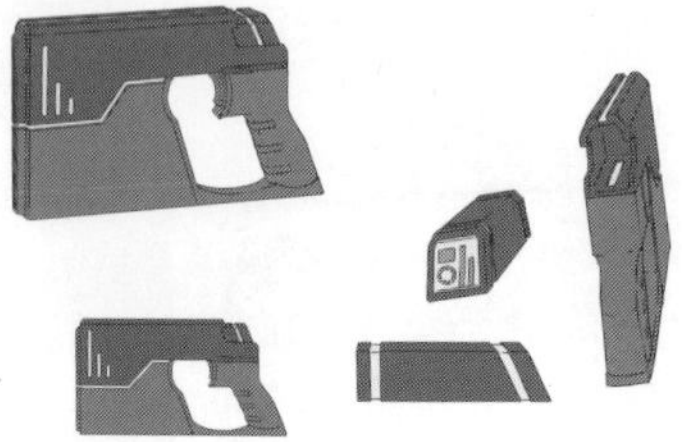

電磁ブレードナイフ

動作すると超高速で振動し、この振動によって物体を切削する。

ホロビット

三次元動画投影装置。

トラクタービーム(牽引光線)

重力を発生させ、対象物を引き寄せたり押し放したりすることのできる装置。

偵察用ドローン

惑星上で使用する偵察・多用途支援機。艦への収容にはトラクタービームを使用する。

汎用ボット

人間の代わりに様々な作業を行う目的で開発されたロボット。

汎用トラクタ

地上基地を構築する際に使用するトラクタ。

試掘用掘削機

鉱物資源を試掘する際に使用する掘削機。

帝国格闘技《インペリアルアーツ》

その起源は帝国開闢以前にも遡り、以来何千年にも渡って研ぎ澄ましてきた格闘技。

コンバットレベル

兵士としての総合戦闘能力を表す数値。体力、筋力、反射神経、帝国格闘技《インペリアルアーツ》、パワードスーツ操作などの技量を数値化し評価したもので、兵士としての強さを表す。

用語集

超空間航行

亜空間フィールドを発生させ対象をフィールドの膜に包み、ハイパースペース（超空間）へと移行するワープ航法。

FTL通信

超光速の粒子であるタキオンを用いた通信。高出力のエネルギーを必要とするため、最低でも航宙艦に装備されているリアクタークラスの反応炉がないと動作しない。

サテライト級駆逐艦

帝国航宙軍の戦闘艦。超空間航行が可能な艦艇では最小クラス。乗員定員百五十五名。

スター級重巡洋艦

帝国航宙軍の戦闘艦。艦隊の主力となる艦艇。乗員定員三五十五名。

ギャラクシー級戦艦

帝国航宙軍の戦闘艦。艦隊では最大クラスの弩級戦艦。乗員定員千二百二十名。

BG-I型巡洋艦

知的生命体バグスの戦闘艦。最もポピュラーなタイプで、戦闘力はサテライト級と同等。乗員定員 推定三百二十体。

パルスライフル

レーザーパルスを照射する兵器。ナノムの照準システムとリンクすることが可能。

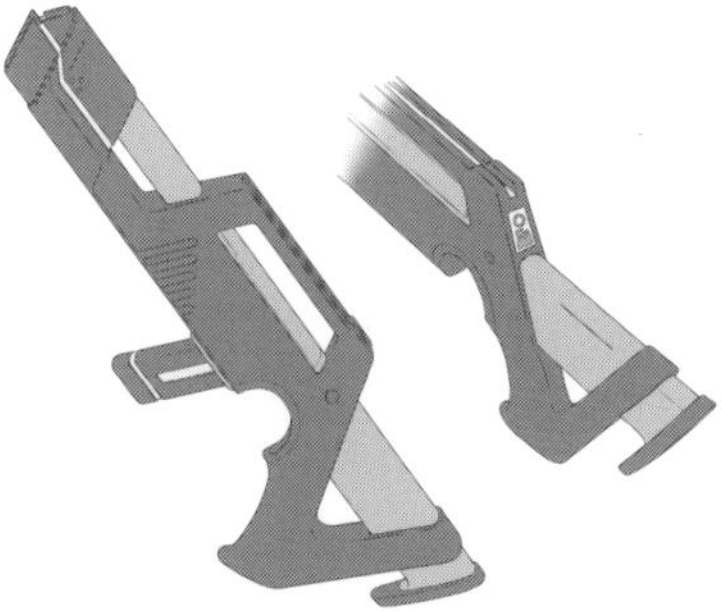

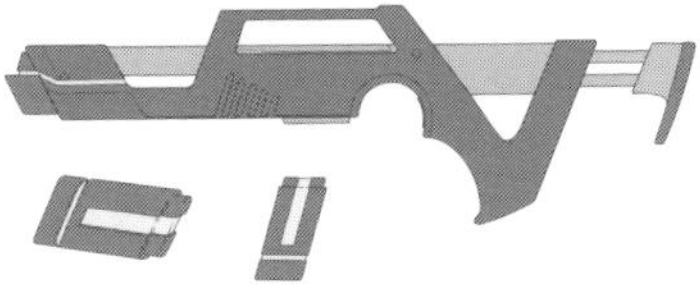

あとがき

はじめまして、伊藤暖彦《いとうあつひこ》です。

この度は『航宙軍士官《こうちゅうぐんしかん》、冒険者《ぼうけんしゃ》になる』を手にとって頂き、誠にありがとうございます。

本書はWEBの小説投稿サイト「小説家になろう」様に投稿していた作品に色々と加筆、修正したものになります。

初めてのあとがきで、何を書いてよいものかと緊張しますが、この小説が書籍化に至る経緯などを書きたいと思います。

以前から海外のSF小説が好きで読んでいましたが、SFブームが下火のためか、私が面白いと思う小説の新刊が少なくなってきました。そんな時に見つけたのが「小説を読もう」（「小説家になろう」と同じ）です。

ランキング上位にある小説はファンタジーばかりでしたが、嫌いなジャンルではなかったため、夢中で読みふけりました。

ランキング上位の小説をあらかた読み終わり、読む小説がなくなってくると、自分でも書いてみたくなり、色々と妄想するようになりました。

どうせ書くなら好きだったSFと、ここで読んだようなファンタジーを合わせたような小説にしようと日々妄想を続け、妄想が形になった時、小説を投稿し始めたのでした。

私の小説を読んで感想や評価をして頂いたりするようになると、一気に小説を書く楽しさに夢中になりました。

なかなか読者数も増えず、書くのをやめていた時期もあったのですが、今年の四月に何かの拍子にランキングに載るようになると、一気に読者数が増えることになったのです。

ランキングに載る前は、読者は百五十人程しかいなかったのですが、僅か数日間で数千人もの人に読んで頂けるようになりました。


そして一通のメールが届きました。ある出版社からの書籍化の打診のメールでした。

最初は何が起きているのか判らなかったのですが、話を聞いてみることになり、アポをとっているうちに、次々と色々な出版社様から書籍化の打診を頂き、最終的には八社もの出版社様から連絡を頂きました。全ての出版社様とお会いし、お話を伺いました。

どの出版社様から書籍を出すかは、恐れ多くも私に決定権があるとのことで、夢に出てくるぐらい悩みましたが、中でも一番作品のことを考えて頂いたファミ通文庫様に決めさせて頂きました。

こうして、この小説は書籍化されることになったのです。

これは私だけの力であるはずもなく、「小説家になろう」にて、この作品を評価してくださった方々、アドバイスを頂いた方々、誤字、脱字を延々と調べ教えてくれた方々、文章の書き方はこうしたほうが良くなると丁寧に例文まで付けてメッセージを下さる方もいました。

こうした大勢の方々に支えられていたからこそ、書籍にすることができたと考えております。

勿論、この書籍はファミ通文庫和田様の根気強い御指導のおかげで、WEB版に比べて遥かに良い内容となりました。

また、イラストを書いて頂いたhimesuz先生のおかげで、著者でさえあやふやだった登場人物達がカッコよくも可愛く、躍動するようにイメージできるようになりました。

この小説の書籍化にあたっては、皆様への感謝しかありません。

最後に、この本を買ってくださった皆様、楽しんで頂けたのならば幸いです。

これからも読んで頂けるように頑張っていきます。

二〇一八年一一月　伊藤暖彦

『航宙軍士官、冒険者になる』
読んでくださってありがとうございます!!
挿絵を担当させていただきました、
himesuzと申します。
伊藤さん、担当の和田さん、
大変楽しませていただきました。
ありがとうございます!!

航《こう》宙《ちゅう》軍《ぐん》士《し》官《かん》、冒《ぼう》険《けん》者《しゃ》になる

2018年11月30日　初版発行

著　者　伊藤暖彦《いとうあつひこ》
発行者　三坂泰二
発　行　株式会社KADOKAWA
〒102-8177 東京都千代田区富士見2-13-3
電話 0570-060-555（ナビダイヤル）

編集企画　ファミ通文庫編集部

担　当　和田寛正
デザイン　ビーワークス
写植・製版　株式会社オノ・エーワン
印　刷　凸版印刷株式会社

[本書の内容・不良交換についてのお問い合わせ]
エンターブレイン カスタマーサポート
[電話]0570-060-555（土日祝日を除く正午～17時）
[WEB]https://www.kadokawa.co.jp/（「お問い合わせ」へお進みください）
※製造不良品につきましては上記窓口にて承ります。
※記述・収録内容を超えるご質問にはお答えできない場合があります。
※サポートは日本国内に限らせていただきます。

 ISBN978-4-04-735386-2 C0093　　定価はカバーに表示してあります。

2018年12月28日
早くもコミカライズ
連載開始!!!
ファンタジーとSFの融合を
実力派作家たくま朋正が描く!!
航宙軍士官、冒険者になる
Kochugunshikan Bokensha ni naru
漫画:たくま朋正 原作:伊藤暖彦
キャラクター原案:himesuz
WEBデンプレコミック、
Comic Walker(異世界コミック)
他にて掲載予定!!!!!
DENGEKI PLAYSTATION COMIC WEB
デンプレコミックはこちら!!

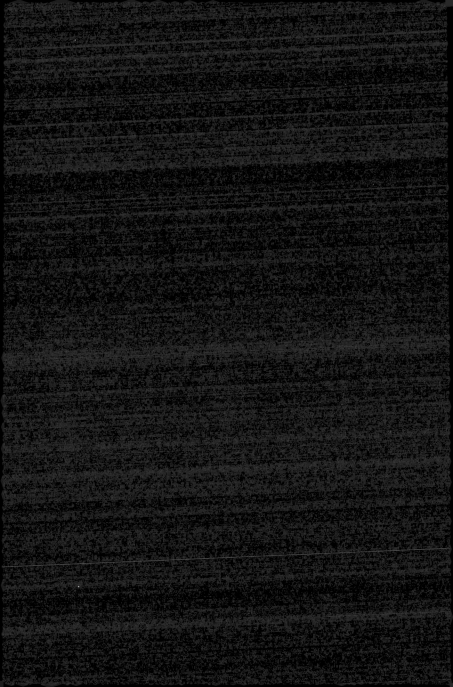